한국소설 다시 읽기

한국소설 다시 읽기

시 대 를 사 유 하 는 문 학 의 힘

한국근대문학관
The Museum of Korean Modern Literature × 흥시

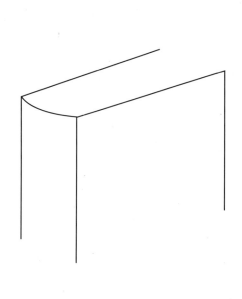

우리는 이따금 예술작품을 논하는
평론가나 전문가들의 이론적이면서도 과학적인
분석의 언어들을 접하곤 합니다.
이런 전문가들의 해석을 마냥 무시하는 것은
옳지 못한 태도일 것입니다.
하지만 그럼에도 우리는 우선적으로
작품이 불러일으킨 감정에 충실해야 합니다.
그것이 다소 사소하게 여겨질지라도,
작품이 나로 하여금 느끼게 한 감정에
소홀하면 안 됩니다. 그렇게 느낀 감정이
해석의 정서적 자원이 되기 때문입니다.

본문 중에서

차례

정비석, 『자유부인』 읽기

김 현 주

현재 한양대학교 부교수. 문학박사. 연세대학교 국어국문학과
및 동 대학원을 졸업했다. 대중서사학회 회장 및 명지대학교
방목기초대학 연구교수 등을 역임하였다. 저서로 「대중소설의
문화론적 접근」, 「페미니즘은 휴머니즘이다」(공저),
「한무숙 문학연구」(공저), 「1970년대 문학 연구」(공저),
「1970년대 장편소설의 현장」(공저), 『여원연구』(공저),
「정비석 문학 선집(1~3권)」(공편) 등이 있다. 논문으로
「아프레걸의 주체화방식과 멜로드라마적 상상력의 구조」,
「해방기 환멸의 정조와 상상적 탈주-정비석의 해방기
소설을 중심으로」, 「정비석 단편소설에 나타난 애정의
윤리와 주체의 문제」, 「1950년대 여성잡지 <여원>과
'제도로서의 주부'의 탄생」, 「1950년대 오락잡지에
나타난 대중소설의 판타지와 문화정치학」 등이 있다.

욕망을 금기하는 욕망

오선영은 남편과 아이들을 뒷바라지하며 가정을
꾸려나가던 교수 부인이다. 그러던 어느 날 동창생들에
비해 초라한 자신의 삶에 회의를 느낀다. 양장점에
취직하며 부에 대한 욕망은 더욱 심화된다. 일터의 돈에
손을 대기도 하고 남편 제자의 청탁 뇌물이나 촌지를 몰래
받는다. 그러다 옆집 하숙생인 신춘호에게 댄스 교습을
받게 되고 자기도 모르게 성적 호감을 느낀다. 그러나
춘호가 자신의 조카딸과 결혼하여 돌연 미국 유학을 떠나자
오선영은 깊은 상실감에 빠진다. 한편 장태연 교수 역시
미군 부대에서 한글 교습을 시작하며 수강생인 박은미에게
사랑의 감정을 갖는다. 하지만 자신의 제자와 결혼한다는
사실에 내심 실망하고 분노한다. 오선영은 춘호에 대한
상실감을 한태석에게서 보상받으려 하지만 부인의
등장으로 실패한다. 게다가 가정을 버리고 성적 자유를
구가하던 친구 최윤주의 몰락을 보면서 자신의 일탈을
뉘우친다. 또한 한글 간소화 반대 공청회에서 논리정연하게
연설하는 남편을 보고 경제적 무능력자로만 여겼던
남편에게 존경심을 느끼는 한편 그를 무시했던 과오에 대해
후회한다. 그런 오선영을 발견하고 장태연이 용서한다.

정비석은 그 이름 석 자보다 『자유부인』의 저자로 잘 알려진 작가입니다. 1950년대 베스트셀러 소설을 얘기할 때 『자유부인』을 꼽지 않을 수는 없습니다. 여전히 『자유부인』이 1950년대 윤리적 타락을 조장했다고 말하는 사람도 있겠지만, 오히려 당시 사회적 풍조나 개인들의 욕망을 가장 적나라하게 드러냈다고 하는 게 옳을 것입니다. 왜냐하면 1950년대 소설 『자유부인』은 바로 해방 이후 또는 전쟁 이후에 발생한 사회적 현상이나 문화적 현상, 그리고 그것을 가로질러 삶을 영위하는 대중들의 욕망을 속속들이 보여주기 때문입니다. 또한 『자유부인』은 1950년대 대중들의 욕망과 그들이 지향하는 삶에 대한 고민 역시 고스란히 반영하고 있습니다.

성과 사랑의 공적담론장이 되다

그렇다면 『자유부인』의 배경이 된 1950년대가 궁금하시겠죠. 저는 이 강연에 앞서, 인천에 미리 와서 자유공원을 한 바퀴 돌았습니다. 맥아더 장군의 동상이 있더군요. 동상 건립이 1957년인데 그 3년 전인 1954년에 『자유부인』이 발표되었습니다. 전쟁의 상흔이 채 가시기도 전에 발표된 작품이라는 점을 짐작할 수 있겠죠. 대중들은 경제적으로 힘들었고, 전통적 윤리나 규범의 붕괴로 우왕좌왕하던 시기였습니다. 바로 그 시기에 『자유부인』은 가정주부가 바람난 이야기를 노골적으로 묘사하였다는 점에서 아주 센세이셔널했지만, 그 시대의 사회문화적 현상을 여실하게 반영한 작품이라고 할 수 있습니다.

그런데 사회면에서 자주 접할 수 있는 바람난 가정주부의 이야기가 뭐 그리 대단한 인기를 얻었을까 하는 의문이 들기도 하실 겁니다. 정비석의 소설 『자유부인』은 1954년 1월 1일부터 8월 6일까지 서울신문에 총 215회 연재됩니다. 원래 연재는 작가 정비석이나 신문사 모두 150회를 예상하고 시작했습니다. 그런데 대중들의 폭발적 관심과 계속 연재해달라는 요구에 따라 3개월 정도를 더 연재하게 되었습니다. 이렇게 드높은 인기는 연재 종료 전부터 단행본으로 출간하라는 여론으로 이어졌고, 출간 당일 초판이 매진되는 상황까지 벌어집니다.

1950년대는 굉장히 혼란스러운 시기였고, 봉건적인 윤리관이 붕괴되는 시기이기도 했습니다. 할아버지와 아버지와 자식 세대 즉 3개 이상의 세대가 한 집안에 사는 대가족제도가 전쟁을 거치면서 핵가족제도로 급속히 전환되는 시기였죠. 남성 연장자가 가족윤리의 주체이자 법 그 자체였던 대가족제도가 조금씩 무너지면서 전통적인 윤리관 역시 붕괴되기 시작한 것입니다. 근대적 가부장이자 핵가족의 구심체인 '아버지'는 전쟁터에 가 있거나 불구가 된 채 돌아오거나 혹은 무능한 모습으로 존재하던 시대도 전쟁기와 전쟁 직후인 50년대 초반이었습니다.

　　전쟁터에서 총칼을 들었던 남성들은 일상으로 복귀하려 했습니다. 그러나 돌아와 보니 자신들이 설 자리는 없었고, 전쟁으로 인해 경제 체계가 붕괴되면서 직장을 구하기조차 어려운 현실과 직면하게 됩니다. 전쟁 전에 자신들이 일했던 자리에서는 이미 여성들이 일하고 있었죠. 전쟁 당시 여성들이 후방에서 물자를 공급하는 역할을 하였으니 당연한 일입니다. 휴전된 이후에도 여전히 여성들은 일터에 있었죠. 전쟁터에서 갓 돌아온 남성들이 생활 감각, 일의 숙련도 등에서 밀리는 건 당연지사였습니다. 여성들 역시 생활인으로서의 자부심, 가족 관계로부터의 자유, 부를 누리고자 하는 욕망을 일순간에 포기하고 남성에게 밀려나고 싶었겠어요? 그전까지 전혀 누리지 못했던 것들이잖아요. 이렇듯 생활세계에서 남성과 여성의 갈등이 국가 재건이라는 국가적 욕망과 겹쳐지면서 증폭되는 시기였죠. 이러한 갈등이 『자유부인』에서 성과 사랑을 매개하여 아주 잘 드러나고 있어요.

뒤에서 자세히 언급하겠지만 1954년 연재 시 '자유부인 논쟁'이 야기될 정도였습니다. 대중들은 이 소설을 성과 사랑을 담아낸 소설로 수용했습니다. 전쟁 이전에 사랑이나 성 등은 공적 담론장에서 거론하기를 기피하는 주제였습니다. 실제 연인끼리도 그에 대해 그리 자유롭게 말을 나누지는 않았지요. 그 시절에는 성이나 사랑 같은 주제를 공적인 자리에서 말하면 윤리적으로 문제가 있는 사람이거나 타락한 사람이 아닌가 의심의 눈초리로 보던 시대였습니다. 서로 모르는 남녀가 버스 정류장에서 나란히 버스만 기다리고 있어도 범상하지 않게 보던 때였지요.

『자유부인』에서 촉발된 성과 사랑에 대한 욕망은 미국 문화 최대의 아이콘이자 세계적인 섹스 심벌이었던 마릴린 먼로가 방한하면서 더욱 공론화됩니다. 그녀가 상징하는 성과 사랑에 대한 관심이 커지게 되고 공적인 장소에서도 그와 관련된 이야기를 자연스럽게 하는 분위기가 만들어졌습니다. 지금도 지하철 환풍시설 근처를 지나면서 치마가 날리면 "마릴린 먼로 같네"하고 얘기하지 않나요? 그 정도로 한 시대를 풍미한 아이콘, 세계적인 스타 마릴린 먼로는 또한 자유로움의 상징이기도 합니다. 여기서 촉발된, 댄스홀과 미국으로 상징되는 자유에 대한 욕망은 소설 속 오선영이나 최윤주의 이야기로 자연스럽게 흘러가죠. 이 과정에서 성과 사랑에 대해 공적 담론이 활성화되고, 좀 더 개방적 사고를 하기도 하고 긍정적 이미지를 갖기도 하던 시대였습니다.

그러나 이 시기는 언제 또 전쟁이 터질지 모른다는 불안감과 공포감 역시 내재되었던 시기입니다. 알다시피 1953년에 종전이 된 게 아니었기 때문이죠. 전쟁 경험자들은 아물지 않은 상처를 가지고, 불안감과 공포감을 내려놓지 못하고 있던 시기였다고 할 수 있습니다.

이 불안감과 공포감은 봉건적 윤리의 해체와도 상관이 있습니다. 사회가 전체적으로는 규범이 없는 듯이 보이고, 봉건적인 윤리관이 더 이상 윤리적 보편성을 갖지 못하게 되고, 그 자리에 미국문화와 함께 들어온 '자유'라는 가치가 대신 자리를 잡게 되죠. 더불어 성적 자유, 즉 성적 개방성도 새로운 규범이자 가치로 유입되게 됩니다. 급변하는 시기에 다양한 욕구 충족에 의해 사회적 윤리가 붕괴되고, 그 욕구 충족은 사랑이나 성에 대한 욕망으로 압축되죠. 성과 사랑으로 야기된 성적 자기결정권, 남성과 똑같이 인정받아야 할 여성의 권리, 자유의 가치와 의미에 대한 논의 그리고 민주주의에 대한 논의로 확산되기도 하죠. 그런데 전쟁으로 파생된 미망인이나 양공주라는 말이 대중매체를 통해 자주 언급되면서 성과 사랑은 일탈적 욕망으로 거론되기도 합니다. 전쟁으로 인해 양공주라는 용어가 생기고, 그것이 대중적으로 회자된 것은 아마 1950년대 이후부터였을 것입니다. 양공주라는 용어는 그야말로 전쟁의 산물이죠. 그 전까지는 창녀라는 용어로 포섭되었지만 한국전쟁 이후 미국인을 접대한 창녀를 한정해서 양공주라고 명명하고, 미국문화의 부정적 산물로 지칭하였습니다.

성이나 사랑에 대한 공적 담론은 『자유부인』 연재와 마릴린 먼로의 방한 이전부터도 있었지요. 전쟁이 끝날 즈음인 1953년에 미국에서 킨제이 보고서 여성판이 발간됩니다. 킨제이 보고서는 남성판과 여성판으로 나뉘는데, 남녀의 성적인 관계를 다큐멘터리처럼 현실감 있게 보여주는 일종의 보고서였어요. 사람들이 성적인 관계 속에서 보여주는 행동이나 감정 등을 사실 그대로 서술하였죠. 이 보고서에는 수많은 사람들의 사례가 나오는데 그중에서 여성판의 다이제스트판이

1953년에 한국에 소개됩니다. 남성판은 소개되지 않는데, 이유는 검열에 걸려서예요. 여성판만 보여준 이유는 국가 재건의 주체인 남성을 불건전한 대상으로 만들지 않으려는 사회적 욕망이 개입되었기 때문이죠. 반면에 여성은 남성에게 있어 성적인 대상이자 일종의 상품으로 여겨졌기 때문에 문제가 없었던 것이죠. 성은 대상이고 상품이며, 여성 역시 대상이자 상품으로 간주했던 전통적 윤리관이 작동했던 거예요.

킨제이 보고서 여성판은 여성에게 두 가지 영향을 미칩니다. 첫째로 여성은 성의 대상이자 상품이라는 기존의 사회적 인식을 재확인하게 하였죠. 그러나 반면에 여성도 성적인 욕망을 가질 수 있고 성적 자기결정권을 가질 수 있는 독자적인 주체라는 인식을 보편화하는 계기가 되었습니다. 이 보고서는 잡지에서 소개한 후에 단행본으로 나오고 그 이후에 『자유부인』이 연재되었으니, 킨제이 보고서에서 야기된 성과 사랑에 대한 공적 담론이 더 활성화되었겠죠. 게다가 섹스 심벌인 마릴린 먼로까지 방한하여 담론은 더 불이 붙게 되죠. 대중들은 마릴린 먼로에게서 킨제이 보고서에서 소개된 여성을 상기하기도 하고, 그것을 다시 『자유부인』의 오선영이나 최윤주로 연결하기도 했습니다. 여성도 성과 사랑의 주체가 될 수 있고, 여성이 낭만적 사랑을 욕망하고 육체적 사랑을 갈구하는 것이 자연스럽고 중요한 거라는 인식을 하기 시작하죠. 다른 한편으로 성적 욕망을 부정하는 시선도 만만치 않았습니다. 육체적 사랑은 부정적으로 보고 정신적 사랑은 숭고한 것이라 생각한다면, 성적 욕망을 부정적으로 본다는 의미겠죠. 아직도 정신적 사랑이 더 숭고하다고 생각하시는 분들이 많지 않나요? 육체적 사랑은 타락한 사람들이 갈구하는 것이라는 생각을 갖고 있는 사람도 있을 거예요. 저 역시 그렇게 교육받고 자랐고 지금 이렇게 성적 욕망은 자연스런 인간의 본능이라고 말하고 있지만, 내 안에는 정신적 사랑이 우위에 있다고 말하는 무의식이 있어요.

어쨌든 21세기를 살아가는 제 안에도 정신적인 사랑이 더 숭고하고 우월하다는 생각이 무의식적으로 존재하고 있고 여성의 성적 욕망을 부정하는 마음 역시 약간은 가지고 있으니, 더 보수적이었던 과거에는 말할 것도 없겠죠. 1950년대 대중들은 대부분이 사회적 통념에 의해 육체적 사랑과 여성의 성적 욕망을 부정적으로 인식하였어요. 『자유부인』의 소설적 결말도 그러한 사회적 통념으로 귀결되고요.

이제부터 『자유부인』이 어떤 내용인지 구체적으로 살펴보는 시간을 가져 보죠.

소설 『자유부인』 속으로

이 소설의 주인공은 대학교수 부부입니다. 대학교수인 장태연은 존경받는 한글학자입니다. 의학보다 더 선호하는 학문 분야가 법학과 국문학이었던 시절이었죠. 50년대까지만 해도 국문학과의 사회적 위상은 상당히 높았습니다. 국문학과를 지망하는 학생들은 사회적으로 의미 있는 일을 하고 싶다고 생각하여 진학하는 사람이 많았지요. 그래서 국문학과 학생들을 의식 있고 똑똑하다고 여겼습니다. 지금은 국문과 간다고 하면 "왜 배워서 굶는 과에 갈려고 하니"라는 우스갯소리가 있을 정도로 경제적 성공과는 거리가 있는 학과로 인식하지만요. 지금이야 졸업 후 취업이 잘되는 학과, 즉 의과대학이나 경영학과로 진학하고 싶어하지만 1950년대는 법학과나 국문과에 진학하고 싶다고 생각하는 학생도 많았습니다.

　『자유부인』의 주인공 장태연이 그런 국문학과 교수예요. 그것도 일제강점기의 치욕을 씻고 한민족의 기상을 높이는 한글 운동에 앞장서는 대학교수로 등장합니다. 이 소설에서 장태연은 한글 간소화 법안을 반대하는데, 이것은 당시 대통령이었던 이승만이 내놓은 법안이에요. 한글 사용법을 소리 나는 대로 쓰고 받침을 10개만으로 간소화하자는 주장이었죠. 물론 50년대 초반까지만 해도 한글을 깨우치지 못한 사람이 40퍼센트가 넘었기에 나온 말이었지만, 한글 문법을 무시한 주장이었죠. 그래서 학계에서는 대대적인 반발이 일어납니다. 이러한 학계 반발의 선두가 바로 장태연 교수였습니다. 실제로 한글 간소화 법안은 문맹율의 원인을 제대로 인식하지 못하고 발안한 법안이었어요.

한글이 무척 배우기 쉬운 언어인데도 불구하고 1950년대에 문맹률이 굉장히 높았다는 것이 신기하시죠. 이는 언어 사용을 일본어로만 제한하였던 일제의 정책에서 이유를 찾을 수 있죠. 또한 초등교육조차 받지 못한 이들이 많았던 것에서도 그 요인을 찾을 수 있습니다. 글 쓰는 어려움을 해소하자는 취지의 단순한 해결책으로써 소리 나는 대로 쓰자는 거였지만, 한글의 어법 규범을 훼손하는 주장이었던 거죠. 그러므로 학계에서는 한글 간소화 법안의 문제점을 인지했고 권력자 1인에 의해 좌지우지되는 상황을 좌시하지 않았던 것이죠.

이처럼 장태연 교수는 저명하고 학식 높은 학자였습니다. 그런 교수의 아내가 바람이 난 것으로 그려진 소설이 『자유부인』이에요. 소설의 첫머리에 교수 아내 오선영이 동창회에 가는 이야기부터 시작하는 것도 의도된 소설적 전략이라고 보입니다.

부유하고 세도 있는 집 가정이란, 대개 안에는 침모와 식모가 있고, 밖에는 사환과 문직이가 있으므로, 주부 자신은 별로 할 일이 없다. 지극히 유한(有閑)한 것이다. 집에 앉아서는 하루해가 지리하도록 할 일이 없으므로, 자연히 밖으로 나다니자니, '화교회' 같은 사교 단체가 필요하게 된다. 동창회 같은 것도 대단히 필요한 모임이기는 하지만 동창회는 다달이 있을 수도 없으려니와, 정식 동창회에는 어중이떠중이도 섞이게 된다. 동창생은 다 같은 동창생이라 하더라도 부유하고 세도 있는 집 귀부인이, 저 밑바닥에 있는 하급 관리의 아낙네들과 한자리에서 떠든다는 것은 위신 문제요 권위 문제다. 그럼으로 해서 함께 어울려도 좋을 만한 동창생들만으로 별개의 모임을 가지게 된 것이 '화교회'였다. 모임의 이름도 제법 화려한 '화교회'다.

교수 아내 오선영은 화교회에 나가면서 자유로운 기분을 느낍니다. 화려하게 치장하고 고급 레스토랑에서 외식을 한 친구의 이야기, 비싼 송이버섯만 먹는다는 남편 이야기, 은으로 된 반상기를 뇌물로 받은 친구 이야기마저도 무척 부러워하면서 듣습니다. 그 당시 교수 월급은 고등학교 교사와 비교해도 그다지 높지 않았습니다. 명예롭지만 가난한 교수 아내로서 장태연은 풍요로운 친구들의 삶이 부러웠던 것이죠. 반면에 남편 장태연은 그런 세속적인 욕망과 거리를 두고 사는 사람이기에, 오선영 자신이 느끼는 부에 대한 욕망을 전혀 이해하지 못하는 남편이 답답할 지경이지요. 그러다 보니까 교수의 아내로 산다는 것은 명예 있는 삶이기는 하지만 풍요롭지는 않았습니다.

화교회 이후로 풍요롭게 살고 싶다는 욕망이 증폭되면서 오선영은 최윤주라는 친구를 무척 부러워합니다. 그 친구는 화려한 옷을 입고 자유로운 삶을 살아가고 있는데, 오선영에게 여성도 사업을 해야 한다고 충동질을 합니다. 친구의 충동질에 자극 받은 차에 국회의원인 오빠의 소개로 화장품 상점에서 일하게 됩니다.

사회활동을 하고 싶어도 전문적인 기술이 없는 오선영이었지만 화장품 상점에서 물건을 파는 일은 할 수 있었던 것이죠. 그 당시 화장품 상점에서는 화장품 외에 여러 가지 잡화를 팔았어요. 옷도 팔고, 속옷도 팔고, 시계나 외제 물건도 팔았죠. 특히 오선영이 일하는 화장품 상점은 미국 물품을 많이 팔았어요. 화장품 상점 사장이 오선영의 복장에 대해서 지적하자, 오선영은 옷을 마련해야겠다고 생각해요. 스스로도 출근하려고 보니 후줄근한 옷밖에 없다는 인식을 하던 차였죠. 그래서 월급을 받기도 전에 옷도 사고 화장품도 삽니다. 소비에 가속도가 붙으면서 자신이 앞으로 벌 수 있는 돈을 벌써 초과하게 됩니다. 소비에 붙은 가속도는 돈에 대한 욕구 또한 가속화합니다. 그렇지만 오선영이 벌 수 있는 돈은 한정되어 있죠. 친구 최윤주처럼 남자를 꼬셔서 돈을 좀 받아낼 수 있는 방법이 있지 않을까 하는 생각까지 하게 됩니다. 그러나 그런 상대를 찾지 못하죠. 그래서 상점 돈을 슬쩍하기도 합니다. 남편의 제자가 학점 청탁을 하면서 건네준 돈도 슬쩍합니다.

부정한 방식으로 소비 욕구를 충족하면서, 오선영은 자신의 허영기를 채우고 미모에도 자신감이 붙게 됩니다. 그러다 보니 다른 욕망에 눈뜨게 됩니다. 남편만 바라보고 육체적 고독감을 느꼈던 오선영은 '나는 왜 이렇게 바보처럼 살았나' 생각을 하게 되죠. 자신 안에 숨어있던 성적 욕망의 꿈틀거림을 느끼게 됩니다. 게다가 최윤주라는 친구가 그런 욕망을 부추기는 것도 싫지만은 않게 느껴집니다. 그러다 '댄스'를 하고 싶다는 생각에 이르게 됩니다. 당시 댄스는 교양인의 표지였고, 사회 활동을 하기 위해서는 필수적 교양이라고 여기는 생각도 있었습니다. 시장바구니를 들고 댄스를 배우러 가는 것도 이상하게 여기지 않는 시절이었으니 말이죠. 50년대 후반부터 성적 일탈이라는 사회적 비난이 점차 거세어지면서 비밀 댄스강습 등으로 변질되었지만요. 이 시절에 청춘을 보내셨던 분이 있다면, 댄스를 배우고 싶다는 마음을 안 가져본 분은 거의 없을 거예요. '맘보춤', '지루박'이란 용어도 낯설지는 않으실 테고요.

가정주부로 살았던 오선영으로서는 댄스를 배우고는 싶은데 배울만한 교습소를 찾지 못해요. 그러던 차에 옆집 대학생 신춘호가 댄스를 할 줄 안다는 것을 알게 됩니다. 그 대학생은 남편의 제자이기도 하니, 용기를 내서 부탁을 합니다. "나한테 댄스를 가르쳐 주련?"했더니 단번에 "좋습니다, 아주머니."합니다. 그리하여 오선영은 댄스를 배우게 됩니다.

배워보신 분은 알겠지만, 대부분 사교댄스는 남녀가 서로 손을 잡고 추는 경우가 많습니다. 오선영 역시 신춘호와 춤을 추면서 자연스럽게 스킨십을 하게 되고 숨소리마저 들릴 정도로 밀착하게 되죠. 그러면서 자기보다 훨씬 나이가 어린 그 대학생이 이성으로 여겨지고, 자신도 모르게 연정을 쌓아갑니다. 남편한테서는 더이상 느끼지 못하는 타인의 향기가 너무나 감미롭게 다가오는 것이죠. 그런 감정을 계속 유지하고 싶다는 욕망은 완벽한 댄스에의 욕망으로 치환됩니다. 댄스를 더 많이 더 자주 배우고 싶어지죠. 그래서 춘호를 자신의 집에 부르기도 하고 아이들이 보는 앞에서 댄스를 배우기도 하는 등, 댄스 교습에 열을 올립니다.

댄스를 가르치던 신춘호 역시 이런 오선영의 감정을 느끼기도 하고 그러한 열정을 부추기기도 합니다. 처음에는 아주머니라는 호칭으로 일정한 거리를 유지하더니, 점차 친근해지다가 결국 '마담'이라고 유혹적으로 부르면서 친밀감을 고조시키죠. 마담이란 용어가 언제부터인가 술집이나 다방의 주인을 부르는 용어로 고착되었지만, 당시만 해도 고품격의 용어였습니다. 아주머니보다는 훨씬 교양을 갖춘 여인이라는 의미가 내포되어 있었죠. 특히 댄스 교습을 하는 와중에 신춘호의 입에서 나오는 '마담'이라는 호칭은 친근감 이상이었어요. 이렇게 호칭을 바꿔 부르자 오선영 역시 '어머, 나를 마담이라 부르네'하며 도취감에 빠집니다. 그런 성적 도취감은 다시 댄스에의 열정으로 표출되면서, 댄스홀에 가서 다른 사람들 앞에서 춤을 출 정도가 됩니다. 댄스 실력은 신춘호에 대한 성적 욕망과 비례해서 향상된 것이라고 할 수 있죠.

신춘호의 행동에는 청춘의 꿈이 있고, 정열의 분방이 있었다. 남편과의 무미건조한 생활에 비기면, 그것은 확실히 씩씩한 생의 파동이었다. 그러기에 오선영 여사는 신춘호를 통하여 자기 자신의 잃어버렸던 청춘을 회복할 수도 있었고, 그로 인해서 화려한 공상의 날개를 펴며 구만리장천을 맘대로 날아 볼 수도 있었다.

오선영은 신춘호를 연애 대상으로 여기기 시작합니다.

신춘호는 약혼녀가 있는 사람이고 곧 그 약혼녀와 결혼해서 미국으로 유학을 간다는 사실을 이미 알고 있는데도, 자신이 신춘호의 연애 상대가 될 수 있다고 생각해요. 더욱이 결혼하는 상대가 누구인지 아시면 더 놀라실 거예요. 바로 자기 오빠의 딸, 즉 조카딸이었어요. 자신의 마음을 온통 휘저어 놓은 남자가 바로 조카사위인 셈이죠. 결혼을 해서 미국 유학을 떠난다는 사실을 알고는 오선영은 신춘호가 조카사위가 되었다는 사실보다 배신당했다는 감정에서 헤어 나오지 못합니다.

그래서 오선영은 "이제 나는 자포자기다. 나의 사랑도, 나의 삶도 다 끝났구나."라고 생각합니다. 결국 남편의 불호령에 집을 뛰쳐나왔지만, 실은 신춘호에 대한 배신감으로 이미 마음이 떠났던 그녀였습니다. 몸과 마음이 집에서 놓여나자 갈 곳을 잃고 방황합니다. 그때 오선영을 유혹하는 남자가 새로이 나타납니다. 누구냐면 바로 화장품 상점 사장의 남편입니다. 한태석이라는 사람인데, 오선영을 유혹하기 시작합니다. 오선영은 이 사람에게라도 가야겠다고 생각합니다. 왜였을까요? 오선영은 자신이 신춘호와 사랑의 감정을 가졌고 가볍지만 스킨십까지 했으니 이미 버린 몸이라고 생각하였고, 남편에게도 버림받았다고 생각한 겁니다. 그리고 사랑했던 남자에게 배신당한 좌절감을 회복하고 싶다는 이상한 감정도 일어납니다. 자포자기의 심정과 자신이 여전히 성적 매력을 가진 여자란 걸 증명하고자 하는 심리 속에, 한태석의 유혹을 받아들입니다. 같이 댄스 파티도 가고 호텔에도 갑니다. 그런데 호텔에서 사랑을 나누려고 하는 순간, 화장품 상점 사장이 들이닥칩니다. 화냥년이라는 비난이 쏟아집니다. 몰매를 피해 맨발로 길거리에 나오게 되죠. 돈도 없고, 갈 곳도 없는 오선영은 다시 거리를 방황합니다.

오선영은 자유를 갈구했지만, 결국 갈 곳을 잃고 방황하는 신세가 됐습니다. 그때 우연히 신문에 기사화된 남편의 소식을 읽고 비로소 그가 품었던 뜻의 훌륭함을 알게 됩니다. 그래서 남편이 강연하는 한글 간소화 반대 공청회 장소인 국회의사당까지 찾아갑니다. 집을 나오기 전만 해도 "한글이라는 말만 들어도 골치가 지긋지긋하도록 아파"했던 오선영이건만, 대중의 주목을 받는 각계 인사들 사이에서 남편이 강연을 하는 모습을 보자 그에 대한 생각이 바뀝니다. 특히 우레와 같은 박수를 받으며 한글 간소화에 대해서 논리정연하게 반박하는 남편의 모습은 순교자처럼 비장하고 더 없이 훌륭하다고 생각하게 됩니다. 학계를 대표해서, 권력에 대항하여 연설하는 남편의 모습이 새삼스럽게 위대해 보인 것이죠. 국가를 위해서 민족을 위해서 봉사하는 남편이 멋지고 고상해 보입니다. 저렇게 멋있는 남편을 두고 내가 그 못난 남자들하고 왜 바람이 났지? 하는 자책으로 조용히 눈물을 흘립니다. 남편이

몸을 바친 사업은 돌연 거룩하게 느껴지고, 그의 가치를 몰랐던 지난날을 뼈아프게 뉘우칩니다. 그동안 오선영은 장태연 교수가 학자로서는 몰라도 세상물정에는 밝지 못한 사람이며, 고리타분하고 돈이 안 되는 일에 매달리는 골치 아픈 존재라고 생각해왔던 것입니다. 자신이 얼마나 '악한 아내'였는지를 자책하는 것이죠.

공청회가 끝나고 사람들이 흩어지는 와중에 오선영은 남편의 모습을 마지막으로 한 번 더 보고 떠나고자 합니다. 그런데 남편은 조용히 오선영에게 다가와서 같이 집에 가자고 말합니다. 결국 남편의 용서로 집으로 돌아옵니다. 이렇게 개인의 자유를 갈구하며 욕망을 채우고자 했던 아내가 '국가와 가정의 일원으로서 책임감을 가지고' 집으로 돌아오는 이야기가 바로 『자유부인』입니다. 현재를 사는 우리가 이 이야기를 어떻게 이해하면 좋을지, 뒤에서 더 얘기를 나누어보도록 하지요.

1950년대 생활풍속도를 담다

『자유부인』은 1950년대의 혼란스런 생활세계와 사회상을 잘 반영하고 있는 작품입니다. 소설 속에서 우리는 전쟁 직후의 도덕적 혼란과 소비적이고 화려한 서울 시내, 특히 명동 주변의 거리거리를 발견할 수 있습니다. 재미있는 것은 이 명동 거리들이 1960년대에 전혜린이나 청년문학을 다룬 다큐멘터리에서는 당시 정치사회적 현실에 대한 청년들의 반항의 무대로 생생하게 드러나는 데 반해, 『자유부인』에서는 향락적인 미국문화와 그것에 심취하고 욕망하는 사람들로 가득 찬 모습으로 묘사되고 있어요. 같은 장소가 이토록 다르게 그려지는 이유는 무엇일까요? 네, 아마도 현실인식의 차이겠지요.

　　한국전쟁 이후 미국 문화의 급격한 유입이 시작되었습니다. 물질적 풍요를 맛보는 이들이 있는가 하면, 소외되는 이들 역시 공존하죠. 물질적 소외에 전쟁의 공포와 불안감까지 교차됩니다. 언제 죽을지 모른다는 공포와 불안감으로 어떤 사람은 사과나무를 심지만, 대부분의 사람들은 먼 미래보다는 지금 이 순간을 채우려는 욕망으로 치닫게 되죠. 순간을 충족시키려는 욕망이 강해지면 강해질수록, 도덕률이나 양심에 의해 억눌렸던 것들은 해방되고 싶어 합니다. 특히 순간을 향유할 수 있는 부富나 성性에 대한 욕망을 충족시키는 것으로 해방감을 즐기려고 합니다. 그러다보니 가치관의 혼돈 상태에 빠지게 되는 것이죠. 가치관의 혼돈이 삶의 목적이나 방향성, 살아가는 이유까지 흔들리게 하는 것은 어쩌면 당연한 결과입니다.

『자유부인』에서 정숙한 교수 아내였던 오선영은 동창회에 갔다가 물질적 풍요 그리고 자유가 주는 행복감에 비로소 눈을 뜨게 되죠. 국가의 미래, 자식의 장래를 위해 육체적 고독을 참아왔던 터이지만, 지금 이 순간의 욕구 역시 중요한 것이라는 생각을 하게 됩니다. 지금 가진 것보다 더 많이 갖고 싶고 과시하고 싶다는 욕망이 생기게 됩니다. 그러다보니 옆집 대학생의 하숙집에 거리낌 없이 찾아가기도 하고, 아내 있는 남자를 유혹해보고 싶다는 생각도 하죠. 또는 일하는 상점의 돈을 슬쩍하거나, 뇌물을 받기도 하죠. 이처럼 사회적 윤리나 규범에 대해서는 무뎌지게 되는 겁니다.

『자유부인』에서 자유, 부와 성에 대한 욕망 그리고 허영은 댄스로 상징되고 있습니다. 1950년대는 댄스의 시대라고 해도 과언이 아니었습니다. 자유로운 미국문화는 댄스로 대표되고, 댄스를 배우면 새로운 문화의 습득자이자 새 시대의 교양인이 되며 사회적으로도 성공할 수 있다는 근거 없는 공식이 수립되어 있던 시절입니다. 댄스의 속성 상, 특히 공적인 장소에서 이성과 만나 춤을 추는 행위는 해방감을 주게 됩니다. 억눌렸던 감정이나 성적 강박에서 해방될 수도 있겠죠. 댄스가 육체나 정신의 해방을 가져온다는 것은 분명한 사실일 겁니다.

댄스 열풍은 1960년대 이후에도 지속되는데, 저의 개인사에서도 그 편린을 찾을 수 있습니다. 제 아버지는 군인 장교였습니다. 당시 군대 업무의 일환으로 댄스홀을 관리하셨지요. 군인들의 교양 함양을 위해 댄스를 권장했다는 얘깁니다. 물론 '춤바람'으로 호명되면서부터 부정적 이미지가 점차 확산되었지만, 적어도 1960년대 초반까지 댄스는 교양인의 표지였음을 미루어 짐작할 수 있습니다. 그러므로 장태연 같은 학자도, 신춘호, 박은미, 오명옥 같은 젊은 청춘들도, 한태석, 백광진과 같은 중년의 남성도, 최윤주, 오선영과 같은 중년의 여성도 모두 댄스를 배우고 싶다는 마음이 든 것이죠. 1950년대의 댄스에는 '자유'라는 근대적 가치가 결합되어, 댄스를 배움으로써 자유라는 근대정신을 습득하고 더불어 근대적 문물을 소유할 수 있다는 생각이 암묵적으로 공유되던 시대였습니다. 자유가 관념적 추구였다면, 댄스는 쉽게 충족할 수 있는 실재였다고 할 수 있습니다. 성적 대체물이자 부의 상징, 불안을 해소하고 자유를 감각할 수 있는 방법으로서 말이지요.

이처럼 1950년대 전쟁 직후에 대중들을 압박했던 불안과 공포가 적어도 댄스를 통해 해소되고, 근대화의 가치 또한 댄스를 통해 습득하였다고 봅니다. 그러나 이들이 향유하는 그러한 문화 또는 물질적 풍요가 노동의 결과가 아니라 원조의 결과라는 사실로 인해, 향락적 소비와 허영기를 동반하게 되는 것이죠.

1950년대 대중적 욕망이 반영된 대표적인 생활풍속도

로 '낭만적 사랑'에 대한 동경을 빼놓을 수 없겠죠. 낭만적 사랑은 근대 이후 소설의 주요한 모티브가 되었고, '자유연애론'이 대중적 지지를 받기도 하며 낭만적 사랑은 곧 개인의 존엄성 또는 개인의 주체성을 가리키게 됩니다. 그러면서 유행처럼 대중화되었죠. 그러나 1950년대까지만 해도 연애결혼보다 중매결혼이 더 일반적인 결혼 방식이었어요. 그런데 이 소설에서는 연애결혼을 보편적 방식인 듯 그리고 있습니다. 예컨대 근엄하기만 할 것 같은 장태연조차 연애를 통해 결혼을 하고, 신춘호와 오명옥, 원효삼과 박은미처럼 젊은 남녀가 연애를 통해 결혼하죠. 연애결혼을 보편적 일상으로 그리는 한편, 낭만적 사랑이 없는 결혼은 이혼이나 외도로 귀결된다는 공식 역시 보편적인 듯 그려냅니다. 전쟁 이후 결혼, 가정이라는 끈이 느슨해진 사회상을 반영한 것이기도 하죠. 최윤주처럼 결혼 이후 서로의 사랑이 식었다고 생각하면 얼마든 이혼을 할 수 있고, 그후 다시 낭만적 사랑을 욕망하기도 하죠. 심지어 오선영은 조카뻘 되는 젊은 남자와 낭만적 사랑을 꿈꾸고, 한태석을 이혼시키고 다시 그와 결혼해 볼까 하는 마음을 갖기도 합니다. 그리고 한태석처럼 버젓이 가정이 있는 사람이 집 밖에서 성적 욕망을 채우려고 혈안이 되어 있기도 합니다.

이와 같이 『자유부인』은 댄스와 낭만적 사랑이라는 대중적 코드를 활용하여, 1950년대 생활풍속도를 잘 묘사하고 있습니다. 또한 여성교육이 확대되면서 생기기 시작한 사회적 활동무대로서의 여고 동창회, 돈으로 치러지는 국회의원 선거, 부정부패한 고위공무원의 비리, 밀수가 용인되는 사회적 풍조 등도 1950년대의 단면입니다. 부와 명예를 쟁취하고 싶어 하는 대중적 욕망, 그 욕망을 충족하기 위한 범법행위들, 그런 비윤리적 행동을 묵인하는 사회 풍조 등 생활윤리의 아노미 상태 역시 진솔하게 묘사하고 있어요. 그런 점에서 『자유부인』은 탁월한 현실감각을 가진 작품입니다.

근대적 가부장제를 재생산하다

『자유부인』은 대중적 욕망과 그것의 아노미 현상만을 단순히 재현한 소설은 아닙니다. 허영기 많은 아내가 자신의 욕망을 충족시키기 위해 가출했다가 실패하고, 남성의 용서와 이해로 귀가한 이야기라고 단순화시키면 이 소설을 제대로 읽은 것이라고 볼 수 없어요.

　　이 소설의 매력은 장태연이라는 남성인물 묘사가 이중적이라는 점에서 찾을 수 있습니다. 물론 결말에서 장태연은 위대한 남편이자 '한국'으로 형상화되고 있죠. 자포자기 상태가 된 오선영과 그런 오선영을 대인배처럼 용서하고 수용하는 모습만을 본다면, 장태연은 아주 배려심 많은 남성이라고 할 수 있어요. 그러나 소설 전반에 걸쳐 장태연은 고상한 인물로 그려지지만은 않습니다. 장태연은 한글을 연구하며 국가의 미래를 걱정하는 대학교수지만, 아내 오선영과 마찬가지로 가난한 삶이 지속되면서 삶에의 활기도, 아내에 대한 애정도 점차 잃어갑니다. 그럴 즈음에 장태연 앞에 아름다운 여인 박은미가 다가와서 한글을 가르쳐 달라고 제안합니다. 박은미는 자신을 미군부대에서 근무하는 타이피스트타자원라고 나긋나긋 소개합니다. 그러면서 제안을 합니다. "우리 부대에 여자들이 여나믄 명 있는데, 모두들 철자법에는 아주 백지예요. 그러니까, 선생님이 바쁘시지 않으면 저녁에 한 시간씩 철자법 강의를 해 주실 수 없겠어요?"라고 말이지요. 그 당시에 여성 타이피스트는 일종의 비서로서, 교육받은 여성의 대표적인 직업군이었죠. 교양 있고 예쁜 여성이라는 이미지를 가진 직업군이기도 했습니다. 그런데 그런 여성이 자기에게 다가와 한글을 배우고 싶다고 하는 거예요. 그러니 장태연은 몇 번이라도 가르쳐주고 싶은 마음입니다.

늘 보던 얼굴이기는 하지만 오늘따라 유난히 아름다워 보이는 얼굴이었다. 아름다운 종아리를 가진 처녀라고 생각해서 그런지 얼굴도 여간 아름다워 보이지 않았다.
게다가 자진해서 한글 철자법을 배우겠다는 것을 보면
마음까지도 아름다운 여자일는지 모르리라 싶었다.

게다가 미군 부대 영문 타이피스트인 박은미가 한글 철자법 강의를 받겠다니 한글학자로서도 의미 있는 일이라 교수는 생각합니다. 흔쾌히 제안을 수락하고 즐거운 마음으로 한글을 가르치러 다닙니다.

백옥같이 아름답던 종아리! 파 줄기처럼 싱싱하고도
미끈하던 종아리! 향기가 모락모락 솟아올라 보이던
천하일품의 종아리…….
매우 점잖지 못한 공상이다. 사십을 넘은 대학교수가,
비록 밤중이라고는 하더라도, 대로상에서 남의 집 영창을
올려다보며, 남의 집 규수의 종아리를 상상하고 섰다는
것은, 누가 보나 점잖은 행동이라고는 볼 수 없었다.
여자 문제에 들어서만은, 장태연 교수가 제아무리
성인군자라도 별 수 없는 모양이었다.
그것이 인간성이었다.

그런데 한글을 가르치러 간 장태연은 자신도 모르게 박

은미의 하얀 종아리에 매혹당하고 가슴이 설렙니다. 박은미가 양복바지를 입어 종아리를 볼 수 없는 날은 안타까워하기까지 하지요. 장태연을 매혹하는 박은미의 종아리, 그것을 묘사하는 대목이 소설에서 자주 포착됩니다. 그러면서 성적인 긴장감을 고조시켜 갑니다. 그러니까 장태연에게 있어 한글을 가르치는 시간은 박은미를 향한 연애감정을 축적하는 시간이나 다름없습니다. 한 시간을 가르치고 나서 두 시간 정도를 데이트하면서 점차 박은미의 매력에 빠져 들어가죠. 무언가를 가르치는 교육자의 모습이라기보다 연애감정으로 설레는 남성이 미군부대를 들락거리는 모습으로 묘사됩니다. 그녀를 집까지 바래다주고서는 그 집 앞에서 한동안 멈춰 서서, 『로미오와 줄리엣』에 나오는 로미오의 심정으로 박은미라는 줄리엣이 있는 방 창문을 올려다보기도 합니다. 소설 곳곳에 박은미를 향한 장태연의 감정이 아주 솔직하고 적나라하게 묘사되고 있습니다.

장태연은 박은미에게 저녁을 사주기 위해 예물 시계를 저당 잡히는 일도 불사합니다. 밤중에 박은미의 집 앞에서 배회하면서 점잖지 못한 공상을 하기도 하죠. 박은미하고 교수와 학생의 관계로 만나면서도 여성이라는 성적 대상으로, 자신의 아내한테는 전혀 느껴보지 못했던 감정을 가지고 만납니다. 박은미와 만나기 시작할 때만 해도 자기 감정이 요동칠

때 장태연은 아내에게 몹시 미안한 마음과 거북한 마음을 가지고 있었습니다. 그런데 시간이 흐르면서 점차 자신의 감정이나 행위는 천연스럽게 생각하면서, 아내의 부당한 행위는 못마땅하게 여기게 됩니다. 몹시 뻔뻔해지는 것이죠.

마누라의 잠자는 꼬락서니란, 난잡할 수 있는 최대한도로 난잡한데다가, 완전히 무방비無防備 상태다. 적이 공격만 해 오면 일격지하에 아성을 점령당하게 될 만큼 해방된 상태다. 정조를 해방한 매춘부라면 또 모르거니와, 비록 취침 중이라 하더라도, 가정부인이 그토록 무방비 상태라는 것이 남편 눈에는 암만 해도 거슬리지 않을 수가 없었다. 잠자는 꼬락서니를 보고서는, 마누라와 매춘부를 구별하기가 매우 어려울 상 싶었다.

게다가 인용처럼 장태연은 익명의 편지로 "화냥을 놀아먹는다"는 밀고까지 받습니다. 그러곤 본인에게 사실 여부를 물어보지도 않고 아내를 단죄합니다. 자신의 잘못을 마치 아내의 잘못 때문인 것처럼 정당화하고 있는 셈이죠. 더욱이 자신뿐만 아니라 제3자에게도 아내가 문제적으로 비친다니, 비도덕적 행위를 하는 아내를 용서할 수 없다고 생각합니다. 장태연 역시 댄스가 교양인의 에티켓이라는 점은 인정하면서

도, 화냥을 한다는 편지를 받고나서는 댄스를 배우는 아내가
곧 정조를 해방한 매춘부가 아닐까 하는 생각까지 하죠.

사랑하는 여인을 다시는 만날 수 없게 되었다는 생각에서,
슬픔이 안개처럼 솟아올랐다. 가슴이 동굴처럼 텅 비인
듯, 눈에 암암한 것이 박은미의 얼굴뿐이었고, 귀에
쟁쟁한 것도 박은미의 명랑한 목소리뿐이었다.

아내에 대한 불만은 기실 장태연 자신의 행동에 대한 정
당화를 불러 옵니다. 그리고 그 불만은 미군부대 한글 강습이
끝나면서 점차 고조됩니다. 아내의 부도덕한 행위에 대한 불
만을 박은미와의 만남으로 보상받고 있었는데, 박은미와 더
이상 만날 수 없게 되었기 때문이죠. 다시 만날 수 있는 빌미
를 찾던 차에, 장태연은 강습 마지막날 청천벽력 같은 소리를
듣게 됩니다. 바로 박은미가 장태연의 제자인 원효삼과 결혼
한다는 소식이었습니다. 장태연은 결혼이라는 말을 듣는 순
간 "눈앞이 캄캄해 오는 것만 같은 절망감"을 느낍니다. 그리
고 자신도 모르게 무거운 한숨을 내쉽니다. 그 이후에도 장태
연은 계속해서 박은미를 생각합니다. 박은미하고 걸었던 밤
거리가 가장 행복스러운 시간이었으며, 다시는 그러한 시간
이 없을 거란 생각으로 착잡해집니다. 장태연은 '아내만 없었

던들…….' 하고 내심 아내를 원망하기도 합니다. '화냥질'을 하는 아내와 비교해 보기도 합니다. 그럴수록 박은미의 가치가 더 크게 빛나 보이죠.

장태연의 이런 아쉬움은 박은미와 원효삼의 결혼식 날 아내에 대한 분노로 폭발합니다. 표면적 이유는 오선영이 댄스파티에 갔다가 외박한 것 때문이었죠. 장태연은 밤새도록 아내가 간음을 했을 것이라고 미루어 짐작하면서 분노를 가라앉히지 못합니다. 장태연 스스로 댄스를 잠시 배워본 경험에 의하면, 한밤중에 남녀가 서로 껴안고 살을 마주 대는 사이에 사고가 날 수밖에 없다고 생각한 것이죠. 그래서 외박 후 아침에 귀가한 오선영에게 불호령을 퍼붓습니다. "이, 더러운 여편네! 나가!" 오선영은 집밖으로 쫓겨납니다. 아내에 대한 분노는 간음에 대한 의심도 있지만, 실은 박은미의 결혼에 대한 내적 분노가 더 크게 작용한 것이죠. 화풀이나 다름없었던 겁니다.

이와 같은 상황에서 장태연이 오선영을 비난할 처지는 아니겠죠. 오선영이 신춘호에게 마음을 빼앗긴 것처럼, 박은미에게 완전히 마음을 빼앗겼으니까요. 그럼에도 불구하고 이 소설은 장태연은 위대한 사회인으로, 오선영은 사회성 결여자로 결말짓습니다. 소설의 끝에서 장태연은 오선영을 용서하는 주체가, 오선영은 남편에게 용서받는 타자가 되죠. 작가는 부와 성에 대한 욕망, 방종에 가까운 자유, 허영심, 그로 인한 생활윤리와 가치관의 혼란 등을 그리며 그 해악에 대해 모두 여성인 오선영에게만 화살을 돌리고 있습니다.

이러한 결말은 이미 서사구조에서 충분히 짐작할 수 있습니다. 장태연의 바람은 한 순간의 공상처럼 서술하고 있지만, 오선영의 그것은 소설 전반에 걸쳐 3단계의 몰락으로 세밀히 묘사하고 있어요.

1단계의 몰락은 오선영의 허영에 대한 단죄입니다. 돈을 벌겠다고 사회로 진출한 사회초년생 오선영이 '최고급'을 부르짖는 백광진에게 사기를 당한 사건입니다. 백광진이 오선영의 허영기를 이용하여 돈을 갈취한 것이죠.

2단계의 몰락은 성적 욕망에 대한 단죄입니다. 오선영은 사회생활의 필수적 교양이라는 사람들의 말에 현혹되어 댄스를 배우기 시작하죠. 때마침 젊은 대학생 신춘호가 댄스교습을 자청하며 유혹을 합니다. 조카뻘 되는 남성의 유혹에 오선영은 성적 욕망을 느낍니다. 그런데 오선영은 자신을 사랑하고 있다고 믿었던 신춘호가 자기 조카딸과 결혼해서 미국유학을 떠난다는 말을 듣죠. 그리고 '마담'이라며 애틋하게 불러주던 신춘호가 갑자기 '아주머니'라고 부르면서 거리를 두려는 모습에, 일종의 성적 모멸감을 느끼게 됩니다.

3단계의 몰락은 여성의 성적 결정권에 대한 단죄입니

다. 즉 오선영은 세 번째 남성 한태석과의 관계에서 자신의 성적 결정권에 대한 회의감과 자괴감을 느끼게 됩니다. 오선영은 신춘호에게 농락당한 마음을 보상받고자, 한태석의 유혹에 쉽게 흔들리죠. 심지어 먼저 유혹하려고까지 합니다. 이런 오선영에게 한태석은 자신의 아내를 두고 "안잠자기", "교양이 없는 여자"라고 말하면서 금방 이혼할 기세로 다가옵니다. 그 말이 사실이라고 믿었던, 혹은 믿고 싶었던 오선영은 한태석과 호텔로 들어가 화려한 댄스파티를 즐기면서 성적 욕망을 결정적으로 실현하려고 하죠. 그런데 그 욕망도 한태석 아내의 습격으로 실패하게 됩니다. "머리가 흩어지고 치마가 흘러내리고, 숨이 헐떡거리"는 행색으로 자정이 넘어서 쫓겨나와 캄캄한 골목길을 헤매게 됩니다. 지금과 달리 1950년대는 밤 12시가 넘으면 차도 사람도 모두 통행금지가 되었던 시절이죠. 자정이 넘은 시간에 골목길을 헤매던 오선영은 결국 경찰에게 붙잡혀 파출소에서 하룻밤을 보내게 됩니다.

이런 과정을 알 리 없는 장태연은 아내의 외박이 곧 간음이라고 생각하고, 귀가한 아내에게 집을 나가라고 호령합니다. 결국 오선영은 집에서도 직장에서도 쫓겨납니다. 친정에 기대볼까 하고 오빠네로 가지만, 국회의원 선거로 빚을 져 빚쟁이에게 시달리던 오빠네는 폐가처럼 변해있었습니다. 또한 여성의 사회진출과 낭만적 사랑을 열변했던 친구 최윤주는 백광진에게 사기당한 충격에 유산하고, 병원에 입원중이었죠. 비로소 오선영은 자신이 주장했던 성적 자유, 성적 자기 결정권이 허망하다는 자괴감에 빠집니다. 신춘호나 백광진이나 한태석에게 반해 보았자 그것이 무엇이던가, 결국은 농락당하고 만 것을, 하고 자책합니다. 결국 자신을 포함한 여성의 욕망이 가정 밖에서는 허망할 뿐이란 사실을 깨닫게 됩니다. 오선영에게 사회란 자신을 배반하고 성적으로 농락하는 공적 공간이 되어버렸습니다.

3단계의 몰락 과정을 거친 오선영은 비로소 "여자들의 자유와 행복이란 오로지 결혼이라는 토대 위에서만 성립될 수 있"다는 사실을 깨닫습니다. 게다가 남편 모르게 학생에게 뇌물을 받았는데, 그 일로 사람들이 남편에게 더러운 위선자라 욕한다는 사실도 알게 됩니다. 자신의 욕망으로 인해 '고결한 남편의 명성'에 흠집까지 냈다는 수치심에 사로잡힙니다. 오선영은 사랑, 돈, 허영이 모두 헛되고 헛되도다 하는 기분이 듭니다. 결국 자포자기하고 기댈 곳은 남편과 아이밖에 없다는 심정으로 가족 곁을 맴돌게 되죠. 소설 끝에서 남편의 용서로 귀가하면서, 오선영은 기세등등하게 자유를 갈구하는 아내가 아니라 가부장인 남편에 순종하고 스스로 자유를 가두는 가정주부가 되어 버립니다. 가정 안에서 남편의 내조자로, 사회에서는 타자로 자기 삶의 의미를 규정하게 됩니다.

지금도 자식 때문에 같이 사는 부부들이 의외로 많다고 하죠. 사랑은 없어도 그놈의 정 때문에 산다고 말들 합니다. 장태연 부부 역시, 가족 구성원으로서 자신이 맡은 바 의무를 다하기 위해 한 집안에서 살아가야 한다고 각자 다짐합니다. 서로가 믿음을 가진 관계가 아니라, 가정이라는 상상의 공동체를 해체하지 않기 위해서 살아가야 한다는 의무감을 다진 것이죠. 오선영은 "가정! 여자들은 가정을 떠나서는 자유도 행복도 있을 것 같지 않았다."라는 처절한 인식을 하고요. 그 사회인식은 가정보다 더 큰 단위의 상상의 공동체, 즉 국가로 포섭됩니다. 요컨대 장태연은 "아내는 이미 자신의 잘못을 깨닫고, 한글 간소화 공청회장에 나타나지 않았는가!"라는 점에서 용서의 이유를 찾습니다. 오선영 역시 "거룩한 사업에 종사하고 있는 남편의 가치를 전연 몰라보았던 자신을 뼈아프게 뉘우"칩니다. 국가의 일원으로서 봉사해야 한다는 국가 윤리가 이들의 재결합에 중요하게 작동한 것이죠.

자유라는 것을 방종으로 잘못 알고 옆집 대학생과 댄스에
미쳐 돌아가던 그 마누라다. 댄스를 위해서는 가정도
돌아보지 않고 외박조차 예사로 하던 그 마누라다. 외박을
하고 돌아다닐 테면 아예 나가버리라고 책망하니까
'나가라면 나가지! 이놈의 집에서 식모살이를 안하면

누가 굶어죽을 줄 아느냐'고 호언장담을 하면서 집을
나가버렸던 마누라다!

　인용처럼 장태연은 아내의 잘못을 용서할 수 없다는 마
음이 있습니다. 그러나 "나는 아내를 용서해야 한다. 모든 가
족의 행복을 위해, 아내를 용서해야 한다."고 다짐을 합니다.
이처럼 장태연의 용서로 부부가 재결합한 것이죠. 화해로 끝
나는 이 서사구조는 무의식적으로 낭만적 사랑을 향한 동경
에 제한적 의미를 부여합니다. 즉 낭만적 사랑은 결혼 전에 가
능한 것이고, 결혼 후에는 가정과 국가에 대한 의무와 책임을
다하기 위해 낭만적 사랑을 포기해야 한다는 사회윤리를 생
산하고 있는 것입니다.

　그런 점에서 『자유부인』은 의무로서의 사랑을 내면화시
키고 있는 소설입니다. 낭만적 사랑은 누군가와 일대 일의 주
체로 만나서 서로를 특별한 타자로 인식하고 확인하는 과정
이죠. 그것의 결과가 결혼이 될 수도 있고요. 그런데 『자유부
인』에서 낭만적 사랑은 모두 실패하고 결국 사랑은 가정과 국
가에 대한 의무로서 수렴되고 있습니다. 동시에 사랑을 정신
(사랑하는 감정)과 육체(성적 욕망)로 분리하고, 여성에게만
후자를 금기시합니다. 그러므로 소설에서 오선영과 최윤주는
성적 욕망에 휘둘렸던 자신의 행동을 자책하는 반면에, 남성

들은 하나같이 자책이란 없습니다. 요컨대 장태연은 자신이 박은미에게 가졌던 성적 욕망에 대한 죄책감은 느끼지 않은 채, 가정을 파괴하려고 했던 것은 자유를 방종으로 오인하고 댄스에 미쳤던 아내라고 책임을 전가하죠. 아내가 그 가정 안에서 육체적 고독과 가난에 시달렸다는 사실은 전혀 고려의 대상이 되지 않습니다. 또한 장태연은 자신의 외도에 대해서 전혀 뉘우치지 않고 과거의 아름다운 추억으로 남겨둡니다. 오선영의 과오만을 문제 삼죠. 이는 성에 대한 이중적 잣대가 작용했기 때문입니다. 육체적 사랑과 성적 자기결정권을 여성에게는 허용하지 않고 남성에게만 허용하는 사회적 통념이 반영된 결과입니다. 그러므로 소설은 최윤주라는 인물을, 성적 자기결정권을 가진 주체로 살아가려고 했으나 결국 남자에게 사기당하고 죽음을 기다리는 환자로 그려냅니다. 반면에 오선영은 세 명의 남성에게 배반과 농락을 당했지만, 정조를 '훼손'하지는 않기에 가정이라는 울타리 안으로 귀환할 수 있었던 것과 대비됩니다.

> 외박을 하고 돌아와서도 강경한 태도로 나오는 것을
> 보면 정조만은 의심할 필요가 없다고 믿었다. 왜냐하면,
> 제아무리 철면피 같은 여자라도 외방 남자에게 실지로
> 몸을 허락했다면 남편 앞에서 그처럼 강경한 태도로 나올

수가 없었겠기 때문이었다. 장교수는 아내의 인격을
그렇게까지는 의심하고 싶지 않았다.

인용에서 보듯이, 장태연이 오선영을 용서한 이유는 순
결을 의심하지 않기 때문입니다. 오선영이 최윤주와 달리 가
족의 품으로 돌아올 수 있었던 것은 오직 이런 차이였습니다.
순결하지 않은 여성은 가정이라는 울타리 밖으로 추방된다는
사회적 통념을 생산하는 장면이지요. 이처럼 『자유부인』은
전쟁 이후 혼란한 사회 속에서 일탈을 꿈꿨던 이들이 가족이
라는 이름으로 재결합하는 과정을 보여주면서도, 그 안에서
남성과 여성을 위계화하고 근대적 가부장을 재건시키고 있는
셈입니다.

장태연 부부가 화합하는 장소는 바로 가부장의 권위가
회복되고 가족이 재건되는 장소입니다. 바로 입법을 주도하
는 국회의사당이며, 남성 연사에 의해서 진행되는 공청회 장
소입니다. 이 점 역시 굉장히 상징적 의미를 지니는 소설적 배
치라고 할 수 있어요. 가족을 재건하는 주체가 국가를 재건하
는 주체여야 한다는 암묵적 합의, 그리고 그 주체가 반드시 남
성이어야만 한다는 당대 남성의 정치적 무의식이 투사되어
있다는 의미지요. 공청회란 무릇 남녀노소가 참석하여 자유
롭게 소통하는 장이지만, 여기서는 오히려 남성의 권위와 가

부장적 이데올로기를 확인하고 회복시키는 아이러니한 장소입니다.

　물론『자유부인』은 개인의 자유, 그 기저에 깔린 주체성과 근대적 가치에 대해서 진지하게 고민하고 있고, 이 과정에서 여성의 사회 활동에 대한 욕망, 성적 자기결정권자로서의 권리를 세밀하게 묘사하고 있다는 점에서는 1950년대 생활상과 대중적 욕망을 탁월하게 형상화한 소설이라 할 수 있습니다. 하지만 성차별적인 사회적 통념을 재생산하고 있다는 점에서는 문제적이라고 할 수 있어요. 게다가 자유라는 근대적 가치를 실현하고, 성적 자기결정권을 주장하면서 남녀평등을 실현하고, 사회인으로서 공적 영역에서 활동하려던 여성들을 사적 영역에 유폐시키는 일에 당위성을 부여하고 있죠. 그 결과 여성과 남성을 각각 사적영역과 공적영역으로 철저히 분리해 위치시키고, '순결'을 여성성의 중요한 잣대로 구축하고 있다는 점에서 근대적 가부장제 즉 차별을 재생산하고 있습니다.

대중소설의 공식에 충실하다

앞에서 줄곧 이야기했듯 소설 『자유부인』은 부와 성에 대한 욕망과 그것에 대한 환멸의 서사입니다. 이전 시기보다 1950년대가 대중적 욕망이 들끓었던 시대였다고 이미 말씀드렸죠. 그런데 소설은 오선영을 정숙한 아내에서 욕망의 화신으로 탈바꿈시켰다가 다시 정숙한 가정주부로 안착시킵니다. 이는 대중소설이나 드라마에서 자주 발견되는 서사구조예요.

요컨대 대중소설이나 드라마는 서사의 90%를 욕망 충족에 몰두하게 하죠. 그리고 결말에서 욕망 충족이 개인의 파멸 혹은 개인의 반성으로 정리되는 것이 공식처럼 되어 있어요. 주인공의 욕망 충족 과정에서 독자나 시청자들은 욕망의 동일시를 느끼기도 하고 대리충족감을 느끼기도 하지요. 그러나 욕망 충족이 사회적 규범이나 윤리를 초월한 행동으로 나아가게 되면 심리적인 불안감이 동반됩니다. 이것을 학술용어로 '쾌감 불안'이라고 합니다. 즉 대중 독자나 시청자들은 욕망 충족을 통해 사회적 관습이나 통념에서 해방된 자유로 확장해가면서 쾌감을 느끼지만, 반대로 사회적 관습이나 윤리를 유지하고 싶은 욕구 또한 작동해 불안해지기 시작합니다. 특히 도덕적 일탈로 치닫게 되면 불안감이 고조되는 것이죠.

대중 서사에서는 이러한 독자의 불안감을 서술 방법과 서사구조 등 서사적 장치를 통해 해소합니다. 먼저 서술 방법을 살펴보면, 쾌감의 극대화와 불안 해소 요소를 병치하는 방식을 쓰거나 그 양가적 측면을 반복적으로 제시합니다. 물론 말초적 감각을 자극하는 묘사를 반복적으로 상세하게 서술함으로써 쾌감을 극대화하죠. 성과 사랑이라는 소재를 당대 풍속과 경합하는 생활풍속으로 대치시킴으로써 기존의 것과 새로운 것, 그리고 그것의 윤리적 가치를 대립시킵니다.

오선영은 새로운 가치에 눈을 뜨게 되고, 남편이 무능하다고 무시하기도 했습니다. 게다가 "맘대로 주무를 수 있다고 생각"하기도 하지요. 이처럼 아내가 남편의 무능을 비판할 수 있었던 이유가 있습니다. 1950년대 전쟁 직후의 후유증으로 가부장의 권위가 실추되었기 때문이에요. 전쟁 기간 동안 남성을 대신해서 생활전선에 뛰어들었던 여성들이, 비록 제한된 사회활동이지만 점차 사회적 지위나 가정에서의 지위가 남성과 맞먹게 되었기 때문이죠. 가부장의 권위가 굳건했던 시기에는 "암탉이 울면 나라가 망한다" 식으로 남성의 권위를 확정하고 그것이 반복되었지요. 남성을 생산의 주체이자 가족의 리더 곧 가장으로, 그 우월성을 교육하였습니다. 반면에 여성에 대해서는 지적 열등성을 주장하면서 관리와 계몽의 대상으로 남자 아래에 위치시켰지요. 그런데 전쟁은 이러한 가부장제의 위계화를 일부이지만 무너뜨린 겁니다.

그러나 제2차 세계대전 이후에는 말씀드린 이유로 인해 전세계적으로 남성들의 위기의식이 고조됩니다. 이러한 위기의식은 "아내여, 집으로 귀환하라" 라는 사회적 슬로건을 만들어내고, 남성의 절대적인 공감을 받으며 확산됩니다. 전쟁터에서 열심히 싸웠던 남성들이 일상세계로 귀환하여 경제적 무능력자로 전락하고, 그로 인해 가정이 와해된다는 것을 이유로 내세웠어요. 또한 국가의 재건이 시급한 시점에서 가정의 재건 역시 중요하다는 사회적 공감대를 형성하려고 하죠. 『자유부인』은 이러한 사회적 슬로건에 동조하는 자세를 취해요. 대중독자의 요구일수도 있지만, 작가의 현실상황과도 관련이 있을 거예요. 『자유부인』을 쓸 당시의 작가는 경제적으로 궁핍해서 남의 신세를 지고 있었어요. 본래 지주의 아들로 태어나 금전적 어려움 없이 청년기까지 보냈던 작가였지만, 월남한 이후 가족들의 생계를 책임지는 가장이 되었어요. 그러므로 남성의 경제적 활동의 필요성, 부에 대한 욕망 등이 중층적으로 작용하면서 남성의 권위회복과 국가의 재건에 힘을 실어준 것으로 여겨집니다.

오늘날은, 아내더러 따라 죽어 주기를 바란다는 것은

어림도 없는 수작이다. 설마 그런 망상을 품고 있는
남성도 없겠지만, 그럴 여자도 없는 것이다. 남편이
멀쩡하게 살아 있어도 아내가 제멋대로 놀아먹는
판인데, 하물며 죽어버린 남편을 위해 누가 목숨을
바치겠느냐 말이다. 그런 점으로 보면, 장태연
교수는, 대학교수로서의 시세만이 폭락되었을 뿐
아니라, 남편으로서의 시세도 그보다 못하지 않게
폭락된 셈이었다. 해방 이후, '인프레이숀'과 아울러
앙등일로昻騰一路로 뻗어 올라간 것은 오로지 '사모님'들의
권세뿐이었던지 모른다.

이처럼 서술자는 오선영이 가진 성과 사랑, 자유에 대한
욕망을 새로운 가치의 추구로 묘사하는 것이 아니라 "제멋대
로 놀아먹는" 방종으로 표현하면서 비아냥거리고 있습니다.
이는 서술자가, 아니 정확히 말하면 작가가 가부장적 시각으
로 소설을 주관하고 있기 때문이죠. 즉 작가는 새로운 가치들
로 인해 변화해가는 현실을 인식하면서도, 가부장적인 사회
통념과 강하게 연결되어 있다는 것이죠. 그러므로 근대적 가
치로의 변화, 다양한 주체성을 실현하는 개인을 포착하기도
하고, 그것을 자신의 가부장적 사회통념으로써 비판적으로
조명하기도 합니다. 이러한 양가적 측면은 작가의 현실인식

의 한계라고도 지적할 수 있지만, 신문소설의 속성이자 대중소설의 보편적 서술방법이기도 합니다.

이처럼 『자유부인』은 양가적인 측면을 모두 보여주지만, 궁극적으로는 사회적 통념으로 수렴되는 서사구조입니다. 즉 사회적 관습이나 윤리로부터의 일탈이 이어지지만 결말에서는 그것을 사회로부터 격리하거나 퇴출시키는 방식을 취합니다. 이러한 서사구조는 일반적으로 대중소설이 취하는 도덕적 정의 또는 '도덕적 비학道德的 秘學, moral occult'입니다. 『자유부인』 역시 쾌감 불안을 해소하기 위해 도덕적 비학으로 서사가 끝납니다.

소설에서 장태연 부부는 각각 자신의 성적 욕망을 추구하면서, 독자들의 말초적 감각을 충분히 자극하죠. 그런데 이들 부부의 욕망에 대해 작가는 양가적 태도를 취합니다. 장태연과 달리 오선영과 관련된 인물들의 육체적 욕망은 아주 세밀하게 형상화하고 있죠. 오선영이 남편과의 관계 속에서 육체적 고독에 시달리는 장면도 아주 자세하게 묘사됩니다. 눈앞에 남편이 앉아 있어도 아내를 성적 대상으로 여기지 않는 모습이나, 오로지 학구열을 불태우는 장태연의 모습이 그려지죠. 그러므로 오선영이 자유 그리고 부에 대한 욕망을 채우기 위해선 직장을 잡아야 한다는 명분을 제공합니다. 소설 속에서는 남편에게 여러 이유를 들어 명분화하고 있는 듯하지만, 실제로는 육체적 고독을 해소하기 위해 가정 밖으로 탈출할 수밖에 없다는 사실을 독자에게 설득하고 있는 것이죠.

재력을 과시하는 백광진이나 자유연애를 신봉하는 신춘호는 고독에 시달려온 오선영에게 육체적 매력을 자각하게 하는 인물들입니다. 그리고 한태석은 오선영 스스로가 자신의 성적 매력을 확신하게끔 하는 인물이죠. 게다가 최윤주가 백광진을 유혹하여 사업을 추진하는 일이나 한태석이 사기당한 돈을 선뜻 변통해 주는 일들을 통해 성적 매력이 곧 부의 토대가 된다는 타산도 생기게 되죠. 성적 매력으로써 부에 대한 욕망을 충족시킬 수 있다는 확신이 그녀를 가정 밖으로 나오게 한 원동력입니다. 그러나 그 모든 것들이 허망하게 끝나버리죠. 장태연 역시 성적 욕망을 가정 밖에서 추구하고 그 과정이 '종아리'에 대한 매혹으로 세밀하게 묘사되지만, 그 대상과 헤어지는 것으로 싱겁게 끝나버립니다.

그러므로 소설 결말에서 장태연은 대중적 강연을 통해 한글의 위대함을 전파함으로써 고상한 인품의 소유자로 추앙받는 반면, 오선영은 '화냥년'이라며 지탄을 받는 처지가 되죠. 이것이 대중소설의 일반적 공식인 도덕적 비학의 실현입니다. 이러한 결말 구조는 장태연 부부가 성적 욕망을 드러내게 된 계기, 그 욕망을 실현하는 장소 등에서도 이미 암시되고 있었죠. 즉 장태연이 박은미를 만나게 된 계기가 한글 문법 체

계를 교육하기 위해서인 반면에, 오선영이 백광진이나 신춘
호 등을 만나게 된 계기는 부와 성의 자유를 충족하기 위해서
였죠. 문법 즉 규범을 교육하는 장태연과 허영을 충족하려는
오선영으로 처음부터 대비시키고 있는 것입니다. 그러므로
이들의 데이트 장소도 확연히 구분됩니다.

오선영은 주로 육체적 접촉이 가능한 댄스홀, 하숙집, 호
텔, 모텔 등에서 이성을 만납니다. 반면에 장태연은 교습소와
남산길에서 이성을 만납니다. 오선영은 밀폐된 장소이고 장
태연은 공개된 장소인 것입니다. 오선영처럼 밀폐된 장소에
서 이성을 만난다는 것은 은밀한 관계로 전환될 가능성이 농
후한 것처럼 보입니다. 그러나 장태연처럼 공적 장소에서 이
성을 만난다는 것은 얼핏 보면 공적인 관계 이상의 가능성을
차단하는 것처럼 보이죠. 이러한 데이트 장소의 차이에서도
남녀의 성적 욕망에 대한 이중적 잣대가 보입니다. 사회적 통
념이 교묘히 작동하고 있지요. 그러므로 성적 감정을 약간 추
구했던 장태연이나 성적 욕망을 실현했던 백광진, 한태석, 신
춘호 등 남성들은 그 권위와 지위를 존속합니다. 반면에 이들
의 성적 대상자인 오선영과 최윤주는 지탄을 받지요. 소설의
도덕적 비학이 남성과 여성에게 동일한 잣대가 아니라는 의
미입니다. 이것이 대중 독자의 사회적 통념이자 작가의 현실
인식이었습니다.

논쟁의 중심에 서다

『자유부인』은 연재 초기부터 대학교수 아내의 성적 일탈이라는 소재로 대중적 호기심을 자극하면서 인기를 얻게 됩니다. 3개월 정도 연재되었을 즈음, 서울대학교 법대 교수로 재직 중이던 황산덕 교수가 문제를 제기합니다. 대학교수 아내가 바람이 나서 가출하고, 정작 대학교수도 제자에게 성적 유혹을 느끼는 내용에 문제가 있다는 거였지요. 미군부대 타이피스트 박은미를 양공주로 호명하기도 하면서, 작가가 "갖은 재롱을 부려가며 대학교수를 모욕하고 있다"고 비판합니다. 소설 연재 중단까지 언급하죠. 이러한 문제 제기에 대해 격분한 작가 정비석은 서울신문에서 이렇게 반박합니다. "작품을 다 읽지도 않고 작품 중단 운운하는 것은 오히려 문학가를 모욕하는 탈선적 폭력이면서 허무맹랑한 원성이다. 나는 전혀 개의치 않을 것이며, 계속 쓸 것이다."라고 강력 대응합니다.

이 말을 들은 황산덕 교수는 분기탱천합니다. 문학의 역할을 역설하며 작가의 세계관에 대해 문제를 제기하죠. "『자유부인』이 전쟁하는 한국의 신문지상에 연재됨으로써 철없는 청소년의 정신을 마비시키고 있어 국가와 민족을 위하여 용서할 수 없는 죄악이 되는 것"이며, 남녀관계와 성욕을 다

뤘다는 점에서 진정한 문학이 아니라고 주장합니다. 한국의 진정한 문제를 제대로 다루지 않고, 야비하게 인기를 추구하며 유치한 예로 대중을 희롱하는 문학의 적이고 파괴자라고 작가를 비난합니다. 휴전 상황을 환기하면서 "『자유부인』이 중공군 50만 명에 해당하는 조국의 적이 아닐 수 없다."라는 유명한 말을 남기기도 했습니다. 이와 같이 두 사람의 지상논쟁이 치열해지자, 변호사 홍순화와 문학평론가 백철이 논쟁에 가세하여 소설의 윤리성과 창작의 자유라는 쟁점으로 불이 붙게 됩니다. 그런데 논쟁은 지상에서 그치지 않고 사회적 논란으로 확산됩니다. 대학교수단과 여성단체들은 관계당국을 찾아가 『자유부인』의 연재금지를 요청하는가 하면, 당대 독자들은 『자유부인』이 현대인의 허영심 등을 핍진하게 그린 세태소설이라며 용기 있게 계속 집필해야 한다고 격려하기도 합니다.

이렇듯 사회적 파장을 몰고 온 논쟁마저도 『자유부인』을 향한 대중적 관심이었다는 것을 짐작할 수 있는 해프닝이 벌어집니다. 1954년 4월 1일 산업경제신문에 '遂! 자유부인 말썽— 정비석 씨, 황산덕 교수 간에 난투극, 쌍방 중상으로 입원 중' 이라는 기사가 실립니다. 지상논쟁을 벌이던 황산덕과 정비석이 육탄전을 벌여 부상을 당했다는 내용이었습니다. 곧 만우절 해프닝 기사라고 정정 보도를 냈지만, 대중들은 기사가 사실일 수도 있다고 믿었습니다. 그만큼 논쟁이 격렬했다는 거지요.

　여기에 분단이라는 아픈 한국사가 빚어낸 해프닝이 하나 더 추가됩니다. 『자유부인』 논쟁이 정치적 문제로 비화된 것이죠. 북한이 『자유부인』에 그려진 상류층의 생활상을 끄집어내어 남한 사회가 부조리하다고 대남 비방용으로 이용한 까닭이었습니다. 반공이 국시였던 전쟁 직후의 상황을 짐작하면 이런 정치적 공작은 있을법한 일이죠. 그런데 웃지 못할 해프닝은 남한 당국의 태도로 인해 일어납니다. 북한이 『자유부인』을 대남비방용으로 이용했다는 이유로, 작가 정비석을 '이적표현물 발간죄' 명목으로 조사합니다. 결국 무죄로 풀려났지만, 그 일로 정비석은 경찰과 특무대로 왔다 갔다 하면서 조사를 받았죠. 이러한 진상조사 과정은 휴전 직후의 상황에서 발생한 레드콤플렉스에 의한 것이며, 사상적 방향성을 추진하기 위한 표적 사격이었습니다. 이 사건 이후 작가 정비석은 정치적 문제에 대해 도외시하는 입장을 취합니다. 또한 60년대 이후 고전소설로 작품 경향이 변화한 것도 이와 관련이 있을지 모르겠습니다.

　이렇듯 『자유부인』을 둘러싼 논쟁은 소설의 인기 급상승, 연재 직후 단행본 출간과 베스트셀러화, 영화 제작과 흥행, OST까지 유행하는 요인이 됩니다. 그 폭발적 인기는 단행본 출간과 판매부수에서 짐작할 수 있습니다. 한국 출판사상 최초로 14만 부를 상회하는 베스트셀러가 됐거든요. 신문 연재가 끝나기도 전에 정음사에서 단행본을 출간했는데 초판 3,000부가 금방 팔립니다. 당시 초판 규모가 500부~1,000부이던 시절이었으나, 인기를 감안하여 다른 책에 비해 6배 가까이 초판을 찍어냈는데도 다 팔린 것이죠. 다시 3,000부를 찍었는데도 역시 3일만에 다 팔려버립니다. 인기는 꾸준히 이어져 10만 부를 상회하는 출간 부수를 자랑하게 되죠. 1950년대엔 책을 사볼 수 있을만큼 경제적 여유가 있는 인구가 적었음에도 불구하고 상당히 많이 팔려나갔습니다.

여담이지만, 『자유부인』이 정음사에서 출간된 것은 굉장히 재미있는 사건입니다. 왜 재미있는 사건이냐고요? 당시 정음사 사장은 최영해라는 사람이었습니다. 최영해가 누구냐면 우리나라의 대표적인 한글학자 최현배 씨의 아들입니다. 『우리말본』을 짓고 한글의 독자성과 위대성을 역설하였던 최현배 씨의 아들이 사장으로 있는 출판사에서 『자유부인』을 출간했다는 사실은, 주인공이 한글학자인 소설 내용과 어떤 연관이 있지 않을까요. 당시 촉망받는 한글학자의 아드님이 한글학자를 주인공으로 설정한 소설을 냈다는 것은 출판사와 작가 모두에게 뜻깊은 작업이 아니었을까요?

정음사 발간 『자유부인』 초판 표지

이때 출간한 『자유부인』 단행본 표지를 한번 같이 보실까요? 『자유부인』의 단행본 표지도 작품의 내용을 압축적으로 상징하고 있다고 볼 수 있어요. 책의 표지에는 전화를 받고 있는 여성이 그려져 있습니다.

1950년대에 전화기를 소유하는 건 대단한 부잣집이나 가능한 일이었습니다. 또한 돈만 있으면 가능한 일도 아니었지요. 돈과 명예가 모두 있어야 수월하게 소유할 수 있었어요. 이 그림은 현실이라기보다는, 전화기를 가진 집에서 살고 싶다는 오선영의 욕망이 투영된 그림인 셈입니다. 이는 표지 여인이 입고 있는 옷에서도 드러납니다. 오선영으로 추정되는 여인이 입고 있는 옷은 흰색 저고리에 물방울무늬가 있는 파란색 한복 치마예요. 지금의 시각에서야 촌스러운 복장일 수 있지만, 60여 년 전으로 거슬러 올라가보면 굉장히 고급스러운 복장입니다.

> 무슨 짓을 해서라도 나이롱 옷만은 한 벌 지어 입어야
> 할 형편이었다. 그리고, 이왕 지으려면 내일 모임에
> 입고 나갈 수 있도록 시급히 짓고 싶었다. 오선영
> 여사는 양장점에서 나오는 길로, 동대문 시장에 들려
> 기어코 나이롱 옷감을 한 벌 뜨고야 말았다. 양복값
> 잔금 치르려던 돈이 '나이롱' 옷감으로 변한 셈이었다.

내일 일이야 어찌되든 간에, 우선 입을 것은 입고
보자는 생각이었다. 가난한 집 주부로서는 실로 놀라운
결단성이었던 것이다.

인용문처럼 '나이롱'은 부를 상징하는 최고급 옷감이었
습니다. 지금에야 가짜를 뜻하는 비속어로 쓰이기도 하고 오
가닉 소재의 옷과 견주어 싸구려 옷감이 되었지만, 1950년대
에는 부의 상징이었죠. 이처럼 『자유부인』 표지는 작품에서
다루고 있는 부를 향한 욕망과 허영심 등을 형상화하고 있습
니다.

영화화한 자유부인, 흥행에 성공하다

『자유부인』은 1956년에 영화화되는데, 한국영화 최초로 10만
관객을 동원한 흥행작이 됩니다. 당시 파급력은 요즘 메가히트
하는 영화가 1,000만 관객을 동원한 것과 마찬가지라고 생각
하시면 됩니다.

영화의 흥행은 소설의 인기에 힘입은 바가 크지만, 감독
도 한몫했습니다. 영화 <자유부인>의 감독은 한형모라는 분

이었습니다. 한형모 감독은 우리나라 최초로 반공영화 흥행에 성공을 거둔 감독이에요. 그래서 반공영화의 기수로 불리죠. 그런데 그게 <자유부인>의 히트와 무슨 상관이 있나 궁금하시죠? 한형모 감독은 반공영화로 영화계에서 인지도를 높였고, 이어서 1954년에 <운명의 손>이라는 영화로 대중의 이목을 집중시킵니다. 이 <운명의 손>이 흥행작인데, 그 이유는 한국 영화사 최초로 키스 장면을 삽입했기 때문이에요. 비록 3초 내지 4초 정도에 불과한 장면이었지만, 당시 한국 영화의 관습을 깨는 혁명적인 사건이었죠. 그러나 키스 장면이 관객들에게 아주 생소한 것은 아니었어요. 물밀듯이 들어온 외국 영화에서는 자주 접했던 장면이었기 때문입니다. 다만 한국 영화의 관습 안에서는 허용되지 않았던 것이죠. 당시 한국 영화에서는 키스 장면 대신에 비둘기가 날아가거나 숲의 나무들이 바람에 흔들리는 식의 장면으로 대체했거든요.

　'키스신 감독'으로 명성을 얻은 한형모가 <자유부인>의 감독이 되었다는 사실만으로도 센세이셔널한 일이었습니다. 대중들은 이번에도 한형모 감독이 키스 장면을 넣을까 기대감을 갖고 지켜보았던 것이죠. 감독도 이러한 대중의 기대감을 염두에 두면서, 유사 키스 장면을 넣게 됩니다. 오선영과 나이 어린 춘호의 애정신이었습니다. 서로의 입술이 얼마나 가까이 마주했는지 모르겠지만, 입맞춤을 상상할 수 있는 장면이었습니다. 그 정도 장면만으로도 관객들은 환호하던 시대였지요. 게다가 조카뻘 되는 연하의 남성과 중년 여성의 입맞춤은 충격적이었을 겁니다.

이밖에도 영화는 다양한 볼거리를 제공하면서 선풍적 인기를 구가합니다. 당시 오선영의 오빠네나 오선영의 동창생 등이 보여주는 상류층의 생활상도 볼거리 중 하나였죠. 상류층을 욕망하지만, 그들의 생활상을 짐작할 수 없는 관객에게는 대단한 흥밋거리였습니다. 청춘들의 연애 장면도 물론 볼거리였습니다. 자유연애를 갈망하는 청춘 관객들은 영화 속 연인들의 연애 장면에서 동일시의 감정과 대리충족감을 가졌던 것이죠. 그리고 영화의 주요 배경으로 명동, 태평로, 남산이 포착되는데, 이 거리가 주는 도시의 풍요로움 역시 볼거리였어요. 이 거리들은 풍요로운 미국문화의 본거지로 상징되며 '아베크족'의 데이트 장소로 유명했던 곳이죠. 지금으로 말하면 홍대나 이태원 정도일까요? 1950년대 미국 문화의 영향으로 젊은 연인을 아베크족이라고 호명하였습니다. 연애하는 방법, 연애의 에티켓, 연애하기 좋은 장소, 연인들이 즐겨 찾는 거리가 대중매체에서 자주 언급되었고, 명동은 대중적 호기심을 불러일으키는 문화공간이었어요. 그러나 거리나 시간의 제약 등 현실적인 이유로 접근할 수 없었던 문화공간을 영상으로나마 감각할 수 있었던 것이죠. 글이나 그림을 통

해서는 느낄 수 없었던 미국문화를 만끽하고 그 화려함과 풍
요로움을 체험하는 기회였습니다. 관객들은 영상을 통해 영
화의 주인공처럼 그 거리와 문화를 전유하고 성적 자유와 욕
망을 향유할 수 있었습니다.

소설 속에 등장하는 화려한 댄스홀 '엘씨아이^{해군장교구락부}'
는 실제로 명동에서 남산으로 올라가는 길목에 있었죠. 영화
는 댄스홀 장면에 꽤 긴 분량을 할애해요. 당시 가장 유명한
댄서 나복희가 춤을 추는 장면은 압권입니다. 나복희는 육체
파 댄서로도 유명한데, 큰 댄스홀을 혼자 장악하고 관능적으
로 맘보춤을 추죠. 지금도 그 장면을 보면 감탄이 나온다니까
요. 댄서 뒤에서 반주를 하는 악극단 역시 영화의 또 다른 볼
거리입니다. 당시 유명세를 떨치던 박주근 악극단이 아주 신
나게 연주하죠.

이처럼 영화 속에 당대 최고의 물건, 최고의 배우, 최고
의 댄서와 악극단을 모두 모아놓았기에 관객들은 당대의 대
중문화를 압축적으로 한꺼번에 향유할 수 있었던 것입니다.
이러한 흥행은 1969년, 1981년, 1986년, 1990년에 각각 동명
의 영화가 제작되는 것으로 이어집니다. 현재까지 다양한 콘
텐츠로 변용되는 것도 '자유부인'이라는 용어가 성적 호기심
을 자극하는 클리셰가 되어 버렸기 때문이죠.

여담이지만 영화가 대박나자 그 안에 삽입된 OST 역시

대박이 납니다. 바로 박신자가 부른 '댄서의 순정'이라는 노래예요. 나이에 무관하게 이 노래를 아시는 분이 많으시리라 생각합니다.

> 이름도 몰라요 성도 몰라
> 처음 본 남자 품에 얼싸 안겨
> 네온사인 아래 오색등불 아래
> 춤추는 댄서의 순정
> 그대는 몰라 그대는 몰라
> 울어라 색소폰아

이 노래와 더불어 '아베크의 토요일'이라는 백설희의 노래도 소개됩니다. 연인들이 토요일에 뭐하며 즐길까를 고민하는 노래예요. 이처럼 영화 <자유부인>은 다양한 볼거리와 들을거리를 제공하면서 흥행에 성공합니다.

사회적 파장이 지속되다

『자유부인』 연재 1년 후에 "법은 정숙한 여성만을 보호한다."

라는 말이 대중에게 회자되는 사건이 발생합니다. 이 사건으로 『자유부인』은 다시 한번 세간의 논란거리가 되죠.

중졸 출신의 박인수라는 남자가 헌병 대위를 사칭하여 무려 69명의 여성을 대상으로 혼인을 빙자한 범법행위를 저지릅니다. 상대 여성 중에는 여대생도, 부잣집 딸도, 미용사도 있었습니다. 그런데 재판 과정에서 이들 여성 중에서 단 한 명만이 증인으로 출석합니다. 조사과정에 언급된 여자는 단 네 명이었고요. 나머지 여성들은 합의하에 교제를 한 것이라고 하면서, 신분 노출을 꺼리지요. 『자유부인』에서도 보듯이, 당시 사회 통념상 정조를 잃은 여성은 사회적 매장을 당하는 분위기였으니까요. 그런데 1심에서 무죄가 선고됩니다. 법원과 검찰이 정조관념에 견해차를 보였습니다. "법은 정숙한 여성만을 보호한다."라는 판결로 박인수에게 무죄를 선고한 것입니다. 남성의 혼인빙자 간음죄는 법적으로 제재하지 않고 여성의 정조만을 심판한 끔찍한 결과였죠. 그러나 무죄 판결에 대한 사회적 여론이 험악해지자 2, 3심의 항소 과정에서 다시 판결을 뒤집습니다. "댄스홀에 다닌다고 해서 모두 내놓은 정조가 아니라는 전제 하에 고의로 여자를 여관에 유인하는 남성이 나쁘다고 할 수 있다"라고 박인수에게 유죄판결을 내립니다. 그런데 더 재미있는 사실은 시간이 한참 흐른 21세기에서도 '1심의 유령들'이 아직 살아있다는 거예요. 웹 백과사전에서 '박인수 사건'을 검색하면, 다음과 같이 설명되고 있어요.

> 6·25전쟁이 끝날 무렵에 이르러 한국인의 정신적
> 풍토에는 전쟁이 가져다준 상처와 더불어 심한 혼란이
> 초래되었으며, 제2차 세계대전 후 서구에서 풍미되다가
> 늦게 수입되었던 퇴폐와 향락의 소용돌이 등이 사회
> 전반에 방종한 전후 풍조를 조성했다.
> 세인을 경악케 한 박인수 사건은 이같은 세태를 더욱
> 실감케 하는 것이었다. 박인수는 애인의 배반에 대한
> 복수심에서, 당시 한창 유행하고 있던 댄스를 미끼로 약
> 1년 동안 무려 70여 명의 여인을 농락했다. 더욱 놀라운
> 것은 그 상대가 대부분 적어도 고등교육을 받았거나 대학
> 재학 중인, 지성을 갖추었고 당시 사회에서 선도적인
> 지위에 있다고 자부하던 여성들이었다는 점이다.
> 결국 그는 1955년 5월 31일 검거되어 7월 22일
> 언도공판에서 공무원 자격 사칭행위에 대해서만
> 벌금형을 받았고, 혼인빙자간음죄에 대해서는
> 무죄선고를 받았다. 그러나 재검방지를 위해 관찰보호에
> 붙여졌다. 법정에서 그는 자신이 상대한 70여 명의 여인
> 가운데 순결한 처녀는 단 한 사람밖에 되지 않았다고
> 털어놓음으로써 당시의 사회를 전율케 했다.

이 사건으로 "자기 스스로 보호하지 않는 순결은
법이 보호할 필요가 없다"는 말이 유행하게 되었으며
'자유부인', '사모님' 등의 유행어가 속출했다.(2007.12.2
현재)

이 사건 개요를 보면, 여성의 정조관념과 허영이 사건의
발단이고 원인인 것처럼 기술하고 있어요. 여성의 성적 방탕
만이 단죄되는 현실을 고스란히 반영하고 있다고 할 수 있죠.
명색이 21세기 백과사전이 1950년대 『자유부인』에서 보여주
었던 근대적 통념을 재생산하며 널리 유포하고 있는 셈입니다.

이러한 사회적 통념이 일반화되어 있던 사회는 상대적
으로 성적 방탕을 조장하는 남성이나 대중매체에는 관대한
편이 될 수밖에 없습니다. 특히 1960년대 문화 정책이 '3S'와
관련 있다는 말을 많이 들으셨을 텐데요. 스포츠, 스크린, 섹
스라는 세 가지 S는 국가 재건 과정에서 유일하게 용인되는
문화적 코드였어요. 물론 정치적 논란을 흡수하기 위한 문화
정책이었기 때문이라는 것은 뒤늦게 검증된 사실이고요.

1950년대는 특히나 성적 욕망을 자극하는 다양한 담론
이 공적으로 자주 언급됩니다. 그 당시 대중 오락잡지, 즉 『아
리랑』, 『명랑』, 『희망』 등이 우후죽순으로 양산되어 성적 담
론장 역할을 톡톡히 수행하죠. 잡지의 내용은 거의 성과 사랑

에 관련된 말들로 가득 차 있다고 해도 과언이 아니었습니다. 킨제이보고서 여성판 역시 이 오락잡지에 수록되어 대중들에게 공유되죠. 이처럼 정부는 음란물 출판을 허용하면서도, 다른 한편으로는 음란물 출판법을 작동시켜 대중문화를 통제하는 이중 정책을 펼칩니다.

이러한 분위기를 타고 『자유부인』은 자주 회자됩니다. 1950년대 말 아프레 걸전후파 여성을 일컫는 신조어에 대한 지상논쟁이 펼쳐지는데, 이 논쟁으로 인해 보수적 성도덕은 더 확고해집니다. 이 논쟁이 일어날 때 또 다시 『자유부인』은 도마 위에 오르내리게 되죠. 전쟁 직후 유행처럼 번진 아프레 걸이라는 말은 『자유부인』의 최윤주처럼 개성이 강한 여성이나 성적 자유를 욕망하는 여성을 통칭하는 용어였어요. 아프레 걸이 여성의 권리와 성적 결정권을 요구하는 능동적인 현대 여성이라는 의견과 방탕한 여성이라는 의견이 팽팽히 맞서면서 논쟁거리가 되죠. 그 논쟁은, 국가 재건이 당면과제라는 당위론이 제기되면서 여성의 성적 결정권은 방종이자 타락이라는 것으로 결론이 납니다. 국가 재건의 주체를 남성으로 굳건하게 하기 위해서, 전쟁 직후의 혼란을 여성의 윤리적 타락으로 몰아간 것이죠. 여성을 윤리적 희생양으로 삼으면서 전쟁터에서 돌아온 남성을 공적 생활에 안착시키고 다시 여성을 가정 안에 가둬두었습니다.

이처럼 1950년대 『자유부인』으로 촉발된 성 담론은 전쟁 직후 혼란스러워진 성 규범을 문제 삼고 그것을 진단하는 계기가 되었으나, 결국은 국가 재건이라는 당면과제에 봉착하여 보수적 윤리관을 형성하는 발판 역할을 한 셈입니다. 이후 사랑/관능이 정신/육체로 극단적으로 분리되고, 후자는 사회적 문제를 유발할 수 있는 잠재적 요인으로 매도되었죠.

당대 최고의 인기 대중소설 속에 녹아 있는 논쟁점, 그리고 최우선으로 추구하던 가치들을 통해서 시대상을 선명하게 들여다볼 수 있는 소설입니다. 중요한 것은 과거의 작품에 비추어 이 시대를 다시 한 번 돌아보는 일일 겁니다. 이 시대의 우리에게 『자유부인』은 풍속소설 그 이상의 가치를 가지고 있는 게 아닐까요?

질문과 답변

Q 요즘 시대에는 논란이 되지도 못할 스토리인데, 충격으로
   받아들인 당시의 시대상이 궁금합니다.

A 말씀드렸듯 1950년대는 전쟁이 막 끝나, 가치의
   혼재 속에 제대로 기준을 잡지 못해 우왕좌왕하던
   시절이었습니다. 이 와중에 적어도 대학교수라면
   그러한 가치의 기준을 제시하지는 못할지라도 지향할
   만한 가치를 지닌 행동을 보여줘야 한다는 대중적
   인식이 깔려 있었을 겁니다. 그런데 대학교수가
   아름다운 여성에게 홀리고, 그 아내는 자유와 돈을
   추구하여 가정을 포기하는 사태까지 가지요. 학자는
   우리 사회의 가치와 규범을 제시하는 기둥 역할을
   해야 한다고 믿었기에 그 역할을 방기하고 있는
   등장인물들이 논란이 되었겠죠. 1920년대 초반에
   개인의 존엄성에 바탕을 둔 엘렌 케이의 자유연애론이
   소개됩니다. 사랑 없는 결혼은 무의미하다는 것을
   여성이 인식해야 한다는 강력한 메시지를 당대
   여성들에게 전달하죠. 그래서 1920~30년대 지식인
   여성들 중에 엘렌 케이의 자유연애론에 심취되었던

여성들이 상당수 등장합니다. 대표적으로는 나혜석, 김원주, 윤심덕 등이 있죠. 화가이자 소설가로 유명했던 나혜석을 여러분들도 알고 계시죠? 그런데 그들의 진보적 사고는 당대 사람들에게 용인되지 못했습니다. 결국 나혜석은 행려병자로, 윤심덕은 현해탄에서 자살하는 것으로, 김원주는 불가에 귀의하는 것으로 대중에게서 잊혀져갔습니다.

헨리크 입센의 희곡 『인형의 집』 속 히로인, 집 나간 노라가 1950년대 『자유부인』에 와서는 다른 여성으로 묘사된 것입니다. 『자유부인』에서 오선영은 노라처럼 인형의 집을 뛰쳐나가지만, 다시 남편의 이해와 용서를 받고 겨우 귀환합니다. 이 귀환의 서사구조는 바로 1950년대를 살던 대중들의 열망과 연결됩니다. 오선영의 가출은 사회적 가치의 혼란을 상징적으로 보여줍니다. 그러나 대학교수가 한글 문법 체계가 바로잡혀야 한다고 강변하듯이, 국가체계 역시 재건되고 건전한 삶의 태도로 바로잡혀야 하는 것이죠. 국가의 재건을 위해 개인들, 특히 재건의 주체를 남성들로 고정시키며 그들이 가정을 지켜야 한다는 강력한 메시지입니다.

Q   어찌보면 이 소설의 결말은 결국 해피엔딩이 아닐까요?

A   돌아갈 곳이 없어진 오선영이 다시 귀가했다는
      점에서는 해피엔딩이라고 할 수도 있겠죠. 소설 속
      인물이 일탈하는 행위는, 어떤 의미에서는 현재의
      삶에 대한 적극적 대응방식이라고 생각합니다. 그러한
      일탈을 통해 사회를 비판적으로 조망하기도 하고
      바람직한 방향성을 제시하기도 합니다. 『자유부인』
      역시 그렇다고 생각합니다. 이 소설에서 오선영의 일탈
      요인은 여성의 주권 의식 변화, 인간 존엄성에 대한 가치
      등과 더불어 외래(미국)문화의 유입, 부와 향락에의
      탐닉, 자신도 모르게 내재된 전쟁으로 인한 불안과
      공포감이 중층적으로 작용한 것이라고 봅니다.

Q   자유부인은 명작이라고 할 수 있는 소설일까요?

A   어쩌면 기준은 사람마다 다르다고 생각합니다. 저는 이
      작품을 명작이라고 단언하는데요. 그 이유는 명작의
      기준을 그 시대의 현실을 제대로 재현하고 있는지,
      개인의 삶의 지향점이라고 할 수 있는 가치관을 올곧게
      제시하고 있는지에 두기 때문입니다. 『자유부인』이
      세간에서 얘기하는 명작의 기준에 꼭 들어맞는
      것은 아닐지라도, 적어도 그 시대 현실을 핍진하게

그려냈다는 점에서 좋은 작품이라고 생각합니다.
특히 『자유부인』의 강점은 성에 대한 폐쇄적 관습을
해방시켰다는 점이에요. 여성 역시 성적 욕망을 가질
수 있고, 그러한 욕망들을 타인과의 관계 속에서
어떻게 실현시키고 싶은지, 다른 욕망들과 어떻게
중첩되는지를 보여주고 있지요. 때문에 가치 있는
소설이라고 생각합니다.

정비석 　　　　　　　　　　　1911. 5. 21. - 1991. 10. 19.

정비석은 평북 의주에서 태어났다. 그는 일본 유학 시절 '납프'에서 발간하는 『문학신문』 공모에 1932년 「한국의 아이로부터 일본의 아이에게朝鮮の子供から日本の子供たちへ」가 당선되면서 문단에 발을 들여놓는다. 귀국 후 1935년 『매일신보』 신춘문예에 꽁트 「여자」, 1936년 『동아일보』 신춘문예에 소설 「졸곡제」가 당선된다. 연이어 1937년 「성황당」, 1938년 「애증도」가 『조선일보』 신춘문예 소설 부문에 당선되면서, 비로소 촉망받는 신예작가로 본격적인 문단 활동을 시작한다.

그의 초기 작품은 자연으로의 회귀를 욕망하는 본능적 주체를 통해 애정과 관능미를 조화시키는 문학적 지향을 보여준다. 특히 「성황당」은 자연의 세계를 신앙처럼 믿는 주인공을 통해, 근대화로 인해 고향이 상실되고 인간의 존재 기반이 파괴되고 있음을 보여준다.

1954년 『서울신문』에 『자유부인』을 연재하면서, 정비석은 이전과는 다른 문학적 행보를 보여준다. 『자유부인』은 교수부인의 성적 일탈이라는 선정적 소재로, 전쟁 이후 미국문화의 급속한 유입과 가치관의 혼란이라는 당

대 세태 풍속을 예리하게 묘파하고 있다. 더욱이 연재 도
중에 발생한 '자유부인 논쟁'으로 소설의 대중적 인기는
더욱 드높아졌다. 그러나 박인수 사건, 아프레 걸 논쟁 등
성적 일탈과 관련된 사회적 문제가 발생할 때마다 『자유
부인』은 문제의 요인으로 거론되곤 했다. 그 후 정비석
은 『유혹의 강』, 『순정애사』, 『비정의 곡』 등 수많은 연애
소설을 썼고 1970년대부터는 『명기열전』, 『소설 손자병
법』, 『소설 연산군』 등 주로 역사소설을 출간하면서 한국
문학사에 대중소설가로 자리매김한다.

이처럼 정비석은 1932년부터 1989년 『미인별곡』 발간
까지 근 60년 동안 지속적으로 창작 활동을 한 작가이며,
본격소설과 대중소설을 넘나들면서 160여 편의 장·단편
소설을 창작한 다작의 소설가이다.

최인호, 『별들의 고향』 읽기

이 종 호

동국대학교 국어국문학과를 졸업하고 같은 대학원에서
「1950~70년대 한국문학전집의 발간과 소설의 정전화 과정」으로
박사학위를 받았으며, 현재 동국대학교와 숭실대학교에서 책읽기와 글쓰기를
가르치고 있다. 남한문단과 출판·입시·교육제도, 독서대중, 번역 등의
키워드를 중심으로 한국문학의 정전화 과정을 연구 중이다.
논문으로는 「1950~70년대 한국문학전집의 발간과 단편소설의 정전화 과
정」(2017), 「1970년대 한국근현대소설의 영어번역과 세계문학을 향한 열망」
(2018) 등이 있으며, 공저로 『식민지 검열, 제도·텍스트·실천』(2011),
『한국문학의 중심과 주변의 사상』(2017)이 있다.

1970년대 한국사회의 잔혹동화

줄
거
리

경아는 아버지의 갑작스러운 죽음으로 집안이 어려워지자
대학을 그만두고 회사에 취직한다. 직장동료인 영석의
구애로 연애를 시작하지만 원치 않는 임신으로 불법
낙태수술을 받게 되고 변심한 애인에게 버림받는다.
이후 혼자 어린 딸을 키우는 거래처 사장 만준과 중매로 만나
결혼하지만 낙태 사실이 밝혀져 결국 헤어진다. 권태에
빠져 살아가던 문오는 호스티스로 일하던 경아를 만나
동거를 시작한다. 그녀를 모델로 그림을 그리며 잃어버렸던
창작열을 되찾지만, 경아를 착취하며 그림자처럼 쫓는
동혁의 출현으로 경아와의 이별을 결심하고, 고향으로
돌아가 그림 그리기에 열중한다. 화가로서 평단의 인정을
받게 된 문오는 대학에서 시간강사 자리를 얻는다.
그러던 어느 날 동혁이 찾아와 경아의 소식을 전한다.
문오는 경아를 찾아가 마지막 밤을 보낸 후 편지를
남긴 채 도망치듯 떠난다. 1년 후, 술에 취해 눈 내리는
거리를 방황하던 경아가 세상을 떠난다. 문오는 이른
새벽 경찰서에서 걸려온 전화에 잠에서 깬다. 경아가
죽었다는 소식을 듣고 충격을 받는다. 홀로 경아의
장례를 치르고 화장한 유골을 한강에 뿌린다. 문오는
ㅈ단골술집에 들러 술을 마시고 도시의 밤거리를
헤매며 경아의 환영들과 마주친다. 다음 날 상쾌한
기분으로 일어난 문오는 사관생도처럼 어깨를 펴고
육상선수와 같은 몸놀림으로 일상의 삶으로 복귀한다.

대중문학의 정전, 별들의 고향

저는 한국문학의 정전화 과정을 공부하고 있습니다. 해방 이후 발행되었던 한국문학선집과 전집들을 살펴보면서, 특정한 작가와 작품들이 문학장 안팎의 전문가들에 의해 한국문학을 대표하는 위대한 작가와 작품으로 받아들여지는 일련의 과정들을 연구하고 있지요.

아마도 여러분들 가운데는 '정전'이나 '정전화 과정'이라는 용어를 오늘 처음 들어보는 분들도 계시리라 생각합니다. 하지만 생각보다 그리 어려운 개념은 아닙니다. 좁게는 중고등학교 국어시간에 배웠던 작품들이나 대학입학시험을 위해 공부했던 작품들, 넓게는 한국문학 100선이나 한국문학명작

선과 같은 필독서 목록들이 모두 정전의 범주에 포함되니 말입니다. 오랜 시간이 흘렀지만 학창시절의 아련한 기억 속에 떠오르는 작가와 작품들, 그리고 시험을 위해 억지로 읽을 수밖에 없었던 문학 지문들, 책장의 한 면을 가득 채우고 있지만 언제 읽었는지 생각나지 않는 한국문학전집들이 바로 우리가 일상 속에서 접하게 되는 문학정전들이지요.

오늘 여러분과 함께 살펴볼 최인호의 『별들의 고향』은 1970년대 최고의 베스트셀러였지만, 이제는 대중들의 기억 속에서 점차 잊혀져가는 작품들 가운데 하나인 것 같습니다. 여러분들 중에는 이 소설의 제목을 처음 들어보시는 분들도 많으리라 생각합니다. 고등학교 문학시간에 여러분들이 배웠던 최인호의 대표작은 『별들의 고향』이 아닌 「타인의 방」이라는 단편소설이었을 테니 말입니다.

『별들의 고향』은 1972년 9월 5일부터 1973년 9월 9일까지 조선일보에 연재된 장편소설입니다. 연재가 끝나자마자 예문관 출판사에서 상·하 두 권의 단행본으로 발간하여 불황에 허덕이던 한국 출판시장에서 최초로 100만 부의 벽을 돌파했을 뿐만 아니라, 영화로도 제작되어 서울 국도극장에서만 105일 만에 46만 4천여 명이 관람했을 정도로 엄청난 성공을 거둔 작품이지요. 『별들의 고향』을 읽기 위해 신문을 구독한다든지, 『별들의 고향』을 읽은 사람과 읽지 않은 사람으로 나눌 수 있다는 우스갯소리가 있었을 만큼 대중들의 관심은 엄청났습니다. 1970년대 한국사회에서 『별들의 고향』이 누렸던 폭발적인 인기를 고려한다면, 이 작품이야말로 대중들의 일상적 삶 속에 깊이 녹아들어갔던 당대의 명작이라고 불러도 좋을 것 같습니다.

하지만 중고등학교 문학수업 시간에 『별들의 고향』과 같은 대중소설 작품들을 만난다는 것은 현실적으로 어려운 일인지도 모릅니다. 어쩌면 이러한 상상 자체가 처음부터 불가능한 것일지도 모르지요. 문학교육의 특성상 섹슈얼리티에 대한 묘사가 등장하는 소설 텍스트는 중등교육 프로그램에서 우선적으로 배제될 수밖에 없었을 테니 말입니다. 최인호의 『별들의 고향』이 문학 교과서에 실릴 수 있는가 없는가의 문제는 여러분들이 생각하는 것보다 훨씬 더 복잡한 맥락 속에 놓여 있습니다. 1970년대 『별들의 고향』이 지니고 있었던 대중적 파급력과 사회적 영향력에도 불구하고, 문학교육 시스템 속에서 「타인의 방」이 최인호의 대표작으로 기억되고 학습되는 상황은 교육 프로그램의 차원을 넘어 당대 문학장과의 연관성 속에서 파악될 수 있는 까닭입니다.

실제로 한국문학사의 흐름 속에서 『별들의 고향』과 같이 대중들의 통속적인 욕망과 일상의 풍속을 그려왔던 문학 텍스트들은 문단의 안팎에서 언제나 비판의 대상이 되어 왔습니다. 대부분의 신문연재 소설들은 문학적 평가에 앞서 대중들의 취향에 영합한 흥미 위주의 읽을거리 정도로 폄하되었으며, 제도권 문학 내부에서 언제나 '타자'로서 기능해왔습니다. 한국에서 근대문학이 시작된 이래로 대중소설 혹은 통속소설 등은 제도권 문학이 지향해 왔던 순수문학이나 본격문학의 대척점에 놓이면서 '문학'과 '문학 아님'의 경계를 공고히 하는 역할을 수행해 왔던 것입니다. 『별들의 고향』 대신에 「타인의 방」이 문학장 내부에서 1970년대 최인호의 대표작으로 승인을 받으며, 학습과 평가의 과정을 통해 중등교육 프로그램 속에서 '최인호는 곧 「타인의 방」'이라는 문학사적 공식이 확대·재생산되어가는 일련의 과정이야말로 한국사회에서 순수문학과 대중문학의 위계가 얼마나 견고한지를 보여주는 사례지요.

『별들의 고향』은 이렇듯 한국근현대문학사의 고고한 흐름 속에서 상당히 오랜 시간 동안 정전의 외부에 머물러 있었습니다. 신문연재소설이라는 장르적 특수성과 100만부가 넘게 판매된 베스트셀러로서의 존재감, 그리고 46만 명의 관객을 불러들인 새로운 대중적 멜로드라마의 돌풍은 『별들의 고향』을 당대 최고의 명작으로 만들었습니다. 하지만 아이러니하게도 바로 그러한 이유 때문에 『별들의 고향』은 한국 문단 내부에

『조선일보』(1973.9.21.) 1면에 실린 『별들의 고향』 판매 광고.
청년 작가 최인호의 사진과 함께 『별들의 고향』이 연재될 당시 독자들의 반응이
광고 한편에 함께 실려 있다.

서 비판과 외면을 받아 왔으며, 사십 여년이 흐른 지금은 대중들의 기억 속에서 점차 잊히는 문학 작품이 되고 말았습니다. 1970년대 한국사회와 대중문화를 공부하는 연구자들만이 찾아 읽는 과거의 텍스트가 되어버린 것이지요. 그렇다고 해서 이 자리를 통해 『별들의 고향』이 한국문학의 정전 목록에 반드시 포함되어야 한다고 주장하려는 것은 아닙니다. 오랜 시간 동안 정전의 외부로 밀려났던 텍스트가, 가치 있고 의미 있는 문학이 무엇인지를 판가름해 온 기존의 문학사적 평가와 그러한 믿음을 더욱 강력하게 만들고 유지시켜왔던 보이지 않는 힘들을 넘어서는 것은 그리 쉬운 일이 아니기 때문입니다. 어쩌면 '명작'이라는 카테고리 안에 최인호의 『별들의 고향』을 포함시키려는 시도야말로 '명작'과 '명작 아님'의 경계를 흐트러트린다기보다 오히려 해방 이후 공고히 구축되어왔던 명작의 기준을 더욱 강화하는 역할을 수행하게 될지도 모르니 말입니다.

그렇다면 우리들의 기억 속에서 이미 잊혀져버린 '과거'의 문학 텍스트들을 불러내어 현재의 시점에서 다시 읽는다는 것은 과연 어떠한 의미를 지니는 것일까요? 대중문학과 본격문학이라는 이분법적인 시선으로부터 벗어나 텍스트의 이면에 숨겨져 있는 다양한 의미와 가치를 복원해 내는 작업은 얼마만큼 가능할까요? 그리고 이러한 능동적인 읽기를 위해 우리에게 필요한 것은 무엇일까요?

대중문학 텍스트에 대한 위와 같은 문제의식들은 자연
스럽게 텍스트를 대하는 우리의 태도에 변화를 가져옵니다.
기존의 문학사적 인식틀로부터 벗어나 문학 텍스트를 둘러싸
고 있는 다양한 상황들과 조건들 자체에 주목하게 되는 것이
지요. 이러한 능동적인 책읽기를 통해서 우리들은 문학 텍스
트에 대한 기존의 평가들에 함몰되지 않고 그 '너머'를 상상하
게 되면서 대중문학과 본격문학이라는 이분법적 구도 속에
서는 보이지 않던 다양한 의미들과 마주하게 됩니다. 오늘 강
의에서는 이러한 문제의식의 연장선상에서 최인호의 『별들
의 고향』을 살펴볼 것입니다. 작가, 텍스트, 국가권력, 출판시
장, 독서대중 등 당대의 핵심적 키워드들을 서로 교차시키면
서 『별들의 고향』이라는 1970년대 최고의 베스트셀러 이면
에 숨겨져 있는 다양한 사회적·문화적 의미들에 대해 여러분
들과 함께 이야기해보고자 합니다.

긴급조치의 시대와 별들의 고향 신드롬

최인호의 『별들의 고향』은 1970년대 한국사회에서 문학과

대중이 관계 맺는 방식을 보여주는 상징적인 텍스트입니다. '별들의 고향 신드롬'이라 불러도 이상하지 않을 만큼 최인호의 소설은 당시 대중들의 삶 속에 깊이 파고든 문제적인 텍스트였습니다. 『별들의 고향』에 대한 1970년대 독서대중들의 반응은 우리의 상상을 넘어섭니다. 작가의 회상에 따르면 신문연재 당시 전국의 술집 여종업원들이 자신의 이름을 소설의 여주인공 이름인 경아로 바꾸어 부르기 시작했으며, 남자들은 경아의 처지를 불쌍히 여겨 저녁마다 술을 마시는 진풍경이 펼쳐졌다고 합니다. '회상'이라는 이야기 방식의 특성상 다소 과장된 부분이 포함되어 있다 하더라도, 소설의 여주인공 오경아와 자신을 동일시하고 경아의 처지에 공감하며 일상의 삶 속에서 함께 슬퍼하는 대중독자들의 모습은 오늘날 대중문화를 소비하는 우리들의 반응과는 상당히 다른 것 같습니다.

　도대체 『별들의 고향』이라는 텍스트가 무엇이기에 소설의 여주인공 이름이 대중들의 기억 속에 그리도 강렬하게 각인되었던 것일까요? 물론 이러한 반응의 저간에는 『별들의 고향』이 해방 이래로 당대 최고의 베스트셀러였을 뿐만 아니라 이장호 감독의 영화 『별들의 고향』 또한 한국영화사에 길이 남을 공전의 히트작이었다는 점도 무시하지 못할 것 같습니다. 그러나 반대로 우리가 그동안 접해왔던 수많은 베스트셀러 작품들과 관객몰이에 성공했던 한국영화 주인공들의 이름이 그리 잘 떠오르지 않는다는 것을 생각해보면, 최인호의 『별들의 고향』이야말로 1970년대를 살아갔던 대중들에게 강하게 어필하는 그 무엇인가를 지니고 있었던 것 같습니다. 과연 그 힘은 무엇이었을까요? 작가의 표현처럼 "우리 주위에서 흔히 만날 수 있고 흔히 볼 수 있는 여인"에 대한 이야기가 독자들로부터 이토록 큰 공감을 얻을 수 있었던 까닭은 무엇일까요? 『별들의 고향』이라는 텍스트 자체가 지니고 있었던 서사의 힘이었을까요? 아니면 대중들의 취향을 적절히 자극하는 작가의 글쓰기 역량이었을까요? 이도 저도 아니라면 1970년대라는 시대적 특수성 속에서 여주인공 경아의 삶 속에 몰입해 들어갈 수밖에 없었던 대중들의 현실적 상황 때문이었을까요?

언뜻 들으면 『별들의 고향』이라는 소설 제목은 상당히 낭만적으로 들립니다. 하지만 '별들의 고향 신드롬'이 일어났던 1970년대는 정치적인 암흑기였습니다. 1969년 박정희 정권은 권력을 연장하기 위하여 대통령의 3선이 가능하도록 헌법을 개정합니다. 1971년 4월 간소한 표차로 박정희가 또 다시 대통령에 당선되자 이에 반발하여 전국적으로 민주화운동이 거세게 일어납니다. 연이은 반정부 시위에 위기감을 느꼈던 박정희 정권은 결국 비상계엄령을 선포하고 1972년 10월 유신헌법을 통과시켜 대통령에게 모든 권한이 집중되는 영구독재체제 기반을 마련합니다. 이른바 유신독재정권이 시작된 것이지요. 겉으로는 '민주주의의 한국적 토착화'를 전면에 내세우며 국가의 안전과 조국의 평화적 통일을 주장하였지만, 이는 결국 박정희 정권의 1인 독재정치를 강화하기 위한 대의명분에 지나지 않았습니다. 오히려 유신헌법에 의해 국민들의 참정권이 무시되었을 뿐만 아니라, 언론·출판·집회·결사의 자유 그리고 학문과 창작의 자유 등 국민의 기본권이 극심한 제한을 받았습니다. 최인호의 『별들의 고향』이 대중들에게 열렬한 관심과 사랑을 받았던 1970년대는 아이러니하게도 박정희 정권의 체제유지에 위협이 되거나 혹은 잠재적인 위험성을 지니고 있었던 '불온한 모든 것들'이 탄압을 받았던 긴급조치의 시대였던 것입니다.

단속과 소탕, 검열이 난무했던 억압과 독재의 시대 속에서 최인호의 『별들의 고향』이 당대 최고의 베스트셀러가 되었다는 것은 여러 가지를 고민하게 만듭니다. 『별들의 고향』은 당대 문단으로부터 '퇴폐주의 문학', '호스티스 문학'이라는 비난을 받았습니다. 여대생에서 회사원, 누군가의 아내 그리고 술집의 호스티스를 거쳐 싸구려 창녀로 전락해가는 여주인공 경아의 비극적인 삶에 대한 이야기라는 점에서, 그리고 사랑과 연애, 섹스에 대한 이야기가 서사의 전개과정 속에서 상당히 중요한 역할을 하고 있다는 점에서 최인호 소설에 대한 문단 내부의 평가는 다소 과한 지점이 있었던 것도 사실입니다. 흥미로운 점은 박정희 정권 하에서 강력한 통제를 받았던 '불온한 대상들' 안에 최인호의 『별들의 고향』은 포함되지 않았다는 사실입니다. 물론 신문연재 당시 『별들의 고향』에 실린 삽화가 외설적이라 하여 여러 차례 삭제 명령을 받아 다시 그릴 수밖에 없었다는 화가의 회고가 있지만, 『별들의 고향』 자체가 검열의 직접적인 대상이 되지는 않았던 것 같습니다. '불온한 대상'의 외연을 확장시킨다면 『별들의 고향』이 그 안에 포함될 수 있는 여지가 충분히 있었음에도 불구하고, 유신독재정권 하에서 전무후무한 최고의 베스트셀러가 될 수 있었다는 사실은 1970년대 박정희 정권의 대중문화 정책의 일면을 드러냅니다.

예술 작품에 대한 통제와 검열이 극에 달했던 시기에 최인호의 『별들의 고향』이 신드롬을 일으키고 소설의 여주인공 경아가 시대의 아이콘으로 자리를 잡게 되는 사회적 배경에는 경부고속도로의 개통과 아파트의 대중화, 텔레비전의 보급으로 상징되는 한국사회의 급속한 경제성장이 있었습니다. 실제로 『별들의 고향』에는 경제발전으로 변화된 서울의 모습과 연애와 관련된 소비문화, 스위트홈의 이미지와 아파트의 삶, 무교동 환락가의 화려함과 어두움이 다양한 방식으로 재현됩니다. 박정희 정권의 개발독재체제 하에서 급격한 산업화가 가져온 빛과 어둠이 주인공 경아의 삶과 어우러져 독자들에게 전달되었던 것이지요. 한없이 밑바닥으로 떨어져 내려가는 경아의 비극적인 삶 속에서 당대의 대중독자들이 마주했던 것은 사랑과 연애 이야기 너머에 어렴풋이 드러나는 산업화의 그늘이었는지도 모릅니다. 물론 『별들의 고향』이 1970년대 청년문화의 상징처럼 이야기되고 있지만, 그렇다고 해서 주된 독자층이 대학생 독자들로 한정되는 것은 아닙니다. 농촌을 떠나 비정한 도시의 삶을 살아냈던 당대의 청춘들이 바로 조간신문에 실린 『별들의 고향』을 읽으며 함께 슬퍼하고 분노하고 안타까워했던 독자들이었습니다. 자신의 삶을 경아와 동일시하며 자기 이름을 소설의 주인공 이름으로 고쳐 불렀던 술집의 여급들과 경아를 위해 술잔을 기울이며 이야기를 나누었던 서민들이 바로 그들입니다.

　끝없는 절망의 나락으로 떨어져가는 경아의 이야기에 수많은 독자들이 빠져들 수밖에 없었던 이유는 삭막한 도시의 삶 속에서 경아가 겪었던 비참함의 깊이에 그들 역시 정서적으로 공감할 수 있었기 때문이라고 생각합니다. 가난함에 대한 기억, 일자리를 찾기 위해 고향을 떠나 도시로 무작정 상경할 수밖에 없었던 절실함, 각박한 도회지의 현실 속에서 누군가에게 상처받으며 또 누군가에는 상처를 입힐 수밖에 없다는 자각, 하루하루 살아가기 위해 버텨야만 하는 삶의 무게 등이 1970년대를 살아갔던 서민들의 삶의 기저에 흐르고 있었던 공감의 기반이었을 것입니다. 물론 최인호는 『별들의 고향』을 통해 산업화의 폐해와 농촌공동체의 붕괴, 도시빈민과 노동자들의 비참한 삶에 대해 이야기하고 있지 않습니다. 경아가 겪는 삶의 비참함은 급격한 산업화로 인한 구조적 변동의 여파와는 거리가 있으니 말입니다. 여대생에서 회사원, 누군가의 아내에서 술집의 호스티스, 그리고 싸구려 창녀로 전락해 가는 경아의 이야기는 오히려 박정희 독재정권이 주도해온 산업화의 폐해들을 일부러 빗겨가려는 것처럼 느껴집니다. 수많은 남자들을 거쳐가며 결국 자살에 이르고 마는 경아의 비극적 삶은 소설의 마지막 장면에서 심지어 낭만적이고 환상적으로 그려집니다.

최인호는 신문연재가 끝난 후 한 좌담회에서 『별들의 고향』을 성인을 위한 동화처럼 그리고 싶었다고 이야기합니다. 주인공 경아가 인생의 나락으로 떨어져가면서도 한없이 순진한 소녀처럼 그려지는 것도 아마 그런 맥락이겠지요. 하지만 이러한 이유 때문에 『별들의 고향』은 긴급조치의 시대에도 온전히 살아남아 1970년대 대중문학의 상징으로서 자리 잡을 수 있었습니다. 감각적이고 낭만적이지만 탈정치적이며

현실도피적인 작가의 글쓰기 스타일 덕분에『별들의 고향』은
정치적 우민화를 추진했던 박정희 정권의 문화정책과 큰 갈
등 없이 공존할 수 있었던 것이지요. 최인호의『별들의 고향』
은 유신체제가 허용했던 '안전한' 불온의 텍스트였는지도 모
릅니다.

1970년대적 감성의 혁명 vs. 호스티스 문학

최인호는『별들의 고향』을 통해 여주인공 경아의 비극적인
삶을 이야기합니다. 평범한 가정에서 성장한 순진한 여대생
이 아버지의 갑작스러운 죽음으로 인해 세파에 휩쓸리게 되
고 비정한 도시의 삶 속에서 여러 남자들을 만나 사랑에 빠
지지만 결국 버림받아 마지막에는 자살로 삶을 마감하게 되
는 내용입니다. 그렇다고 해서 청승맞게 신파적인 눈물을 짜
내는 그런 이야기는 절대 아닙니다. 충분히 심각하고 신파적
일 수 있지만 작가 최인호는 신세대적인 감수성으로 이야기
를 풀어나갑니다. 하지만 "우리 주위에서 흔히 보고 느낄 수
있는 것을 소재"로 하여 "작품에 등장하는 숨은 등장인물들의
고독과 고독 사이를 메우기 위한 꿈과 같은 추상적 존재"로서

경아를 그리고 싶었다는 작가 최인호의 회고는 가만히 생각해보면 이상한 구석이 많습니다.

작가는 경아를 "우리들이 가졌던 꿈과 같은 동심으로, 잃어버린 순수함"으로 그려보고 싶었다고 이야기하지만, 평범한 여대생에서 회사원, 의처증 남편의 아내, 술집 호스티스를 거쳐 싸구려 창녀로서 죽음을 맞이하게 되는 경아의 굴곡진 삶은 오히려 꿈이나 동심 혹은 순수함과는 거리가 멀어 보입니다. 오히려 극단으로 치닫는 삶에도 불구하고 순수함과 동심을 유지하고 있는 경아라는 캐릭터야말로 너무나도 비현실적으로 다가옵니다. 경아의 끝없는 몰락에 대해 "수영을 배우지 못한 어린 아이를 물에 빠뜨려놓고 허우적거리는 모습을 그냥 구경만 하고 있는 것과 같은 생각"이 들었다는 어느 여성 독자의 이야기에서는, 경아라는 캐릭터가 비현실적임에도 불구하고 그녀의 삶에 빠져들 수밖에 없었던 독자들의 안타까움이 묻어납니다. 순진함을 지닌 경아의 몰락을 더욱 극적인 것으로 만들기 위해 작가는 여성 캐릭터의 현실적 구체화를 과감히 포기하는 대신에 몰락의 진폭을 더욱 크게 그려나갑니다. "왜 경아는 친구가 없는가, 왜 경아의 어머니는 등장하지 않는가, 왜 생활이 없는가?"라는 당대 독자들의 반응 역시 현실과 동떨어진 여주인공에 대한 근본적인 문제 제기일 것입니다. 작가 최인호는 한 좌담회에서 이러한 설정이 처음부터 의도적인 것이었음을 밝힙니다. 『별들의 고향』은 구상소설이 아닌 추상소설이며, 이를 위해 경아에게 일부러 '생활'을 부여하지 않았다는 것이지요. 실제로 경아와 사랑에 빠지지만 결국 그녀를 버리고 떠나갔던 소설 속의 남성 캐릭터들은 우리가 현실 속에서 한 번쯤 마주쳤을 것 같은 구체적인 인물로 그려져 있습니다. 더없이 현실적인 남성 캐릭터들과 한없이 비현실적인 여성 캐릭터의 조합은 심각하지만 그리 무겁지 않은, 안타깝지만 충분히 재미있는 이야기를 만들어 냅니다. 가벼운 읽을거리이자 오락물로서 『별들의 고향』이 대중들의 지속적인 관심을 끌 수 있었던 이유도 바로 이러한 소설적 구성이 효과를 발휘했기 때문으로 보입니다.

앞서 이야기했듯이 최인호의 『별들의 고향』에는 1970년대 급격한 산업화의 폐해는 잘 드러나지 않습니다. 그나마 비중 있는 역할을 담당하고 있는 남자 주인공 문오가 우연히 경아와 만나는 무교동 뒷골목의 환락가 정도가 산업화와 급속한 경제성장의 그늘을 암시할 따름입니다. 1970년대의 정치적 현실은 『별들의 고향』에서 찾아볼 수 없습니다. 계엄령의 불안감이나 긴급조치의 긴장감, 노동현실의 각박함 그리고 빈곤한 삶의 절절함 등은 소설의 어느 구석에서도 드러나지 않습니다. 경아의 비참함은 그저 남자들과의 만남과 헤어짐 속에서 가속화될 뿐입니다. 누군가의 아내에서 갑자기 술집의 호스티스로 전락해 버리는 과정 역시 소설에서는 충분히 설명되어 있지 않습니다. 그저 은연중에 그것이 경아 자신의 선택인 것처럼 그려지고 있으니 말입니다. 경아를 바라보며 "봄과 여름만 있고 가을은 없이 겨울에 부닥친 여자"처럼 느껴졌다는 어느 독자의 반응이 아주 정확한 것 같습니다. 『별들의 고향』에서 최인호가 추구했던 글쓰기의 스타일이 무엇인지 고스란히 드러나는 까닭입니다. 일상적인 삶 속에서 흔히 보고 느낄 수 있는 것들을 소재로 삼았지만, 여주인공에 대한 비현실적인 설정과 인과성이 결여된 사건의 연속은 제도권 문단 내에서 당연한 것으로 여겨지고 있었던 소설쓰기의 규범과는 완전히 동떨어진 것이었습니다. 현실의 본질적인 측면을 드러내기 위해 세부적인 묘사의 진실성과 더불어 특정 집단에 속한 인물의 보편적 특성과 그 인물만의 고유한 개성을 그려내는 것이 당대 문단에서 암묵적으로 요구했던 소설가의 기본적인 자질이었기 때문입니다.

최인호 역시 이러한 사실을 몰랐던 것은 아니었습니다. 최인호야말로 제도권 문단이 요구하는 문학적 글쓰기의 자질들이 무엇인지를 어린 시절부터 뼛속 깊이 체득하고 있었기 때문입니다.

작가로서 최인호가 걸어온 삶의 여정은 매우 특이합니다. 1963년 고등학교 2학년 때 「벽 구멍으로」라는 단편소설로 한국일보 신춘문예에 당선작 없는 가작으로 입선하였으며, 1967년에 단편소설「견습환자」가 조선일보 신춘문예에 당선되고 그해 11월에 단편「2와 1/2」로『사상계』신인문학상을 수상하면서 본격적인 창작활동을 시작하게 됩니다. 특히 1970년 8월『현대문학』에 수록되었던 단편소설「술꾼」이 젊은 평론가들(김병익, 김치수, 김현, 김주연)을 주축으로 문학판을 새롭게 구축하고자 시도했던『문학과 지성』창간호에 재수록되면서 최인호에 대한 문단의 평가는 달라집니다. 이듬해부터 문단 내 주요 문예지인『현대문학』,『월간문학』,『문학과 지성』에 연달아 단편소설들을 발표하면서 최인호는 1970년대 모더니즘 소설의 총아로 주목을 받게 됩니다. 그의 대표작으로 불리는 단편소설「타인의 방」을 발표하는 것도 바로 이 즈음입니다. 한국근현대문학이 시작된 이래 문학적 글쓰기의 정수로 여겨져 왔던 단편소설 장르에서 두각을 나타내면서, 작가 최인호는 한국사회의 산업화와 도시화, 자본주의적 욕망과 소외의 문제를 세련된 방식으로 그려내는 신예작가로서 문단 내에 화려하게 등장하게 된 것이지요. 조선일보 신춘문예 심사위원으로 참여했던 소설가 황순원과 박영준의 추천으로 스물여섯 살에 불과했던 소설가 최인호가 신문소설 연재란 중책을 맡게 되었다는 것은 그에 대한 문단 안팎의 신뢰와 기대가 어떠했는지를 상징적으로 드러내줍니다.

하지만 『별들의 고향』을 통해 최인호가 보여주었던 새로운 감각의 문학적 글쓰기와 이에 열광하는 독서대중들의 반응은 제도권 문단을 당혹케 만들었던 것 같습니다. 1970년대 출판시장이란 단행본 문학 서적이 2천 부 내지 3천 부만 판매되어도 베스트셀러라 칭했던 시기였기에 100만 부의 벽을 돌파한 『별들의 고향』은 한국문학사의 고고한 흐름 속에서 돌출적인 사건이었음에도 불구하고, 당대의 문예지들은 '별들의 고향 신드롬'을 애써 외면합니다. 1970년대에 이르러 이전과는 확연히 변별되는 독서대중의 존재가 『별들의 고향』을 통해 가시적으로 드러났음에도 불구하고, 당대 문단은 최인호의 소설을 현실 사회에 대한 깊이 있는 성찰과 비판의식이 부재한 것으로 평가합니다. 하지만 이와 같은 비판은 하나의 문화적 현상으로서 '별들의 고향 신드롬'을 있는 그대로 바라보고 그 이면의 의미를 분석했다기보다는 근대소설이 시작된 이래로 한국 문단 내부에서 공공연히 받아들여져 왔던 대중소설 혹은 통속소설에 대한 문학사적 인식을 그대로 되풀이한 것에 지나지 않습니다. 어쩌면 『별들의 고향』에 대한 가혹한 비난은 김승옥 이후 감수성의 혁명을 이끌며 한국문학의 차세대 기수로 각광받았던 작가 최인호에 대한 문단 내부의 실망을 직간접적으로 드러낸 것이자, 거스를 수 없는 대중문학의 출현 앞에 위기감을 느꼈던 제도권 문학의 신경질적인 반응이었을지도 모릅니다.

아마도 최인호는 문단의 이러한 반응을 어느 정도 예상하고 있었던 것 같습니다. 신문 연재를 앞두고 작가의 소회를 밝힌 글에서 신문연재소설이 작가에게 가져올 부정적인 영향에 대해 언급하고 있기 때문입니다. 두려움을 무릅쓰고 "문장 하나하나에 신경을 쓰고 사건 하나하나에 신경을 써서" 연재를 하겠다는 결심으로 단편소설에서 갈고 닦았던 감각적인 문장을 신문연재소설에 그대로 구현해 냅니다. 나아가 전형성의 확보와는 거리가 먼 비현실적인 여성 캐릭터와 개연성보다는 극적 재미를 위한 사건의 연속은 여주인공의 비참한 삶을 심각하지만 충분히 즐길 수 있는 이야기로 만들어냅니다. 개인의 삶 속에서 연애와 사랑, 그리고 섹스에 대한 이야기가 정치만큼 아니 그 이상으로 진지한 문제가 될 수 있는 것이기에 최인호의 『별들의 고향』은 당대 독자들의 삶 속으로 파고들어갈 수 있었습니다. 박정희 정권의 유신독재 하에서 대중독자들이 진정 원했던 것은 현실 사회에 대한 깊이 있는 성찰과 비판보다 어쩌면 개인의 일상 속에서 그동안 드러내지 못했던 내밀한 그 무엇을 마주하는 일이었는지도 모릅니다.

순수문학과 민중문학만이 가치 있는 문학적 글쓰기로 승인을 받았던 1970년대 문학장 안에서 『별들의 고향』은 그 어느 쪽에도 속하지 못했습니다. 오히려 이장호 감독이 연출했던 영화 <별들의 고향>의 상업적 성공은 최인호 소설에 대한 문단 내의 비판을 더욱 공고하게 만들어갑니다. 뿐만 아니라 『별들의 고향』의 여주인공 경아를 연상케 하는 조선작의 『영자의 전성시대』와 그 아류작들의 출현은 최인호에게 '호스티스 작가'라는 달갑지 않은 꼬리표를 달게 합니다. 실제로 1990년대 이후가 되어서야 학계에서 『별들의 고향』에 대한 본격적인 논의가 시작되었다는 사실은 순수문학과 대중문학 간의 견고한 위계 속에서 최인호의 대중소설이 상당히 오랜 시간동안 제대로 된 문학사적 혹은 문화사적 평가를 받지 못했음을 암시합니다. 최인호는 『별들의 고향』의 성공으로 대중들에게 보다 더 가까이 다가설 수 있게 되었지만 그로 인해 문단으로부터 상업주의 작가, 퇴폐주의 작가, 호스티스 작가라는 비난을 듣게 되었습니다. 작가의 말처럼 『별들의 고향』은 소설가 최인호를 유명하게 만들었지만, 이 소설은 작가로서의 인생에 오랫동안 부정적인 그림자를 드리우고 맙니다. 1970년대 감성의 혁명을 이루었다는 극찬과 호스티스 작가라는 혹평 사이에 존재하는 극단적인 거리감이야말로 최인호의 『별들의 고향』이 당대 남한 문단에서 차지하고 있었던 문학적 위상이 어떠했는지를 여실히 보여주는 징표였습니다.

『별들의 고향』은 과연 누구의 이야기인가

최인호의 회고에 따르면, 애초에 신문연재를 준비하면서 그가 구상했던 소설의 제목은 '별들의 무덤'이었다고 합니다. 하지만 조간신문에 실리는 연재소설의 제목으로는 그 느낌이 너무 어둡다는 신문사의 의견을 받아들여 마지막에 '무덤' 대신에 '고향'으로 제목을 바꾸게 됩니다. 『별들의 고향』이 여주인공 경아의 비참한 애정서사이자 수난사라는 사실을 떠올려본다면, 작가가 애초에 마음에 품고 있었던 '별들의 무덤'이라는 제목이야말로 소설의 전체적인 줄거리와도 잘 어울리는 것 같습니다. 소설의 첫머리와 마지막 부분이 모두 경아의 죽음과 관련되어 있으니 말입니다. 그러나 가만히 생각해보면 평범한 여대생에서 시작해 마지막에는 길거리의 싸구려 창녀로 전락하여 자살에 이르고 마는 경아의 비참한 삶은 '무덤'이 주는 어둡고 차가운 뉘앙스보다는 '고향'이라는 밝고 따뜻한 느낌과 겹쳐질 때 보다 효과적으로 독자들의 감수성을 자극할 수 있었으리라 생각합니다. 비록 우연한 계기로 소설의 제목은 바뀌고 말았지만, 오히려 바뀐 제목이 『별들의 고향』의 내용과 자연스럽게 어우러지면서 대중들의 기억 속에 강렬한 인상을 남길 수 있었던 것입니다.

흥미로운 점은 수십여 년의 세월이 흘렀음에도 여전히 『별들의 고향』은 사람들의 기억 속에서 경아의 이야기로 전해진다는 사실입니다. 인터넷 검색을 해보면 최인호의 『별들의 고향』과 관련된 다양한 기사들과 칼럼, 회고와 추억담 등을 쉽게 찾아볼 수 있습니다. 특히 청년시절에 최인호의 소설과 영화를 즐겼던 독자들과 관객들의 추억은 온라인 상에서의 글쓰기를 통하여 경아를 중심으로 재구성되고 인상적인 영화의 명장면들과 겹쳐지면서 비참한 삶 속에서도 밝음을 잃지 않았던 여주인공의 애잔한 이미지를 더욱 공고히 만들어 갑니다. 1970년대의 시대적 아이콘이었던 경아가 현재에도 여전히 대중들의 삶 속에서 그 영향력을 발휘하고 있는 것이지요. 물론 소설에는 경아와 만나고 헤어지며 상처를 주었던 다양한 남자들이 등장합니다. 하지만 그 어떤 캐릭터도 삶의 나락으로 한없이 추락하는 경아만큼 강렬한 인상을 남기는 데에는 실패했던 것 같습니다. 문화소비와 관련된 다양한 대중매체들이 공존하고 있었지만, 대중들이 『별들의 고향』을 경아에 의한, 그리고 경아를 위한 이야기로 인식하게 된 배경으로는 영화의 영향을 무시하지 못할 것 같습니다. 최인호와 고등학교 동창이었던 이장호 감독은 소설을 스크린으로 옮기면서 과감하게 『별들의 고향』을 경아만의 이야기로 재구성해 냅니다. 그래서인지 비참함 속에서도 이상하리만큼 밝고 명랑한 여주인공 경아는 다른 어떤 캐릭터보다도 스크린 위에 생생한 시각적 이미지로 재현되어 관객들에게 다가왔습니다. 특히 하얗게 눈이 내린 벌판에서 천천히 죽음을 맞이하는 경아의 마지막은 한국영화사에서도 손꼽히는 명장면일 정도로 강렬하게 각인되었으니 말입니다. 영화의 시각적 재현이 소설의 서사적 구성을 압도해버리는 상황이 된 것이지요.

그러나 대중들의 기억과 달리 최인호의 『별들의 고향』은 단지 경아만을 위한 이야기는 아닙니다. 보다 정확하게 말하자면 경아의 옛 연인이었던 문오가 독자들에게 들려주는 경아의 수난사이자 문오 자신의 회고담이라는 점에서, 이 소설은 경아가 아닌 문오의 이야기로 보는 것이 더 타당할지도 모릅니다. 시간이 흐를수록 점점 더 가혹해져만 가는 경아의 비참한 현실이 소설의 중심서사를 이루고 있는 것은 사실이지만, 일인칭 서술자인 '나'를 통해 경아의 고난과 과거의 흔적들이 드러나며, 두 사람의 우연한 만남과 헤어짐의 반복이 서사를 이끌어가는 축이기 때문입니다. 또한 경아와는 별개로 전개되는 나의 회고담은 작품의 전체적인 의미를 규정함에 있어 결코 무시할 수 없는 위치를 차지하고 있습니다. 무기력하고 비생산적인 삶을 살아가던 문오가 경아와의 만남과 헤어짐을 통해 화가로서 자신의 정체성을 획득해가는 일련의 과정은 변형된 형식이기는 하나 성장소설의 문법을 그대로 따르고 있습니다. 그리고 바로 그러한 점에서 경아가 처한 삶의 비참함이 문오가 반드시 통과해야만 하는 성장의례의 과정 속에서 어떠한 의미를 지니는지 주목하도록 만듭니다.

『별들의 고향』은 경아의 옛 연인이었던 문오가 그녀의 죽음을 인지하고 이를 받아들이며 다시 일상의 삶으로 복귀하는 이야기 구조라는 점에서 경아에 대한 애도의 서사로도 읽어낼 수 있을 것입니다. 그러나 문오가 독자들에게 들려주는 애도의 목소리는 상당히 절제되어 있으며, 심지어 애도의 방향이 경아가 아닌 자기 자신에게로 향하는 듯한 느낌을 준다는 점에서 상당히 흥미롭습니다. 실제로 『별들의 고향』은 문오가 들려주는 경아의 이야기에서 출발하지만 소설의 중반을 넘어서면서 자연스럽게 서술자인 문오 자신에 대한 이야기로 바뀌어 갑니다. 문오는 경아의 갑작스러운 죽음을 슬퍼하는 가슴 절절한 애도보다는, 경아와의 만남과 헤어짐을 반복하며 점차 변화해가는 자신의 내면에 더욱 집중하는 모습을 보입니다.

소설의 초반부에서 경아의 주검을 직접 대면하기를 거부하며 "알지 못할 공포감"에 시체 안치실을 뛰쳐나갔던 문오의 무의식적인 거부 반응은 애도와 회고가 뒤섞인 길고 긴 자기고백의 서사를 거치고 나서야 잠시나마 가라앉습니다. 문오는 경아의 장례식을 마치고 그녀가 화장터의 불길 속으로 들

어가기 직전에서야 비로소 그녀의 얼굴을 마주합니다. 그러
나 마지막까지도 경아의 죽음에 대해 실감을 하지 못하고, 슬
픔이 솟아오르지 않는 덤덤한 기분으로 경아의 죽음을 맞이하
며, 아무렇지도 않은 듯이 일상의 삶으로 복귀하는 문오의 모
습은 그가 보여준 애도가 처음부터 불완전한 것이었음을 암시
합니다. 화장터의 가마 속으로 들어가기 직전에 경아의 창백
한 얼굴에서 문오가 마주했던 것은 또 다른 자신의 모습이자
점점 잊혀져가는 젊음의 흔적이었습니다. 소설의 첫 장면에
서 문오는 부옇게 빛이 바랜 낡은 사진 속에서 경아의 존재를
알아차리지 못했던 것이 아니라 처음부터 알아차리기를 강렬
히 거부했던 것인지도 모릅니다. 경아의 죽음을 인정한다는
것은 결국 과거의 기억 속에 애써 묻어두었던 문오 자신의 극
단적인 무력감과 훼손된 주체의 상처를 마주하는 일이었을 테
니 말입니다.

　　오히려 『별들의 고향』에서 순진하고 평범했던 여주인공
경아가 겪게 되는 극단적인 삶의 고난들은 전통적인 대중·통
속소설의 서사적 문법을 효과적으로 답습하고 있다는 점에서
그리 새로운 것은 아닐는지도 모릅니다. 아버지의 갑작스러
운 죽음과 함께 시작된 경아의 굴곡진 삶은 신문소설의 연재
가 진행될수록 더욱 극적으로 변해갑니다. 연애와 임신, 낙태
와 버림받음, 결혼과 이혼, 호스티스로의 전락과 문오와의 동

거, 헤어짐과 만남, 길거리 창녀로서의 생활과 결국에는 자살로 마무리되는 일련의 이야기들은 가벼운 읽을거리에 목말라 있었던 독서대중의 흥미를 끌기에 충분했을 테니 말입니다.

　시간이 흐를수록 끝없이 추락해가는 경아의 비극이 애초에 영석과의 연애로 인한 처녀성의 상실로 말미암았다는 사실은 독자들로 하여금 『별들의 고향』에 내재되어 있는 가부장주의적 순결이데올로기의 흔적과 마주하게 합니다. 영석과의 이별 이후 경아는 아내와 사별한 만준과 결혼하여 남들과 같이 행복하고 평범한 삶을 꿈꾸지만 안타깝게도 낙태수술이 그녀에게 깊이 새겨놓은 '주홍글씨'로 인해 만준과의 결혼생활 역시 허무하게 끝나고 맙니다. 누군가의 아내에서 갑작스럽게 호스티스로 전락하게 되는 여주인공의 사회적 신분 변동은 독자들에게 순결이데올로기에 대한 거부/저항의 대가가 상당히 가혹한 것임을 말해줍니다. 특히 『별들의 고향』에서 경아가 상처받은 도시인들의 구원자처럼 그려지고 있다는 사실은 주목할 필요가 있습니다. 작가는 상처받은 남성 인물들을 구원하기 위해서 아이러니하게도 착하고 순진한 경아를 가부장주의의 울타리 밖으로 몰아내고 그녀로 하여금 창녀로서의 삶을 살아가도록 이끌어가기 때문입니다. 더욱이 여주인공이 한없이 비참한 상황에 놓여 있음에도 불구하고 비현실적일 만큼 밝고 명랑한 성격의 소유자로 그려지고 있다는 사실은 『별들의 고향』 안에서 경아에게 주어진 역할이 무엇인지 고민하도록 만듭니다. 경아에게 닥친 수난의 강도는 아무리 생각해보아도 너무나 과도한 처벌처럼 보이기 때문입니다.

여성의 수난과 예술가 주체의 자기정체성 회복의 서사

경아와 문오의 우연한 만남과 헤어짐은 소설 속에서 여러 번 반복됩니다. 문오가 경아의 죽음을 확인하기 위해 경찰서를 찾아가거나 홀로 경아의 장례를 치르고 화장터에서 그녀를 떠나보내는 일 역시 만남/헤어짐의 범주 안에 포함시킬 수 있다면, 이들의 반복되는 만남과 헤어짐의 서사는 『별들의 고향』을 이끌어가는 중심축이라 보아도 무방합니다. 실제로 경아와 문오의 연애서사는 앞서 전개되었던 경아와 영석, 혹은 경아와 만준의 경우와는 확연히 다른 양상을 보여주고 있습니다. 자신의 성적 욕망에 충실하게 반응하며 속물적이고 이기적인 모습을 보여주었던 영석이나 죽은 전처를 대신할 살아있는 인형으로서 경아를 소유하고자 했던 만준과의 연애서사에서 경아는 일말의 허무와 어둠을 그들의 내면에서 읽어내고 그 상처를 보듬고자 합니다. 하지만 퇴락한 도시에서 상처받은 남성들을 구원하고자 했던 경아의 선택은 결국 그녀에게 씻을 수 없는 상처를 안겨주고 그녀를 회복 불가능한 삶의 극단으로 몰아갑니다. 흥미로운 점은 호스티스로 전락하기 이전의 경아가 남성들의 내면에서 상처와 우울함을 읽어내고 치유하는 구원의 주체로서 재현되었다면, 문오와의 연애서사에서 상대의 내면을 읽어내는 역할은 전적으로 문오에게만 주어진다는 사실입니다.

물론 이러한 변화는 최인호의 『별들의 고향』이 일인칭 서술자 문오를 통해 재현되는 이야기라는 점에서 어느 정도 자연스러운 것일지도 모릅니다. 그러나 소설의 후반부로 접어들면서 서사의 무게중심은 이상하다 싶을 정도로 경아로부터 문오에게로 이동하고, 그동안 경아에게 주어졌던 '구원'의 임무는 선택이라기보다 일종의 강요된 희생처럼 전개됩니다. 심지어 경아의 희생에 대한 문오의 죄책감은 교묘하게 위장되고 아름답게 포장됨으로써 소설의 말미에 이르게 되면 경아는 마치 실체가 없는 도시의 환영이자 그림자처럼 재현됩니다. 소설에서 경아가 상대방의 내면을 적극적으로 읽어내는 존재가 아니라 수동적으로 읽히고 분석되고 버려지는 존재로 그려진다는 사실은 이러한 맥락에서 중요한 의미를 지닙니다. 최인호는 경아를 상처받은 도시인들의 구원자로 묘사하며 『별들의 고향』이 당대의 독자들에게 성인을 위한 동화처럼 받아들여지기를 희망했습니다. 하지만 상대방의 내면을 더 이상 읽어낼 수 없는 경아의 이야기란 결국 이 소설이 성인들의 잔혹동화로 흘러갈 수밖에 없음을 암시합니다. 평범한 여대생에서 싸구려 창녀로 그리고 마지막에 가서는 '성처녀'로 재현되는 여주인공 경아는 『별들의 고향』에서 한없이 비현실적이고 추상적인 존재로서 기능하며, 삶의 의미와 예술에의 열정을 상실한 예술가 주체의 자기회복을 위한 수단으로서 재현되기 때문입니다.

소설의 전반부에 해당하는 영석이나 만준의 연애서사와 달리 문오와 경아의 이야기는 우연성에 기대고 있습니다. 어느 날 우연히 만나고 필연적으로 헤어지기를 반복하며 문오와 경아의 연애서사가 구성되고 있는 것이지요. 이상의 「날개」에 등장하는 주인공 '나'를 연상시킬 정도로, 『별들의 고향』의 문오는 그림에 대한 열정을 잃어버린 채 권태와 무기력에 빠져 사는 인물입니다. 처음에는 그저 술자리의 짓궂은 농담으로 시작된 만남이었지만, 문오는 경아에게서 "무너져 있고 허물어져 있고 부서져 있는" 무엇인가를 발견하고 오랫동안 찾아 헤매던 자신의 잃어버린 반쪽을 되찾은 듯이 그녀를 자신의 삶 속으로 받아들입니다. 권태와 무기력, 게으름에 젖어 살던 문오는 신기하게도 경아를 모델로 다시 그림을 그리면서 잃어버렸던 창작에 대한 열정을 되찾게 됩니다. 문오가 그동안 억눌려왔던 열정을 다시 발견하는 장면은 매우 극적으로 묘사됩니다. "퇴색된 젊음이, 젊은 날의 무료함이, 고독이 한꺼번에 녹을 벗기고 빛나오는" 종교적 신비를 경험하며 문오는 경아에게서 구원을 받았다고 느낍니다. 하지만 문오에게 주어진 구원이란 일시적일 수밖에 없습니다. 과거 군복무 기간 동안 자신을 옥죄어왔던 일상의 무료함과 우울함, 현실에 대한 걱정거리들이 문오에게서 그림에의 열정을 앗아가버렸다면, 이번에는 반대로 경아의 내면에 자리하고 있었던 우울함이 문오에게 오랫동안 잊혔던 욕망을 불러일으키는 촉매로서 작용한 것이기 때문입니다.

완전한 구원에 이르기 위해 문오에게 주어진 유일한 임무는 퇴색한 젊은 날의 무료함과 고독함과의 완전한 결별입니다. 그림은 물론이거니와 일상의 평범한 삶마저 거부하며 유아적이고 자폐적인 생활에 몰두하는 문오는 주체적인 자기정립의 과정에서 실패와 좌절을 경험한 인물입니다. 그러한 까닭에 문오가 자신의 상처를 객관적으로 인식하고 이를 극복해나가는 과정은 자신의 훼손된 주체성을 온전한 것으로 만들기 위해 반드시 거쳐야만 하는 때늦은 통과의례에 해당합니다. 실제로 『별들의 고향』에서 문오는 경아를 스케치하며 그녀의 내면을 마치 현미경으로 분석하듯 샅샅이 훑어나갑니다. 경아의 웃음 뒤에 감춰진 슬픔과 아름다운 육체 뒤에 숨겨져 있는 절망감, 헛된 욕망으로 학대하는 죽음과도 같은 정욕의 흔적들을 따라가며 문오는 자신의 황폐했던 젊은 날의 참담함과 대면합니다. 하지만 문오의 탐색은 여기서 멈추지 않습니다. 문오는 경아의 몸 위에서 녹아 흐르고 있는 "남자의 헛된 욕망, 남자의 뻔뻔스러움, 한숨, 죽음과 같은 성욕, 바다와 같이 깊은 술"의 그림자를 마주하며 경아의 몸에 아로새겨져 있는 타인의 흔적들과 마주하게 됩니다. 경아의 내면을 통해 우울함의 근원을 탐색하다가 그가 도달했던 종착점은 또 다른 '문오들'의 그림자였던 것입니다.

문오가 경아의 내면에서 또 다른 문오들의 흔적과 마주하게 되는 장면은 주목할 필요가 있습니다. "경아는 많은 사람의 것이었지만 단 한 사람 그녀 자신의 것이기도 하였다."라는 문오의 독백이 암시하듯이, 경아의 몸은 도시의 비정함 속에서 소외된 남성 주체성을 위로하는 타자이자 이기적인 남성들의 성적 욕망이 배설되는 장소였기 때문입니다. 경아의 소유자를 자처하며 그림자처럼 따라다니던 동혁의 갑작스러운 출현은 문오와 경아의 평온한 일상에 균열을 초래한 사건이었지만, 이를 통해 문오는 자신 또한 경아의 몸에 상처를 남기며 비애와 슬픔, 욕망을 해소해왔던 이기적인 남성들과 다를 바 없음을 인식하게 됩니다. 자신 또한 "그녀를 불행하게 만들었던 많은 남자들이 자기의 이기주의로 한때 사랑하고 아침이 되면 떠나가듯, 그녀를 속이고 또 한 번의 불행을 부어주고 그녀의 생명을 조금씩 조금씩 죽이고 있는 것"임을 깨닫게 되면서, 교묘한 친절과 교묘한 따스함으로 감추어왔던 자신의 위선적인 태도를 직시하게 된 것이지요. 그러나 이러한 인식은 아이러니하게도 문오로 하여금 경아와의 결별을 합리화하는 결정적인 계기로 작용하게 됩니다. 경아와의 동거가 동혁이 행했던 학대와 다름없는 것이라면, 경아와의 결별은 전적으로 경아를 위한 것이 되어버리니 말입니다. 한때 자신의 잃어버린 마지막 한 조각이자 쌍둥이 같은 존재로 여겨졌던 경아는 이제 문오에게 불가사의한 존재이자 완전한 타인처럼 받아들여집니다. 경아의 우울과 상처로부터 거리를 두며 더 이상 죄책감에 사로잡히지 않아도 되는 방관자로서의 지위를 획득하게 된 것이지요.

　　도시의 슬픔과 비애, 떨어지지 않는 회한, 이 모든 것들을 떨쳐버리기 위해서 문오는 경아와 헤어지고 귀향을 결심합니다. 겉으로는 우울한 귀향의 형태를 띠고 있다 하더라도 문오의 귀향은 오히려 해피엔딩을 위한 고난의 여정처럼 여겨집니다. 훼손되어 버린 자신의 정체성을 회복하기 위해서, 그리고 "무디어진 그림에의 욕망"을 다시 불태우기 위해서 자신이 반드시 마무리지어야만 하는 통과의례의 과정이기 때문입니다. 『별들의 고향』에서 경아로부터 가장 완벽한 구원을

'받아내는' 대상은 문오인지도 모릅니다. 경아와의 만남을 통해 자신의 상처를 타자화하고 그림에의 열정을 되찾았으며 그녀와의 관계를 재정립함으로써 죄책감마저 떨쳐낼 수 있었으니 말입니다. 더욱이 대학시절부터 줄곧 연정의 대상이었지만 자신의 속마음을 제대로 전하지 못했던 혜정과의 관계 역시 문오의 귀향서사 안에서 어떠한 갈등도 없이 낭만적으로 봉합되어버립니다. 문오는 어머니의 자궁과도 같았던 고향의 동굴에서 자신의 진정한 욕망의 대상이자 "같은 젊음을 보낸 동반자"였던 혜정과 하룻밤을 보내며, 지나가 버린 것들에 대한 모든 미련과 슬픔, 회한과 마침내 결별합니다. 문오가 떠나간 이후 경아가 겪었을 혹독한 고난들과 달리, 문오는 모성적 공간인 고향에 머무르며 과거의 자아와 성공적으로 결별하고 새로운 자신으로 거듭나기 위한 준비를 시작합니다. 혜정이 떠난 이후 고향에 틀어박힌 채 외로움과 고독 속에서 문오는 그림 그리기에 열중합니다. 그리고 공모전에 출품했던 작품들이 잇달아 평단의 인정을 받게 되면서, "실의에 빠져 등지고 떠나온 도시"로 다시 돌아갈 결심을 품게 됩니다. 자신의 몸속에 흐르고 있는 도시에 대한 막연한 향수심에 적극적으로 반응한 것이지요. 그동안 유예되어왔던 통과의례를 성공적으로 마무리한 문오에게 경아는 더 이상 아무런 의미를 지니지 않습니다. 문오에게 경아란 그저 자신의 몸에 흐르고 있는, 도시적인 기질 속에 녹아 있는 도시의 그림자에 불과합니다. 물론 고독과 우울함이란 도시에서 살아가는 사람들에게 피할 수 없는 숙명과도 같은 것이기에, 도시의 일상으로 돌아온 문오와 경아의 만남은 필연적으로 예정된 것이기도 합니다. 『별들의 고향』에서 경아는 문오의 회복된 정체성이 위기를 맞을 때마다, 우연을 가장하며 다시 소환될 수밖에 없는 "가슴 속에 숨겨져 있는, 끊임없이 과거에 미련을 갖고자 하는 꿈과 같은 환상"이기 때문입니다.

실험적인 대중문학적 글쓰기

영화 <별들의 고향>에는 문오의 귀향이나 혜정과의 이별 이야기는 포함되어 있지 않습니다. 경아의 수난사, 문오와 경아의 우연한 만남과 이별, 그리고 경아의 죽음이 영화의 중심 서사를 구성하고 있지요. 그러다보니 경아의 내면에서 문오가 마주했던 우울감의 흔적들이나 '다른 문오들'의 그림자는 영화에서 잘 드러나지 않습니다. 소설을 읽은 독자들과 영화를 보았던 관객들이 각각 '별들의 고향'에 대해 다른 인상을 갖게 되는 것은 어찌 보면 당연한 일인지도 모릅니다. 무엇보다도

소설을 영화로 옮기는 과정에서 감독의 주관적인 해석이 개
입될 수밖에 없으며, 영화 장르의 특성상 소설적 상상력을 스
크린에 고스란히 그려내는 것은 처음부터 한계가 있었을 테
니 말입니다. 실제로 소설과 영화 사이에는 다양한 차이가 존
재합니다. 소설 속에서 경아가 즐겨 부르던 동요는 대중가요
로 바뀌었으며, 각각의 만남과 헤어짐의 서사를 보다 서정적
으로 만들어주었던 다양한 시편들과 이별의 상황을 전하는
편지글들은 영화에서는 완전히 자취를 감추어 버립니다. 심
지어 문오와의 이별 이후 점차 변해가는 경아의 육체는 영화
속에 제대로 반영되어 있지 않습니다. 『별들의 고향』을 이해
하는 데 있어 매우 중요한 의미를 지니는 상징적인 사건임에
도 불구하고 말입니다. 변해버린 경아의 이미지는 아름다운
영상미를 추구했던 이장호 감독의 연출 의도와는 어울리지
않았기 때문일 것입니다.

　　최인호의 『별들의 고향』에서 문오가 일상의 삶에 적응
해 갈수록, 경아의 육체가 극단적으로 변해가는 상황은 주목
할 필요가 있습니다. 순결이데올로기를 위반한 대가로 영석
과 만준에게 버림받은 이후에도 여전히 외적인 아름다움을
유지하고 있었던 경아가 문오와의 만남 이후 급격히 변해가
는 상황은 경아의 변화가 문오의 성장서사와 긴밀하게 연결
되어 있음을 암시합니다. 동혁의 갑작스러운 출현과 함께 문

오가 경아에게서 완전한 타자의 모습을 발견하게 되는 무렵부터 경아의 육체는 점점 비대해져 갑니다. 고향에서 돌아온 문오는 술집에서 우연히 경아를 다시 만나게 되지만, 그녀는 알아보지 못할 만큼 변해버렸습니다. 흥미로운 점은 경아를 대하는 문오의 태도입니다. 한때 열렬히 사랑했던 연인이었지만, 문오는 어떠한 충격도 받지 않은 채 경아의 변화를 그저 담담하게 받아들입니다. 방관자로서의 지위를 획득한 문오에게 경아란 그저 "진공관 속에 표본 된 박제"처럼 부서진 기억 속에 전시되어 있는 잊혀진 존재일 뿐입니다. 일반적인 대중소설이나 통속소설의 문법과 달리 경아와 문오의 이별에는 억지로 눈물을 짜내는 신파적인 요소는 찾아볼 수 없습니다. 물론 문오의 서사 속에서 이들의 이별은 서정적이고 낭만적으로 포장되어 있지만, 문오가 다시 경아를 찾은 이유는 그녀에 대한 안타까움이나 미련 때문이라기보다는 자신에게 여전히 남아있는 젊음과 사랑, 순결과의 완전한 결별을 위한 것이기 때문입니다.

문오와의 결별 이후 경아는 밤거리의 창녀가 되어 살아갑니다. 하지만 소설의 말미에 이르러 경아가 자살을 하는 장면에서는 어떠한 추가적인 설명도 없이 예전의 아름다움을 되찾은 '성처녀'로 그려집니다. 영원한 젊음과의 이별을 위하여 경아로부터 도망치듯 떠나온 문오에게 경아는 더 이상 도시의 그늘이 아닌 요정이나 천사와 같은 완벽한 숭배의 대상이 되어버린 것이지요. 경아의 죽음 덕분에 문오의 통과의례는 마침내 완성됩니다. 영화 『별들의 고향』에서는 나룻배를 탄 문오가 경아의 유골을 강에 뿌리는 장면과 함께 "경아, 안녕……"이라는 짧은 인사말로 결말을 맺습니다. 그러나 소설에서는 경아를 떠나보낸 후 우울함의 흔적이란 전혀 찾아볼 수 없는 문오가 "사관생도처럼" 어깨를 펴고 휘파람을 불며 "육상선수와 같은" 날렵함으로 도시의 일상에 복귀하며 마무리됩니다. 아마도 영화의 결말은 경아의 연애서사와 수난사를 부각시킴으로써 슬픔과 비애, 절망에 대한 대중들의 감수성에 호소하고자 했던 감독의 의도가 반영된 것이라 생각됩니다. 클라이맥스 부분에서 서사가 멈춰버린 듯한 갑작스러운 결말은 관객들의 가슴 속에 먹먹함을 안겨주었을 테니 말입니다. 그러나 소설의 결말은 영화와는 완전히 다른 느낌으로 다가옵니다. 경아의 내면에서 완전한 타자의 모습을 발견하고 그녀의 비참한 현실에 거리를 두며 방관자로 살아가던 문오가 경아의 죽음과 더불어 어떠한 죄책감도 없이 일상으로 온전히 복귀하는 이야기는 거의 완벽에 가까운 해피엔딩이기 때문입니다.

　최인호의 말처럼 『별들의 고향』은 어른들을 위한 동화로 보아도 무방할 것 같습니다. 밝고 순진했던 경아가 사악한 남성들의 꾐에 빠져 비참한 삶을 살아가게 되지만 낭만적인 죽음과 함께 마지막에는 도시의 요정으로 변신하는 이야기이니 말입니다. 그렇다 하더라도 "우리들이 가졌던 꿈과 같은 동심으로, 잃어버린 순수함"으로 경아를 그려내고 싶었다는 작가의 말은 경아의 굴곡진 삶과 그녀가 겪었던 비참함의 깊이와는 너무나도 동떨어져 보입니다. 오히려 경아의 끝없는 추락과 죽음, 그리고 이에 대비되는 문오의 평범한 일상으로의 복귀는 『별들의 고향』이 1970년대 한국사회의 이면을 드러내는 잔혹동화임을 암시합니다. 지식인 혹은 예술가 주체가 훼손된 자기 정체성을 회복하기 위하여 여성을 타자화하고 마지막에 가서는 자신의 죄책감마저 아름다운 추억과 낭만으로 포장해버리는 이야기는 경아의 입장에서 보자면 완벽한 비극이기 때문입니다. 하지만 최인호가 구사하는 세련된 문체와 그것이 환기시키는 서정성은 경아의 비극을 독자들로 하여금 '견딜 수 있는' 비참함으로, 그리고 부담 없이 읽을 수 있는 즐거운 독서경험으로 받아들이도록 이끌어갑니다. 내용은 비참하지만 이를 표현하는 문학적 형식이 경쾌하고 밝은 느낌을 주는 까닭에 최인호의 『별들의 고향』은 독서대중들에게 읽을 맛이 나는 신선한 문학 텍스트로 소비될 수 있었던 것이지요. 실제로 소설가 박영준은 『별들의 고향』에 대한 감상을 밝히는 글에서, 최인호가 단편소설에서 보여주었던 재치 있고 매력적인 문장 덕분에 당대 독자들로부터 폭넓은 관심과 사랑을 받을 수 있었다고 평가합니다. 특히 "스토리가 일관되어 있는 장편소설이라는 느낌이 들지 않고, 한 회 한 회 단편소설을 여러 개 묶어놓은 느낌"을 주었다는 박영준의 평가는 곱씹어볼 필요가 있습니다. 『별들의 고향』이 장편소설로서 반드시 갖추어야만 하는 기본적인 자질들을 충족시키지 못한 수준 미달의 텍스트임을 에둘러 비판하고 있는 까닭입니다. 오히려 "신문소설은 독자를 이끌어가는 입장에서 써야 하며, 독자에게 말려들어가서는 안 된다."라는 문단선배의 진심 어린 충고는 『별들의 고향』을 향한 당대 독자들의 열렬한 반응을 애써 외면하려는 것처럼 보입니다.

　『별들의 고향』에 대한 박영준의 비판은 문학에 관심이 없었던 일반 대중들이 최인호 소설에 폭발적으로 반응할 수밖에 없었던 이유가 무엇인지 간접적으로 보여줍니다. 신문연재소설이라는 장르적 특성을 고려할 때, 최인호는 처음부터 고급문학을 소비하는 소수의 문학 독자들이 아닌 신문을 구독하는 불특정 다수의 대중들을 『별들의 고향』의 잠재적인 독자로 삼을 수밖에 없었을 것입니다. 물론 스물여섯 살의 나이로 일간지에 장편소설을 연재한다는 것은 최인호 자신에게 상당한 부담감을 안겨주는 일이었을 것입니다. 단편소설에서 두각을 나타냈던 문단의 신예로서 그동안 접해보지 못했던 새로운 독자들을 대상으로 장편소설을 쓴다는 것은 처음부터 위험한 도박이었을 테니 말입니다. 그러나 최인호는 신문 연재소설을 작가와 독자가 만날 수 있는 최고의 문학적 공간으로 적극적으로 의미화하며, 신문을 구독하는 일반 대중들을 문학 독자로 포섭하기 위한 글쓰기 전략을 다양하게 구사합니다. 무엇보다도 일상의 삶 속에서 어렵지 않게 만날 수 있었던 다양한 인물 유형들을 경아의 연애서사와 수난사에 등장시킴으로써, 독자들은 『별들의 고향』을 경아만의 이야기가 아닌 마치 자기 자신의 이야기처럼 받아들일 수 있었습니다. 그뿐만 아니라 단편소설에 특화되어 있었던 자신의 개성적인 문체를 장편소설에도 그대로 도입하는 한편 결별의 지점마다 등장인물들의 심정을 효과적으로 드러내기 위해 대중들에게 익숙한 편지 형식을 적극적으로 활용하거나 소설의 상황과 잘 어울리는 시 텍스트를 작품 안에 적절히 배치함으로써, 문학에 관심이 없었던 일반 대중들이나 신문 구독자들이 특별한 거부감이나 어려움 없이 소설 읽기의 즐거움을 경험할 수 있도록 실험적인 대중문학적 글쓰기를 시도했던 것입니다.

특히 최인호가 『별들의 고향』을 통해 시도한 대중적 글쓰기에 20대 청년독자들이 적극적으로 반응했다는 사실은 주목할 필요가 있습니다. 신문연재 이후 단행본 출판을 거쳐 영화로 제작되었던 사례들은 최인호의 『별들의 고향』 이전에

도 여러 번 있었지만, 단행본이 발간되자마자 베스트셀러 반
열에 오르고 동명의 영화가 수십만 명의 관객을 불러 모은 것
은 한국사회에서 『별들의 고향』이 처음이었습니다. 『별들의
고향』과 관련된 문화 콘텐츠들의 상업적 성공은 1970년대 새
로운 문화소비의 주체로서 출현한 청년의 존재를 가시적으로
보여준 사건이라는 점에서 의미를 지닌다고 생각합니다. 물
론 최인호의 『별들의 고향』은 1970년대 대학생 청년문화를
상징적으로 보여주는 문학 텍스트로서 평가받고 있습니다.
하지만 그렇다고 해서 『별들의 고향』에 열렬히 반응했던 청
년들을 대학생 독자로 한정하는 것은 다소 문제가 있는 것 같
습니다. 『별들의 고향』에는 청바지와 통기타, 장발, 고고춤 등
당대 청년문화를 상징하는 스타일이나 독특한 소비문화의 흔
적들은 전혀 발견할 수 없으며 소설에 등장하는 캐릭터들 가
운데 대학생 문화와 직접적인 연관성을 갖는 인물은 찾아볼
수 없는 까닭입니다. 권태와 무기력에 빠져 유아적이고 자폐
적인 삶을 살아가던 화가 지망생 문오가 그나마 당대의 청년
문화와 연결점을 지니고 있지만, 문오 또한 서른 즈음에 접어
든, 당시의 감각으로는 청년이라기보다 오히려 중년에 가까
운 인물이라는 점에서 『별들의 고향』과 청년문화의 관계를
도식적으로 파악하는 관점은 한계를 지닐 수밖에 없습니다.
그보다는 급속한 산업화의 영향 속에서 자신의 고향을 떠나

일자리를 찾아 도시로 몰려들었던 수많은 청춘들을 『별들의 고향』의 보이지 않는 독자들로 파악하는 편이 더욱 타당하리라 생각합니다. 학교를 마치고 무작정 상경하여 대도시의 저임금 노동자로 살아갈 수밖에 없었던 수많은 청년 노동자들, 이제 갓 회사에 입사한 사회 초년생들과 모든 지나가버린 것들에 대한 미련과 슬픔을 지닌 채 하루하루 소시민적 삶을 살아가야만 하는 도시의 중산층 모두가 『별들의 고향』의 독자였던 것이지요.

　　최인호의 『별들의 고향』은 장편소설의 전통적인 문법을 과감하게 위반함으로써 다양한 계층의 잠재적 독자들을 대중문학의 적극적인 수용자로 탈바꿈시킨 독특한 신문연재 소설이었습니다. 비록 대중문학을 바라보는 반상업주의적 편견으로 인해 오랜 시간 동안 한국문학사의 외부에 놓여 있었지만, 『별들의 고향』이 한국사회에 끼친 영향은 문학사는 물론이거니와 문화사적인 측면에서 재평가를 받아 마땅합니다. 유신독재로 상징되는 1970년대의 암울한 시대적 분위기, 새로운 읽을거리에 대한 독자들의 목마름, 경아의 수난사에 열렬히 반응할 수 있었던 대중들의 정서적 공감대, 새로운 문화적 흐름을 적극적으로 수용하였던 청년 주체들, 그리고 감각적인 문체를 바탕으로 다양한 문학적 장치를 활용했던 작가의 실험적인 대중문학적 글쓰기가 서로 교차하고 영향을 주고받으며 거대한 사회문화적 현상으로서 '별들의 고향 신드롬'을 가능케 했습니다. 최인호의 『별들의 고향』은 1970년대 한국사회의 잔혹동화이자 산업화의 빛과 어둠을 비추는 거울이었던 것입니다.

질문과 답변

Q   『별들의 고향』을 읽으면서 순수문학과 상업문학,
    대중문학의 차이점이 무엇인지 구분하기가
    어려웠습니다. 우리나라에서는 주로 성에 대해서
    적나라하게 다룰 때 대중문학이라는 꼬리표가 붙는
    것 같습니다. 문학 텍스트가 시대상이나 당대 사회의
    객관적인 현실을 제대로 재현해내지 못하면 상업주의
    문학이라고 취급받는 풍토 때문인가요?

A   최인호의 『별들의 고향』은 1970년대 최고의
    베스트셀러였습니다. 소설을 읽어보면 고등학교
    문학시간에 배웠던 염상섭의 「삼대」나 이효석의
    「메밀꽃 필 무렵」, 이상의 「날개」 같은 작품들과는
    느낌이 많이 다르지요. 하지만 『별들의 고향』을
    위의 작품들을 나란히 놓고 살펴보면 의외로 비슷한
    부분들도 찾아볼 수 있습니다. 비록 단편적인 비교일
    수밖에 없지만 식민지 시기에 발표되었던 염상섭의
    「삼대」는 신문에 연재되었던 장편소설이라는 점에서,
    이효석의 단편소설 「메밀꽃 필 무렵」은 감각적이고
    서정적인 문체가 돋보이는 텍스트라는 점에서,

마지막으로 이상의 「날개」는 무기력하고 자폐적인
남성 지식인 주인공이 등장하는 자기서사라는 점에서
최인호의 소설과 유사한 특징들을 발견할 수 있습니다.
염상섭이나 이효석, 이상의 소설 텍스트들이
한국근현대문학의 정전으로 평가받으며 문학적
가치는 물론이거니와 문학사적 가치를 지니는
중요한 텍스트로서 한국문학사 안에서 굳건히
자리를 지켜왔다는 점을 고려할 때, 최인호의 소설이
한국문학의 대표적인 정전들과 비슷한 특징들을
공유하고 있다는 사실은 흥미롭습니다. 물론 형식적인
면이나 내용적인 면에서 유사한 특징들을 발견했다고
해서 최인호의 『별들의 고향』이 「삼대」나 「메밀꽃
필 무렵」, 「날개」 등의 소설들과 같이 정전의 반열에
올라야 한다는 뜻은 아닙니다. 오히려 중요한
사실은 순수문학과 상업문학, 대중문학의 경계가
명확한 것처럼 보이지만 실제로 그 경계를 구분하는
일이 생각처럼 쉽지 않다는 것입니다. 단순히
신문연재소설이라고 해서, 혹은 성에 대한 적나라한
묘사가 포함되어 있다고 해서 대중문학이나 상업문학이
되는 것은 아닙니다. 작품 안에서 섹슈얼리티에 대한
묘사가 등장한다 하더라도 그것이 작품의 미학적

혹은 문학적 의미를 형성하는 데 있어 중요한 역할을 담당하고 있다면 대중문학이나 상업문학이 아닌 순수문학의 영역에서 평가를 받을 테니 말입니다. 역으로 대중들의 취향을 고려하여 소설을 집필한다고 해서 반드시 대중들의 인기를 얻으며 상업문학으로서 경제적 성공을 거둘 수 있는 것도 아니지요. 최인호의 『별들의 고향』을 통해 살펴보았듯이, 하나의 문학 텍스트가 베스트셀러가 되고 대중적인 성공을 거둔다는 것은 작가의 개인적 역량은 물론이거니와 다양한 사회적, 문화적, 역사적 요인들의 상호작용 속에서 가능한 일이기 때문입니다.

일반적으로 순수문학 혹은 본격문학이란 경제적 이익에 초연한 태도를 보이며 예술적 가치를 최우선으로 추구하는 문학을 지칭합니다. 여기서 예술적 가치란 추상적인 개념이기에 누가, 언제, 그리고 무엇을 위해 발화하느냐에 따라서 의미상의 차이가 발생할 수밖에 없습니다. 한국문학사의 흐름 속에서 살펴보자면 제도권 문학 내에서 순수문학의 '타자'를 어떻게 규정하느냐에 따라서 순수문학의 개념은 시대적으로 변화를 겪어 왔습니다. 사회적, 문화적, 정치적, 역사적 상황의 변화 속에서 상업성이나 대중성, 정치성을

순수문학이나 본격문학의 대척점에 위치시키며
문학성과 예술성의 의미를 끊임없이 재규정함으로써
문단의 다양한 주체들은 문학장 내에서의 상징권력을
유지하거나 혹은 쟁취하기 위해서 전략적인
'구별짓기'를 시도해왔던 것이지요. 그렇다고 해서
최인호의『별들의 고향』이 상업주의 문학이 아니라고
주장하려는 것은 아닙니다.『별들의 고향』은 당대
그 어떤 문학 작품들보다도 대중성과 상업성을 두루
갖추고 있었던 텍스트임에 틀림없습니다. 그러나
유신체제라는 암울한 시대적 상황 속에서 누구나 부담
없이 즐길 수 있는 가벼운 읽을거리로서 대중들에게
열광적으로 소비되었다는 사실이 오히려『별들의
고향』에 대한 객관적인 문학적 평가를 가로막았던
것이지요.『별들의 고향』에 대한 문단의 무관심이나
호스티스 문학, 퇴폐주의 문학이라는 비난에 가까운
반응들은 어쩌면 대중문학의 득세 속에서 위기의식을
느끼고 있었던 당대 주류 문단의 당혹스러움을
방증하는 것이기도 합니다. 최인호의『별들의 고향』은
애초부터 경제적 이익으로부터 초연한 태도를 보이며
정치적 색채가 배제된 순수한 문학적 글쓰기나 당대
사회의 객관적인 현실을 그대로 재현하며 그 이면의

구조적인 모순을 예리하게 드러내는 문학적 실천과는
거리가 멀었던 까닭에 상업주의나 퇴폐주의라는
비판으로부터 자유로울 수 없었던 것입니다.

Q   최인호가 『별들의 고향』에서 보여준 문학적 글쓰기를
일종의 놀이처럼 볼 수도 있지 않을까요? 이렇게 쓰면
대중들이 정말 좋아할 것이라는 사실을 작가는 아마도
알고 있었던 것 같습니다. 순수문학을 향한 비판적인
메시지도 담겨 있는 것 같고요.

A   최인호의 문학적 글쓰기를 '놀이'로 보는 관점은 매우
흥미롭습니다. 놀이의 핵심이 즐거움이라는 사실을
염두에 둔다면 아마도 『별들의 고향』을 읽는다는
것은 당대 독자들에게 즐거운 책읽기 놀이였을 테니
말입니다. 그렇다면 글쓰기의 측면은 어떠할까요?
창작의 고통이라는 표현이 있기는 하지만 놀이에
내재되어 있는 자발성과 창조성, 그리고 현실 전복성
등을 고려한다면 최인호의 문학적 글쓰기를 보다
다양한 측면에서 생각해볼 수 있을 것 같습니다.
무엇보다도 최인호가 구사하는 감각적이고 경쾌한
문체는 기존의 신문연재소설들과는 확연히 다른 느낌을
줍니다. 『별들의 고향』이 여주인공의 수난사이자

연애서사라는 점에서 시종일관 비참하고 안타까운
경아의 삶을 전하고 있지만, 그러한 이야기를
독자들에게 들려주는 작가의 문체는 밝고 명랑하며
때로는 서정적입니다. 더욱이 중요한 대목마다
적절하게 삽입되어 있는 다양한 시 텍스트들은
독자들에게 문학을 읽는 재미가 무엇이었는지를
직간접적으로 느낄 수 있도록 자연스럽게
이끌어갑니다. 현재 우리들은 장편소설이라는 감각을
유지하며 단행본으로 발간된 『별들의 고향』을 읽어왔기
때문에 이러한 문학적 장치들이 갖는 효과에 대해서
그다지 실감하지 못하는 것 같습니다. 말씀드렸듯
최인호의 『별들의 고향』은 신문연재소설입니다. 작가가
독자를 상정하는 것이 아닌, 불특정 다수의 잠재적
독자들을 대상으로 하루도 거르지 않고 일 회분씩
날마다 신문 지면에 게재되는 이야기인 것이지요.
다르게 표현해보자면 단편소설보다 짧은 분량의
이야기들이 매일매일 쌓여 장편소설로 거듭나는 문학적
글쓰기가 바로 신문연재소설입니다.
당대 독자들의 입장에서 생각해보자면 『별들의 고향』은
이전에 보았던 신문연재소설들과는 다른 방식의
이야기였을 것입니다. 신문연재 장편소설임에도

불구하고 독자들이 매일매일 접했던 『별들의 고향』은
오히려 가볍게 읽을 수 있는 일종의 단편소설처럼
다가왔을 테니 말입니다. 최인호가 『별들의
고향』에서 보여주는 다양한 문학적 실험들은 신문을
구독하고 있는 잠재적인 독서대중을 실질적인 소설
독자로 이끌어내기 위한 창의적인 글쓰기 놀이의
결과물이었는지도 모릅니다. 경쾌하고 감각적인
작가의 문체는 독자들에게 소설의 문장을 읽는
즐거움이 무엇인지를 알려주었으며, 이야기의 중요한
장면마다 빠짐없이 등장하는 서정시들은 이전의
신문연재소설에서는 볼 수 없었던 새로운 시도였으니
말입니다. 뿐만 아니라 등장인물들이 독자들에게
익숙한 편지의 형식으로 이별의 마음을 전하는 소설적
구성과 형식은 『별들의 고향』이 지향하는 대중성이
무엇인지를 짐작케 합니다. 최인호는 단편소설
쓰기에 특화되어 있었던 자신의 글쓰기 스타일을
신문연재소설에 실험적으로 적용하는 한편 대중들에게
익숙한 글쓰기 방식들을 문학적으로 전용함으로써
소설 읽기에 대한 진입장벽을 과감히 낮추었다고
생각합니다. 어쩌면 이러한 작가의 실험적인 시도들이
당대 문단에서는 순수문학을 향한 비판적인 메시지로도

읽혀졌을지 모르겠습니다. 고급독자만을 대상으로 하는
순수문학으로부터 벗어나 신문을 읽는 모든 이들이
문학 독자가 될 수 있다는 최인호의 인식은 순수문학과
대중문학, 본격문학과 장르문학이라는 이분법적인 구도
안에서 갈등을 일으킬 수밖에 없었을 테니 말입니다.
텍스트에 대한 편견을 잠시 제쳐두고 최인호의
『별들의 고향』을 가만히 살펴보면 우리는 순수문학과
대중문학의 경계를 넘나드는 작가의 문학적 실천의
흔적들을 마주할 수 있습니다. 한국사회가 직면하고
있었던 다양한 문제들을 파헤치기보다는 대중들을 위한
가벼운 읽을거리를 제공하는 데 보다 충실했던 까닭에
최인호의 문학적 글쓰기는 종종 비판을 받아 왔습니다.
하지만 최인호의 수많은 대중소설 작품들은 본격문학과
장르문학, 순수문학과 대중문학의 경계를 넘나들며
잠재적인 문화소비자들을 문학 독서의 영역으로
이끌었다는 점에서 높이 평가할 만합니다. 순수문학과
대중문학의 경계를 파괴하는 것이 애초부터 불가능한
문단의 현실 속에서 대중문학의 외연을 최대한
확장시킬 수 있었던 것은 아마도 최인호의 문학적
글쓰기가 지닌 놀이의 현실 전복성에 기인한 것이라
생각합니다.

최인호   1945. 10. 17. ‑ 2013. 9. 25.

1963년 서울고등학교 2학년 재학 중에 단편 「벽구멍으로」가 『한국일보』 신춘문예에 당선 없는 가작으로 입선하면서 문단에 화려하게 등장한다. 연세대학교 영문과에 입학하여 「순례자」, 「술꾼」, 「모범동화」 등 여러 편의 단편소설들을 습작하였으며, 군 복무 중이었던 1967년 「견습환자」가 『조선일보』 신춘문예에 당선되고 같은 해 단편 「2와 1/2」로 『사상계』 신인문학상을 수상하게 되면서 최인호는 본격적인 문단활동을 시작하게 된다.

 1972년 단편 「타인의 방」과 「처세술개론」으로 『현대문학』 신인상을 수상하였으며, 황순원과 박영준의 추천으로 그해 9월 스물여섯의 나이로 『조선일보』에 『별들의 고향』 연재를 시작하면서 대중들로부터 선풍적인 인기를 얻게 된다. 1973년 『바보들의 행진』을 일간스포츠에 연재하며 최인호는 청년문화의 기수로서 각광을 받았지만, 이미 대중의 스타로 자리 잡은 그에게 문단의 평가는 냉정했다. 문단의 외면 속에서도 최인호는 단편소설은 물론이거니와 수많은 장편소설, 시나리오 등을 집필하며 본격문학과 대중문학의 경계를 자유로이 넘나들었다. 일간지와 여성지 등을 통해 『적도의 꽃』, 『고래사냥』, 『물 위의 사막』, 『겨울 나그네』 등의 대중소설을 발표했으며, 가톨릭에 귀의한 이후 『잃어버린 왕국』, 『길 없는 길』, 『왕도의 비밀』, 『해신』, 『유림』, 『상도』 등 역사와 종교를 소재로 삼은 작품들을 발표하였다. 월간 교양지 『샘터』에 1975년 9월부터 2009년 10월까지 「가족」을 연재(총 402회)했으며, 2011년 암 투병의 와중에도 장편 『낯익은 타인들의 도시』를 발표하며 재기를 선언한다. 이후 묵상 이야기를 담은 산문집 『하늘에서 내려온 빵』, 『인연』, 『천국에서 온 편지』 등을 집필하였으며, 병세가 악화되어 2013년 9월 향년 68세로 사망하였다.

황석영, 「삼포 가는 길」 읽기

허 윤

이화여자대학교 국문과 및 동 대학원에서 한국 현대소설을 공부했다.
「'딸바보' 시대의 여성혐오」, 「냉전 아시아적 질서와 1950년대
한국의 여성혐오」, 「1950년대 퀴어 장과 법의 접속」 등의 논문과
『1950년대 한국소설의 남성 젠더 수행성』(단독, 2018) 『그런 남자는 없다』
(오월의봄, 공저, 2017), 『문학을 부수는 문학들』(민음사, 공저,2018),
『일탈』(2015) 등의 역서가 있다. 현재 부산외국어대학교 만오교양대학
교수로 학생들에게 글쓰기를 가르치고 있다.

'오빠'들의 노스탤지어

줄
거
리

공사장을 돌아다니면서 일하는 남성 노동자 정씨와 영달,
술집을 도망친 여급 백화가 길에서 만나 함께 고향을
찾아간다. 삼포가 고향인 정씨는 공사가 끝나 일거리가
없어지자 오랜만에 고향인 삼포를 찾아 길을 떠난다. 고향이
없기에 갈 곳도 없는 영달은 정씨를 따라 삼포를 향하던 길에
백화를 만난다. 시골집을 떠나 도시를 전전하던 여급 백화
역시 고향으로 돌아가는 길이었다.
두 남자는 백화를 술집으로 돌려보내는 대신 차표를
사주고, 백화 역시 자신의 본명을 알려준다. 백화를
배웅하고 돌아오는 길에 정씨와 영달은 삼포가 예전처럼
한적한 섬이 아니며 관광호텔과 다리를 건설 중이라는
소식을 듣는다. 그곳에 가서 일자리를 구하면 되겠다는
영달과 달리, 정씨는 고향을 상실한 채 갈 곳을 잃는다.

'디아스포라'라는 단어를 들어보신 적이 있나요? 특강이 진행되는 장소 주변에 디아스포라 영화제에 관련된 홍보물이 붙어 있더라고요. 오늘 같이 이야기할 「삼포 가는 길」이 디아스포라 문제와도 연관이 있는 텍스트라서 괜스레 반가웠습니다.

디아스포라는 '이산'이라는 의미의 그리스어로, 고향에 돌아가는 것이 불가능하거나 혹은 정치적·경제적 이유로 고향에 돌아가도 시민으로서의 안정적인 삶이 확보되지 않아서 한 곳에 정착하지 못하고 떠돌아다니는 사람들을 지칭하는 말입니다. 원래는 이스라엘에 살던 유대인들이 그 땅을 잃어버리고 떠나서 살 수밖에 없는 상황을 가리키는 말이었는데요. 이후에는 고향을 잃은 사람들, 혹은 고향에 돌아가지 못하는 사람들을 가리켜 디아스포라라고 명명했습니다.

재일 조선인인 서경식 선생님은 자신의 책 『디아스포라 기행』에서 '재일 조선인'이라는 디아스포라를 다음과 같이 설명합니다. "재일 조선인의 대다수가 일본 식민 지배의 결과 의도하지 않은 채 이 나라에서 태어났다. 때문에 이 나라의 언어밖에 모르고, 여기밖에는 집이 없고, 여기밖에는 직장이 없고, 여기밖에는 친구도 아는 사람도 없다. 다시 말하면 삶의 기반이 여기 외에는 없는 것이다. 어떤 때는 완곡하고 부드러운 말로, 어떤 때는 거친 목소리로 싫으면 나가라고 하는 말을 들어가면서, 그래도 여기밖에는 살 곳이 없는 것이다."

저는 이 말이 디아스포라를 잘 설명한다고 생각합니다. 정치적이고 역사적인 이유로 일본에서 태어나서 일본어로 말하고 일본에 학교, 직장, 친구가 다 있습니다. 그러나 민족적으로 일본인은 아닌 재일 조선인은 디아스포라적 삶을 살고 있습니다. 이처럼 과거에는 한국이 식민 지배와 한국전쟁 등으로 인해 많은 디아스포라를 양산했고요. 그렇다면 「삼포 가는 길」의 인물들이 왜 디아스포라일까요? 한국에서 중고등학교를 다녔다면 모를 수가 없을 만큼 친숙한 소설인데요. 「삼포 가는 길」은 1970년대 산업화로 인해 고향을 잃어버린 사람들을 그려낸 대표적인 텍스트입니다. 그리워하던 고향에 돌아가도 기억 속 그 고향은 아니라는 점에서 그야말로 영원히 고향을 상실한 디아스포라라고 볼 수 있겠지요.

오늘 강의의 제목이기도 한 '노스탤지어'는 향수, 즉 고향에 대한 그리움을 통칭합니다. 상실한 고향을 그리워하고, 그 고향을 낭만화하는 경향을 흔히 노스탤지어라고 하는데요. 지금 현실은 괴롭고 고통스럽지만, 과거 내가 살던 고향은 아름다웠다는 사고방식입니다. 우리가 어릴 적부터 많이 부른 동요 '고향의 봄'은 알고 계시죠? '나의 살던 고향은 꽃피는 산골 / 복숭아꽃 살구꽃 아기 진달래 / 울긋불긋 꽃 대궐 차린 동네 / 그 속에서 놀던 때가 그립습니다'라는 가사로 되어 있는 '고향의 봄'은 노스탤지어가 무엇인지를 가장 잘 보여주는 노래입니다. 노래 속의 주인공은 현재 고향을 떠나 있습니다. 그렇지만 내가 살던 과거의 고향, 꽃이 만발한 자연 속에서 놀던 그 시절을 그리워하고 있습니다. 오늘 함께 이야기할 소설 「삼포 가는 길」은 이 '고향의 봄'이 파괴된 개발기의 겨울을 증언합니다. 지금은 겨울을 살고 있지만 봄을 희망하는 마음인 것이지요.

이 작품은 작가 황석영의 대표작이기도 한데요. 황석영은 한국문학사의 거장이지요. 베스트셀러 소설도 여러 편이고 해외에 소개도 많이 된 문호입니다. 특히 한국현대사를 증언하는 작가로서 한국전쟁이나 광주민주화운동 등과 관련하여 사회적 목소리를 적극적으로 발신해왔습니다. 황석영은

1962년 고등학교에 다니던 시절에 『사상계』라는 잡지의 신인문학상으로 등단을 했는데요. 『사상계』는 지식인들이 많이 읽는 고급 잡지였어요. 황석영은 그 전부터 중고등학생들이 많이 읽는 『학원』지에도 글을 발표한 적 있을 만큼 재능이 있었는데요. 정식으로 등단한 것은 1962년입니다. 당시에 한국에서 글을 좀 쓴다는 사람들은 다 『사상계』로 등단하는 상황이었던 터라, 고등학생이 『사상계』로 등단을 했다는 이유로 엄청난 화제를 불러 일으켰습니다. 이렇게 화려하게 등장한 이후 기세를 이어가는 것이 아니라 오히려 전국을 돌아다닙니다. 노동자로 일하면서 민중의 삶 속에 들어간 것이지요. 서울에서 학교를 다니던 조숙한 청년이 승려가 되려고 절에서 수행을 하기도 했고요. 그 경험들이 이후 소설로 완성됩니다. 그중에서도 「삼포 가는 길」은 산업화로 인해 소외된 노동자, 민중의 삶을 포착해내어 1970년대를 대표하는 소설이 되었습니다. 특히 산업화가 파괴한 민중들이 길에서 만나 연대하고 서로에게 온정을 베푸는 아름다운 서사는 여전히 많은 독자를 확보하고 있습니다. 지금부터는 작가 황석영에서부터 시작해서 소설 「삼포 가는 길」, 황석영의 문학세계까지 구체적으로 살펴보도록 하겠습니다.

역사를 말하는 소설가 황석영

1943년 만주 장춘에서 태어난 황석영은 『사상계』 신인문학상을 수상한 이후 전국 각지를 떠돌면서 노동자로 생활합니다. 황석영의 자서전 『수인』을 보면, 그의 삶이 한국 현대사의 결절점과 맞닿아 있음을 확인할 수 있는데요. 그의 아버지는 일제가 만든 만주국의 수도 신경^{지금의 장춘}에서 사업으로 성공한 사람이었고, 어머니는 기독교를 믿는 평양 출신의 지식인 여성이었습니다. 해방과 함께 평양으로 돌아온 이들 가족은 자연스럽게 월남하게 됩니다. 이러한 귀환과 이주의 역사는 해방과 한국전쟁을 전후로 한 한국인들의 삶을 잘 보여주는 것이기도 합니다. 게다가 분단 이후로 황석영은 부모님의 고향에 돌아갈 수 없게 되었지요. 서울 변두리 지역에 자리 잡은 황석영은 어릴 적부터 '이방인'으로서 자신을 의식하고 있었다고 말합니다. 이 이방인 의식은 고향을 잃은 자가 가질 수밖에 없는 비판정신으로 이어지기도 합니다. 그는 고등학교 때 친구들과 함께 4.19 집회에 나갔다가 친구의 죽음을 목격했고, 한일회담 반대 시위에 나갔다 구류 20일에 처해지기도 합니다. 이곳에서 만난 일용직 노동자 '장 대위'와 함께 지방 공사장을 전전한 경험은 소설 『객지』와 「삼포 가는 길」에 등장합니다. 나중에는 승려가 되려고 부산에서 수행을 하다 어머니의 설득으로 집에 돌아오는데요. 그 후에는 해병대에 입대하기 전까지 방에 틀어 박혀 소설만 썼다고 해요. 해병대에서는 베트남전에 참전하게 되고요. 이때의 경험 역시 나중에 소설로 탄생됩니다.

이처럼 간략하게 말씀드렸지만, 황석영 작가의 삶이 그야말로 한국 현대사라고 말할 수 있을 정도로, 한국사회의 주요 역사적 사건들을 직접 경험했습니다. 작가 스스로도 야만적인 현대사를 관통하면서 리얼리즘 작가가 되었다고 말하는 것처럼, 황석영의 대표작들은 한국 현대사를 사실적으로 재현한 이야기들이 많습니다.

황석영의 대표작이 된 『객지』는 1971년에 『창작과비평』이라는 잡지에 발표되는데요. 『객지』 역시 「삼포 가는 길」과 유사한 감수성을 담고 있습니다. 객지란 자기 집을 떠나 임시로 있는 곳이잖아요. 나의 고향이 아닌 곳이죠. 『객지』를 통해서도 고향을 떠난 노동자의 삶을 이야기했고요. 「삼포 가는 길」은 이 떠도는 자들이 갖고 있는 고향에 대한 노스탤지어를 이야기한 소설입니다. 1973년에 나온 작품이에요. 황석영은 「삼포 가는 길」 이후에는 그를 인기 작가로 올려놓는 데 큰 역할을 한 장편소설 『장길산』을 한국일보에 10년간 연재합니다. 『장길산』으로 얻은 유명세는 이후에 황석영이 경찰이나 안기부의 취조를 받을 때에 도움이 되었다고도 해요. 유명한 작가에게 고문이나 폭력을 행사할 경우, 그가 이후에 그 사실을 대사회적으로 폭로할 가능성이 있기 때문이죠. 이처럼 작가로서 활발한 활동을 하던 황석영은 반독재 저항운동을 적극적으로 전개하면서 광주항쟁을 기록하고, 민족문화운동을 추진해나갑니다. 그러다 1989년 북한의 '조선문학예술총동맹'의 초청으로 북한을 방문하였고, 1993년 4월에 귀국할 때까지 유럽과 미국 등지를 떠돌며 디아스포라로 살아갑니다. 한국에 돌아오면 국가보안법 위반으로 구속되어야 할 상황이었기 때문에 '객지'를 떠돌면서 군사 정권에 대한 비판을 계속해온 것이지요.

귀국한 황석영은 징역 7년을 선고받고, 1998년에 석방됩니다. 석방 이후 최초로 발표한 소설이 2000년에 나온 『오래된 정원』인데요. 이후로 계속 한국의 이데올로기 갈등이 만들어낸 사건들을 소설에 등장시키면서 해원의 글쓰기를 진행하고 있습니다. 5.18을 다룬 『오래된 정원』이나 해방기와 신천양민학살을 다룬 『손님』, 동아시아의 식민주의와 제국주의를 고발하는 『심청, 연꽃의 길』, 『바리데기』 등을 연이어 세상에 내놓습니다. 이처럼 정치적, 역사적으로 중요한 지점에 작가가 직접적으로 개입해서 소설화하는 작가로서 황석영은 한국의 리얼리즘 문학을 대표한다고 평가받고 있습니다. 그뿐만 아니라 40년간 현역에서 활발하게 활동하고 있는 작가인 그의 창작

욕도 놀라운 점이라고 할 수 있습니다. 동시대에 등장한 작가들 중에서는 더 이상 소설을 쓰지 않는 분도 있는데요. 현재까지 작가로서 일선에서 활동하고 있고 많은 독자들이 그의 소설을 읽고 있다는 점, 그야말로 한국 현대문학의 산증인으로 존재하고 있다는 점은 강조해야 할 것 같습니다.

1970년대 우리의 얼굴, 정씨와 노영달, 그리고 백화

간략하게 황석영 작가의 연보랄까 삶을 소개해드렸는데요. 이제 본격적으로 소설 「삼포 가는 길」 이야기를 해보겠습니다. 문단에서는 이 작품을 완성도 높은 리얼리즘 소설로 평가하지만, 저는 이 소설은 황석영 문학에서 가장 감성적인 소설이라고 평가하고 싶어요.

「삼포 가는 길」에는 세 명의 등장인물이 나옵니다. 공사장의 막일꾼인 '정씨'과 '노영달', 대폿집에서 여급으로 일하는 '백화'인데요. 이 세 사람이 고향을 찾아가는 여정을 함께하는 이야기입니다. 소설은 하층민인 이들 세 명이 고향을 상실하는 서사를 통해서 산업화의 그늘을 조명합니다.

노영달과 정씨는 공사장의 막일꾼으로 살고 있습니다.

두 사람은 나이도 성격도 꽤 다릅니다. 노영달은 착암기를 다룰 정도로 힘이 좋은 젊은 남자이지만 가족도 없고 찾아갈 고향도 없는 사람입니다. 반면 정씨는 노영달보다 나이가 열 살쯤 많은 사십대 남자로 목공, 구두 수선 등 도시의 육체노동자들이 할 수 있는 거의 모든 직업을 다 거쳐 왔으며 심지어 '큰집'에도 갔다 온 사람, 즉 전과가 있는 사람이에요. 둘은 집도 없고 벌어둔 돈도 없기 때문에 돈 벌 곳을 찾아 한 곳에 정착하지 못하고 계속 돌아다닐 수밖에 없는 이들인데요. 같은 공사장에서 일하다 동시에 일거리가 끊긴 차에 정씨가 고향 삼포에 간다고 하자 영달이 따라나서면서 여정이 시작됩니다. 정씨 같은 경우에는 고향인 삼포로 가겠다고 하는 목표가 분명히 있습니다. 고향에 돌아가면 안정된 생활기반을 잡을 수 있을 것이라고, 혹은 그동안 그리워하던 고향이 있을 것이라고 생각한 것이지요. 반면, 노영달은 정해진 목적지가 없기 때문에 가벼운 마음으로 따라 나섭니다. 가면 일자리나 있을까 싶어서요. 일견 상반된 듯 보이는 이 두 남자는 삼포를 향해 길을 떠나는 과정에서 자신들과 닮은꼴인 술집 여급 백화를 만나게 됩니다.

백화는 서울식당이라는 대폿집에서 일하는 여급입니다. 소설에서 백화는 인천과 대구와 포항, 진해 등을 거쳐서 시골에 온 여자인데요. 그 지역들에선 군부대 앞에도 있었고, 공사장 같은 데도 다니고, 항구 술집을 전전하면서 3년간 일하다가 이 시골에 온 것으로 되어 있습니다. "내 배 위로 한 사단의 남자가 지나갔다"고 강짜를 놓는 백화는 혼자 고향을 떠나 씩씩하고 '맹랑'하게 살아가는 여성으로 그려집니다. 그녀가 밤에 짐을 싸서 몰래 도망간 탓에 화가 난 식당 여주인은 현상금을 걸고는 밥을 먹으러 식당에 온 영달과 정씨에게 백화를 잡아오라고 부탁합니다. "나이는 스물 두엇쯤 되고 머리는 긴데다 외눈 쌍까풀인 계집년"을 잡아오면 만 원을 주겠다는 겁니다. 남자들은 길에서 백화를 보자 한 눈에 알아봅니다. 하지만 정씨과 노영달은 만 원을 받고 식당집에 데려다 주느니 고향에 갈 수 있게 역에 데려다 주자고 하면서 백화와 동행합니다. 강퍅한 삶이지만 아직 인간성이나 인정이 남아 있는 사람들인 거죠. 얌체 같이 보였던 백화 역시 여정을 함께 하면서 두 사람에게 마음을 열게 됩니다. 결국 마지막에는 울면서 자기 본명을 알려주죠. 길에서 만나서 귀향하는 여정을 함께한 세 사람은 고향을 잃은 사람들의 아픔을 공유하고 서로를 치유하며 연대합니다.

하지만 정씨와 영달이 삼포로 가는 길목에서 만난 노인은 삼포가 공사장과 시장, 신작로가 들어선 공간으로 바뀌었음을 알려줍니다. 나룻배가 다니고 고기가 넘쳐나는 삼포는 없어지고 바다 위에 신작로가 나고 관광호텔이 지어지고 있다는 것입니다. 이처럼 벽지의 섬 삼포는 산업화 대열에 합류한 것으로 나타납니다. 이것은 정씨가 고향을 완전히 상실했다는 의미이기도 하지만, 정씨로 대변되는, 고향을 떠나서 도시에 와있는 하층민 노동자들이 안식처를 상실했다는 의미이기도 합니다.

노영달과 정씨는 세대적으로도 차이가 나고 성격도 많이 다릅니다. 정씨는 차분하고 현명하고 정적인 이미지인 반면에 노영달은 적극적이고 거칠고 흔히 말하는 남성성을 잘 보여주는 인물인데요. 찾아갈 고향이 있는 사람과 고향이 없는 사람을 구분할 수 없을 만큼, 모두가 고향을 잃을 수밖에 없다고 하는 것이 결국은 이 시대가 만들어낸 비극이라고 소설은 이야기합니다. 정씨와 영달은 결국 똑같은 입장이 될 수밖에 없는, 고향 잃은 사람들인 것이죠. 그래서 삼포를 잃은 것은 이 책을 읽는 그 시대의 독자들도 마찬가지인 셈입니다.

삼포, 우리의 잃어버린 고향

소설의 시간적 배경은 겨울인데요. 겨울은 언제나 고난이나 고통, 쓸쓸함의 정서를 대변합니다. 이 소설에서도 마찬가지로 모든 것을 상실한 한 세대의 공간, 죽음과 소멸의 공간으로 의미화 되는데요. 즉 영원히 잃어버려 찾을 수 없는 과거인 고향이 겨울이라는 알레고리로 사용되고 있습니다. 이 세 사람의 여정이 겨울을 배경으로 하는 것도 그 때문이지요. 이 소설은 당대 인기 감독이었던 이만희에 의해 영화화되는데요. 가장 유명한 장면은 눈이 쌓인 길을 헤치면서 걷는 롱테이크 신입니다. 하얀 눈밭이 펼쳐지고, 그 위에 빨간 코트를 입은 백화와 두 남자가 걷는 장면을 길게 보여줍니다. 모든 것을 집어삼킨 겨울은 비옥한 섬이었던 삼포가 사라졌다는 데서 느껴지는 애수와 잘 맞아 떨어집니다.

정씨는 처음에 길을 떠나기 전 삼포를 "한 열 집이 살까 말까 하는 굉장히 아름다운 섬이고 비옥한 땅이 남아돌아가고 고기가 얼마든지 잡히고 하는 도시"라고 설명합니다. 그래서 영달은 "나 그럼 거기 가서 아주 말뚝을 박고 살았으면 좋겠네"라고 하지요. 이러한 낭만적 회상은 고향을 떠난 사람이기에 가능한 것이었죠. 왜냐하면 우리의 고향에는 이미 백화가 일하던 서울식당이 들어와 있었기 때문입니다. 서울식당의 사장은 이미 돈이 우선이고 인간은 나중인, 도시의 정서를 가진 사람입니다. 이 동네에서 6개월이나 일했으면 백화도 이제 한물간 것이라는 사장의 말은 결국 시골 역시도 인간을 상품화하는 자본주의의 영향으로부터 자유롭지 않다는 것을 보여줍니다. 산업화가 야기한 인간 소외의 현실은 고향의 상실로 이어진다는 것을 이미 소설 초반부에 미리 보여주는 장치죠.

소설에서 이야기하는 것처럼 1960~1970년대는 고향을 떠나 일자리를 찾는 사람들이 증가하는 시기입니다. 황석영은 고등학교를 휴학하고 지방 공사장이나 장터의 빵집 등지에서 일하면서 방랑한 경험을 가지고 있는데요. 그때 자신이 만났던 풍경이 1970년대 소설에 많이 반영되었다고 이야기한 바 있습니다. 이는 당시 사회 분위기 속에서 자연스러운 흐름이기도 했는데요. 1960년대에 임금을 받고 일하는 노동자 비율은 26.2퍼센트 정도였습니다. 대개의 사람들은 시골에서 소작을 하거나 자기 땅을 일구지 임금을 지불받거나 지불하는 관계에 있지 않았습니다. 1975년에 가면 44.2퍼센트로 15년 사이에 거의 2배 가까이 증가하게 되고요. 전 인구의 절반 정도가 임금노동자가 됩니다.

이렇게 많은 인구가 급격하게 임금 노동자로 변모한 것은 이촌향도 현상이 설명해줍니다. 도시의 저임금 일자리를 시골에서 올라온 사람들이 채운 것입니다. 1978년 기준으로 했을 때 절대 빈곤 인구의 44퍼센트가 도시에 살고 있었는데요. 도시에 사는 많은 수의 노동자들이 가장 가난한 사람들로서 소설에 등장하기 시작하는 것은 산업화의 다른 얼굴이 실상 가난이라는 점을 이야기하고 있습니다. 세상이 좋아졌다, 우리도 잘 살게 되었다, 혹은 물건을 많이 살 수 있고 팔 수 있고 모두 원하는 것을 구매할 수 있는 시대가 되었다고 이야기하지만, 이 시기에 빈곤 인구 역시 증가했다는 것입니다. 이렇게 일거리를 찾아서 부유하는 사람들의 마음속에 삼포라는 고향은 일종의 유토피아로서 자리 잡고 있었습니다.

고향은 살아가는 터전이자 우리를 물리적인 위협으로부터 보호하는 공간으로 여겨집니다. 고향이 최후의 정주지로 기능하는 것은 그 공간이 유토피아처럼 그려지고 있기 때문입니다. 더 이상 존재하지 않는 아름다운 공간으로서 삼포는 정씨와 노영달의 기억 속에 각인되는 것입니다. 정지용의 시 「향수」에서 고향을 묘사하는 것처럼 어린 누이와 발 벗은 아내가 있는 곳이 고향이거든요. 모성과 보호를 제공하는 마지막 공간이자 내가 떠나올 수밖에 없었던 공간으로서 삼포라는 고향이 존재하는데요. 이촌향도 이후 고향은 땅이 있고 물고기가 있고 논밭이 있는 대자연 속에서 아름답고 평화롭게 잘 살았다는 과거를 대변하는 곳으로 소설에 등장하기 시작합니다. 도시의 삶이 자연을 개발하고 파괴했다면서 훼손되지 않은 삶과 대조적으로 고향을 그리는 것입니다. 그래서 고향에 가면 푸른 산이 있고, 시내가 흐르고 하는 방식으로 오감을 활용해서 기억을 불러내어 노스탤지어^{향수}를 구성합니다. 그러다보니 1970년대 이후 문학에 등장하는 고향은 인간이 파괴하지 못한 숭고한 지역으로 남게 되고, 이 자연을 지키는 것이 고향에 두고 온 어머니와 누이로 기록되게 되는 것이죠.

그런데 「삼포 가는 길」에서 나타나는 것처럼, 산업화로 인해 고향에 가도 순결한 어머니를 만날 수 없습니다. 서울식당의 주인아주머니 같은 사람들이 악다구니를 부리면서 빨리 저 도망간 애 잡아오라고 주변 사람들을 채근하지요. 이처럼 고향의 상실은 돈에 눈이 먼 어머니나 '순결을 잃은' 누이로 그려집니다. 이 고향을 회복하기 위해서 누이의 잃어버린 청춘, 혹은 누이의 '잃어버린 순결'을 회복시켜 주고자 하는 욕망이 소설에 등장하게 되는데요. 「삼포 가는 길」에서는 백화의 귀향으로 설명됩니다. 소설의 결말에서 정씨와 영길이 힘을 합쳐 백화에게 차표를 끊어주고 계란을 사서 들려 보내잖아요. 그 장면은 상징적으로 백화라고 하는 타락한 여성이 고향으로 돌아가게끔 만들어주는 기회인 거죠. 백화가 고향에 돌아가서 동생들이랑 살지 안 살지는 모르지만 어쨌든 이 사람들은 백화에게 고향에 돌아가서 농사를 지으면서 살라고 이야기하는 것으로 잃어버린 고향을 상징적으로나마 회복할 수 있게 됩니다. 정씨와 영길은 고향을 잃었지만, 백화는 찾을지도 모른다는 아스라한 희망을 남겨두고 소설은 끝나게 되는 것이죠.

고향을 떠난 남자들

원래 근대소설에서 집을 떠나 자신의 세계를 개척하는 남성 인물은 늘상 주인공으로 등장합니다. '로빈슨 크루소' 같은 인물을 생각해보세요. 로빈슨 크루소는 대상인이었던 아버지와 다투고 집을 나와서 자신의 방식으로 삶을 개척하겠다면서 배에 오릅니다. 그야말로 유럽 제국주의의 초창기 대항해 시대를 보여주고 있는데요. 이런 인물이 근대성의 상징이 될 수 있는 것은 집안이나 혈통, 신분과 분리되어서 새롭게 자신의 자리를 만들어갈 수 있는 인물의 모험이기 때문입니다. 그러니 근대소설은 고향을 떠나는 것에서부터 출발한다고 볼 수 있는 것이죠.

그렇다면 한국소설에서 고향을 떠나는 사람들은 언제부터 등장할까요? 식민지 시기에는 북간도로, 해방 이후에는 조선으로 귀환하는 행렬이 이어졌습니다. 한국전쟁과 분단, 이데올로기적 갈등도 많은 이동을 낳았습니다. 우리가 지금 소설의 배경으로 삼고 있는 산업화 시기는 어땠을까요? 물론 「삼포 가는 길」에 등장한 것처럼 이촌향도가 본격적으로 진행되는 것은 물론이고요. 1964년에는 베트남전 파병이 시작됩니다. 이때부터 1970년대 초반까지 한국은 전 세계에서 가장 많은 수의 군인을 베트남전에 파병했고, 미군이 떠난 후에도 마지막까지 베트남에 남아 있었습니다. 한국은 제일 마지막에 철수한 국가입니다. 작가 황석영도 베트남전에 참여했었다고 말씀드린 바 있는데, 이처럼 젊은 남성들이 고향을 떠나서 전쟁을 각인하고 돌아오게 됩니다. 또 이란이나 사우디아라비아 등에 일하러 간 노동자들도 있죠. 독일에 간 광부들도 있고요. 한국 사회는 이런 남성들을 개발기의 영웅으로 명명합니다. 영화 <국제시장>에 등장한 것처럼 현대사의 질곡을 겪고 가족을 위해 돈을 벌러 먼 곳까지 떠난 아버지 서사가 완성되는 것입니다.

정리하자면, 고향을 상실한 남성들이 소설의 주인공으로 등장하면, 집을 떠나 이동하는 자가 근대성의 지표로서 작동하게 됩니다. 그리하여 새로운 공간에서 자기의 삶을 개척할 수 있는 개인이 등장하는데요. 이 개인들이 고향을 떠나서 마주하게 되는 것이 1970년대 소설 속에서는 파괴된 고향, 파괴된 인간성, 타락한 여성의 비극이었던 것이죠.

백화, '영자'의 과거이자 나의 고향

영달이나 정씨가 집을 떠난 것처럼 여자들도 길을 떠납니다. 백화는 고향을 떠나 처음 도착한 부산에서 소개를 잘못 받아서 술집으로 팔려가게 됩니다. 팔려갔을 때는 이미 될 대로 돼라, 나는 겁날 게 없었다는 심정이었다고 이야기하고요. 이때 백화의 나이가 18살이고, 현재 시점에서는 22살이에요. 즉 10대 후반에서 20대 초반의 3년을 성매매로 살아가게 됩니다. 그렇지만 소설은 백화를 순정이 있는 여자로 그려요. 백화의 에피소드 중에서 중요한 것이 그녀가 군 감옥 앞에 살 때 군인들을 한 명씩 뒷바라지한 것인데요. 담배니 면회니 하면서 한 남자를 뒷바라지하다가 그 남자가 출소나 전역을 하게 되면 하룻밤을 함께 보내고 떠나는 것입니다. 그런 남자가 8명이었고, 그때가 가장 행복한 시기였다고 기억하는 백화는 타인을 품을 수 있는 넉넉한 인물로 설정됩니다. 저는 이런 에피소드들이 백화를 판타지적 인물로 만든다고 생각합니다. 물론 자기 앞에 닥친 비극에 담담히 응전하는 여성들은 많습니다. 나이는 어리지만 인생살이가 고달프다는 것을 빠르게 깨달은 조숙한 어른들이요. 거기다 동시에 '소외된 남자들'을 품어줄 줄도 알죠.

백화와 같은 여자들은 1970년대 대중서사의 주인공으로 자주 등장했습니다. 1970년대에 대중적으로 인기를 끌었던 소설이나 영화 중에는 소위 '호스티스물'이라고 해서 성 산업에 있는 여성들이 주인공으로 나오는 작품이 많습니다. 영화 <영자의 전성시대>의 주인공 영자는 1970년대를 대표하는 이름이지요. 고향에서 상경한 영자는 버스 안내양을 시작합니다. 버스 안내양은 글을 알아야 하지요. 중학교까지는 나와야 글자를 읽고 표를 받고 정확하게 계산도 할 수 있었습니다. 그리고 돈을 관리하는 직업이었기 때문에 소개서나 추천인이 필요하기도 한, 상대적으로 좋은 직업이었어요. 그렇지만 그런 영자가 교통사고로 팔을 잃게 되면서 사창가에서 성을 판매하는 여성이 됩니다. 이러한 영자의 '추락'은 백화의 모습이기도 합니다.

안내양이나 공장 직원으로 시작했지만, 일터에서 문제가 발생하면 이들 여성이 갈 수 있는 곳은 다방이나 술집으로 정해져 있습니다. 당시 서울역에는 상경한 여성들을 유혹하는 사람들이 상주하고 있었는데요. 기차에서 어린 여자애들이 내리면 내가 좋은 직장을 소개해주겠다, 식모로 취직시켜주겠다면서 데리고 갑니다. 왜냐하면 이들은 보호자가 없이 혼자 도시에 떨어진 상태로, 집도 없고 아무것도 없기 때문에 직업 알선을 핑계로 속이기 쉬웠던 것이죠. 유흥업 알선 사례

를 주의하라고 신문에 매주 실릴 만큼 상경한 여자들을 대상
으로 한 성 산업이 기승을 부렸는데요. 여자들이 이런 상황을
피하는 것이 어렵다는 사실을 잘 보여주는 작품이 있습니다.
석정남이 쓴 수기집인『공장의 불빛』입니다.

　　석정남은 여공들의 노동운동으로 유명했던 YH무역회
사에서 일했습니다. 10대에 서울에 올라와서 공장에서 실 꿰
고 미싱을 돌리면서 시인을 꿈꾸던 소녀였습니다. 특히 이분
은 일기를 꼼꼼히 정리해서 그것을 수기집으로 출판하는데
요. 거기 등장하는 한 에피소드가 몹시 인상적입니다. 1970년
대는 한국의 경제 성장 때문에 일자리가 많았던 시대라고 흔히
들 생각하지만, 공장 노동자는 너무나 불안정한 일자리였습니
다. 어느 날 갑자기 공장이 문을 닫거나 월급이 밀리는 일이 비일
비재했습니다. 노동자들은 날마다 일당을 계산해서 월급을 받
는데 공장에 일이 없으면 15일치만 받고 이런 식이었던 거죠. 석
정남 씨도 갑자기 직업을 잃고 소개소에 갔습니다. 그랬더니 요
정에 나가라고 소개를 해줬다는 겁니다. 부모님이 시골에 계시
고 혼자 서울에 있으면 요정에 나가는 게 돈을 제일 많이 버는 길
이라면서 말이지요. 석정남 씨는 그렇게는 못하겠다 싶어서 다
른 직장을 알아보고, 친구네 기숙사에 얹혀사는 등 고생을 했다
고 하지만, 이게 당시 여공들의 삶이었습니다. 그러니 백화와 같
은 인물이 생겨날 수밖에 없었습니다.

영달이나 정씨와 같이 돈을 벌기 위해서 공사장으로 전국을 떠도는 남자들과, 마찬가지로 돈을 벌기 위해 고향을 뛰쳐나와서 온갖 곳을 돌아다니는 여자인 백화가 삼포 가는 길에서 만나는 사건은 이런 시대적 상황을 배경으로 하고 있습니다. 이제 도시에 못 살겠다, 돌아다니 면서 못 살겠다, 고향에 돌아가고 싶다고 이야기하는 시대가 「삼포 가는 길」이 그리고 있는 시간적인, 공간적인 배경인 것이죠. 그래서 두 남자가 백화에게 차비를 주어서 고향으로 돌려보내는 장면이 무척 의미심장합니다. 상실된 고향을 향수의 공간으로 유지시켜주는 일은 고향으로 돌아가는 백화를 통해서 완성되는데요. 삼포는 산업화되어서 더 이상 아름다운 공간으로 남아있을 수는 없지만 이 여자를 고향으로 돌려보냄으로써 모성적 공간을 완성시킬 수 있게 되는 것이죠. 즉 고향을 회복시키고자 하는 욕망이 들어가 있는 결말이라고 볼 수 있습니다.

근대 소설의 출발은 개인이 집을 떠나서 자신의 삶을 개척해나가는 것, 즉 개인성을 획득해가는 것이라고 앞서 설명 드렸는데요. 남자들은 주어진 삶으로부터 벗어나서 자신의 삶을 개척하는 인물이 될 수 있었습니다. 그런데 여자들은 항상 두 가지 유형으로 그려집니다. 집을 떠나 타락한 백화와 고향에 남아 있는 순박한 여동생, 정지용의 시구처럼 '사철 발 벗은 아내와 여동생'입니다. 백화는 그 두 속성을 자기 안에 가지고 있는 인물입니다. 도시에 나와 돌아다니면서 술집 작부인 백화가 되었지만, 알고 보면 그 속내는 본명인 점례와 같이 순진하고 순결한 여동생인 것이죠. 황석영 작가의 소설에서 반복되는 것은 이러한 전형성입니다. 이 여자들은 개성을 갖는 것이 아니라 백화 아니면 점례의 방식으로 재현됩니다. 그래서 결과적으로는 이들의 삶은 서사적으로 고향과 도시, 성녀와 마녀 하는 식으로 이분되는 것이지요. 그렇기 때문에 백화가 고향으로 돌아가면서 자신의 본명을 알려주는 것은 남성 노동자들이 지키고 싶었던 고향에 돌려보내는 결말과 맞아 떨어진다고 볼 수 있습니다.

백화는 두 사람에게 자기 고향에 함께 가자고 제안해요. 하지만 이 남자들은 자신들은 삼포로 갈 거라면서 백화에게 차표를 끊어서 건네줍니다. 백화는 고향에 가면 시집도 안 가고 조용히 집에서 농사나 거두면서 동생들 뒤치다꺼리를 하겠다고 하고요. 소설의 감정적 클라이맥스는 헤어지기 직전 백화가 울면서 자신의 이름을 알려주는 장면입니다. 내 본명은 이점례라는 백화의 말은 타락한 세계가 아닌 고향으로 돌아가는 누이를 상징합니다. 아직 상실되지 않은 인간성을 증명하는 것이죠. 이 장면은 삼포에 가도 삼포가 없다는 사실과 대조적으로 마지막 하나 남은 인간적인 지점으로서 이 소설을 아름답게 만들어주는 역할을 해요. 그런데 흥미로운 것은, 이 소설을 영화화하면서 그런 식의 낭만화가 다 제거된다는 점입니다. 이제 영화 <삼포 가는 길>의 이야기를 해보겠습니다.

영화 <삼포 가는 길>의 탈낭만화

이만희 감독은 1960~1970년대를 대표하는 유명한 감독입니다. 자신의 작품세계가 있는 감독이기 때문에 소설 「삼포 가는 길」을 영화화할 때 소설을 그대로 재현하는 것이 아니라 자기 나름의 해석을 덧붙이고 있습니다. 저는 개인적으로 영화를 조금 더 좋아하는데요. 영화에는 소설에서 남겨둔 여백을 감독의 상상력으로 채워 넣고 탈낭만화하는 부분이 많습니다. 예를 들어서 영달의 과거 이야기를 추가하는 것입니다. 소설은 단편이기 때문에 영달의 과거를 짧게 몇 문장으로 처리합니다. 공사장을 떠돌아다니면서 일을 하다가 사랑하는 여자와 정착해보려고 했는데 가난 때문에 결국 실패하고 혼자 남겨진 사람 정도로 설명하고 있습니다. 그래서 가족도 없고, 돌아갈 고향도 없고, 뜨내기 생활을 계속하고 있는 인물로 그려집니다.

　　고향도 없고 가족도 없는 쓸쓸한 남자. 이렇게 얘기를 하면 굉장히 아련하고 서글픕니다. 그런데 영화에서는 플래시백으로 영달의 과거를 보여줍니다. 고향을 떠나 도시로 와서 잡상인 생활을 하다가 가족이 해산되고 공사장을 떠돌아다니면서 전전하는 일용직 노동자가 되는 과정을 보여주는 것입니다. 특히 이 캐릭터에 색깔을 넣기 위해서 도시에서 쥐약을 팔고, 뱀을 파는 사기꾼 같은 인물로 설정해요. 도시 하층민이 실상 누군가를 속이고 거짓말을 해야만 생존할 수 있다는 것을 잘 보여주지요. 이를 통해서 흔히 말하는 민중의 생명력이 살아나게 됩니다. 이러한 캐릭터의 설정은 백화와 영달의 관계로도 이어집니다. 소설에서 백화는 영달에게 관심을 보이지만, 영달은 그에 선뜻 응하지 않습니다. 하지만 영화에서는 영달과 백화의 관계가 훨씬 적극적으로 그려집니다.

영화와 소설의 가장 큰 차이는 무엇보다 결말에 있습니다. 영화의 결말을 보면 백화는 정씨, 영달과 역에서 헤어집니다. 정씨와 영달은 자신들은 고향을 잃었지만 영화는 고향으로 돌아가게 되었다는 것을 일말의 위안으로 삼고 돌아섭니다. 그러고는 삼포가 이미 사라졌다는 이야기를 듣게 되죠. 영달은 삼포에 가서 공사장에 일자리나 얻으면 되겠다고 말하지만, 정씨는 고향을 완전히 상실했다는 허탈함을 경험합니다. 그런데 영화의 결말은 어떻냐면 백화가 고향으로 떠나지 않고 혼자 터미널에 남아서 환하게 웃으면서 빵을 먹고 있어요. 그러고는 역전에 있는 술집을 들여다보면서 끝납니다. 이 장면을 본 관객들은 백화가 이제 저 가게에 들어가서 일하겠구나 하고 짐작하죠. 이러한 결말은 소설에서 세 사람이 아스라한 온기를 느끼면서 헤어지는 것과 무척 대조적입니다.

백화는 왜 고향에 안 갔을까요? 소설에서는 백화와 헤어진 직후 정씨와 영달이 저런 애들은 집에 가봤자 며칠 못 가서 다시 뛰쳐나온다는 이야기를 하는 장면이 있습니다. 이만희 감독은 이 대목을 적극적으로 해석한 것인데요. 백화가 고향에 돌아가서 얌전히 농사를 지을 수 있겠냐는 의문을, 아예 처음부터 돌아가지도 않았다는 것으로 처리한 셈입니다. 영화의 이 장면은 소설에는 없는 백화의 개성이랄까요, 리얼리즘을 보여주는 대목입니다. 어떻게 보면 '울면서 작별했는데 사실은 돌아가지 않았다'는 것은 소설이 보여주고 있는 연대와 공동체의 낭만성을 파괴하는 방식인데요. 정씨와 영달이 백화를 '곱게' 돌려보냄으로써 회복하려고 했던 고향을 백화는 자발적으로 거부하고 나섰다는 것이죠. 저는 이런 이만희 감독의 선택이 오히려 1970년대적 특성을 리얼하게 보여준다고 생각합니다. 이제 더 이상 고향을 낭만적으로 향수할 수 있는 시기는 끝났다고 말이죠.

영화는 백화의 마지막을 통해서 소설이 심어 놓은 단서

를 꺼내어 보여줍니다. 소설의 마지막에서는 할아버지가 삼
포에 바닷길이 생겼고, 관광호텔이 들어왔다고 얘기합니다.
실제로 관광호텔 사업은 1970년대에 지방을 개발하는 데 있
어 제일 중요한 사업 중 하나였어요. 경부 고속도로가 완공되
고 그걸 중심으로 이제 한국도 여가를 즐기고 관광을 다닐 수
있는 시대가 되었다는 것을 상징적으로 보여주는데요. 이 관
광호텔 같은 경우는 내국인을 위한 것이기도 했지만 사실 더
큰 용도는 따로 있었습니다. 관광호텔이 있으면 바로 옆에 요
정이 있고, 여행사를 붙이고 가이드를 붙이는 방식으로 성매
매 산업을 활성화시켰다는 것입니다.

잘 아시다시피 일본인 관광객을 대상으로 한 '기생관광'
은 관광호텔을 중심으로 구조적으로 이루어지고 있었습니다.
박정희 정권이 적극적으로 개척해나간 사업 중 한 품목이었
지요. 이 과정에서 시골이며 낙도와 같은 곳도 새롭게 개척됩
니다. 주로는 서울이나 경주 같은 곳에 관광호텔이 건설되기
시작하는 시기가 딱 1970년대 초반입니다. 그리고 이런 식의
산업화가 제일 먼저 동원하는 것은 백화와 같은 젊은 여성들
입니다. 호텔에서 청소하고 안내하고 접대를 하는 일, 그러니
삼포가 상징하는 바는 단순히 산업화로 인한 고향의 파괴만
이 아닌 것이지요. 그렇기 때문에 남성 노동자들만이 고향을
상실하고 백화는 고향으로 돌아간다는 결말은 다소 낭만적인

'오빠'의 시선이라고 할 수 있습니다.

정씨와 영달에게 백화는 길에서 만난 여동생입니다. 소설에서 나오는 것처럼 결핍이나 상처가 있지만 현명한 어른 정씨가 이 여자한테 아버지 역할을 해주면서 집으로 돌려보냅니다. 영화는 이런 성격을 강화해서 보여줍니다. 영화에서 세 사람은 함께 1박 2일을 보내는데요. 영달과 백화가 싸움을 시작합니다. 싸움 끝에 백화는 읍내로 뛰쳐나갑니다. 서울식당 같은 술집에 가서 오늘 하룻밤만 재워달라고 하면서 손님을 받아요. 그러다가 손님과 머리채를 붙들고 싸우는데 백화를 찾으러 온 정씨가 개입해 들어와서는 집 나갔던 내 딸을 찾았다고 하면서 데리고 나오는 장면이 있습니다. 정씨와 백화는 하룻밤 만에 일종의 가족적 유대를 형성하는 것이지요. 백화는 '너는 고향으로 돌아가라'는 오빠의 당부를 '맹랑하게' 거절하는 여동생이 되는 것이고요.

황석영 소설을 읽으면서 가장 낭만적인 부분이라고 생각했던 것이 바로 그 지점이기도 한데요. 정씨는 계속 백화를 집으로 돌려보내거나 가족을 만들어주려고 하거든요. 소설에서도 그런 대사가 한 마디씩 나오는데, 영화에서는 정씨가 영달과 백화에게 결혼하라는 말을 다섯 번쯤 해요. 둘이 결혼해서 살라고 하는 거죠. 정씨의 제안은 잘될 뻔하다가 결국 실패하지만요. 이렇게 정씨나 영달처럼 고향을 상실한 남성들이 백화에게 넌 돌아가 잘 살라고 얘기하면서 고향으로 돌려보내는 과정은 여성을 자연화하고 고향으로 만들려는 방식이라 할 수 있습니다.

세계문학과 한국문학, 그리고 그 속의 백화들

저는 백화와 같은 인물이 이후에 황석영 소설인 『심청, 연꽃의 길』이나 『바리데기』에도 등장한다고 봅니다. 『심청, 연꽃의 길』과 『바리데기』는 황석영 작가의 최근작으로 동아시아의 현대사를 기록한 작품인데요. 이 두 작품 모두 디아스포라 여성의 삶을 중심으로 서사가 전개되고 있습니다. 심청이나 바리는 모두 한국의 전통 설화에서 가져온 인물입니다. 심청은 아버지 눈을 뜨게 하기 위해서 인당수에 몸을 던진 효녀잖아요. 이 설정을 현대 버전으로 바꿨을 때 심청은 동아시아 전역을 돌아다니는 성매매 여성이 됩니다. 자본주의와 제국주의의 파국을 증명하는 방식으로 여성에 대한 성폭력이나 성산업이 반복적으로 등장한다는 점은 비판적으로 접근해야 할 점이기도 합니다. 바리 역시 백화와 마찬가지로 집을 떠나서 유랑하는 여성입니다. 바리는 일곱 번째 딸로 태어나서 아버지의 사랑을 받지 못하고 자랐지만, 영감이 있는 할머니의 능력을 닮은 영매로 그려집니다. 바리의 가족은 정치적인 문제로 집단 탈북을 하였지만, 바리는 가족과 헤어져서 혼자 남게 됩니다. 사실 헤어졌다기보다는 가족들로부터 버려졌다고 보는 것이 맞는데요. 그때부터 바리는 혼자 살아가는 법을 익히게 됩니다. 그런데 바리는 백화나 심청과 달리 성 산업으로 팔려가지 않아요. 너무 어린 나이이기 때문에 사창가에 팔려갈 위협으로부터 구조됩니다. 이후 자신의 영매 능력을 살리며 발마사지사로 일하게 되고요. 영국에 와서는 영매로서도 활동하게 됩니다. 이 과정에서 이주민 공동체에 사는 파키스탄 남자와 결혼도 합니다. 이 남자는 나중에 테러리스트로 의심을 받아서 감금되었다가 고문 끝에 풀려나는데요. 바리는 이 모든 과정을 감내하고 화해와 통합을 이루는 여신적 인물이 됩니다.

　백화가 그랬던 것처럼, 심청이나 바리 역시 제국주의와 자본주의 세계의 파국을 증언하는 인물로서 등장합니다. 특히 바리와 심청 등 신화적 여성인물들은 동아시아의 분단국가인 한국의 모순을 증언하는 데 가장 적절한 인물로 그려집니다. 『손님』, 『심청, 연꽃의 길』, 『바리데기』로 이어지는 동아시아 3부작의 경우 남북의 이데올로기적 갈등이나 굿, 영매 등을 한국적인 것으로 제시하고 있습니다. 『바리데기』에서도 핵심은 자식을 잃고 세상을 원망하다 분노를 자기 안으로 통합해낸 바리의 승화 과정이었고요. 이러한 모성의 신성화를 통한 해원 역시 세계 시장에서 아시아적인 것으로 명명됩니다.

　　미국 출판시장에서 유례없는 성공을 거둔 신경숙의 『엄마를 부탁해』는 35개국에 판권이 판매되었고, 미국 출판시장에서 초판 40만 부를 판매하여 문학 한류를 이끌고 있다는 평가를 받았습니다. 미국 언론들은 『엄마를 부탁해Please Look After Mom』를 소개하면서 '희생적인 어머니'라는 동아시아적 어머니 상을 떠올립니다. 유령이 되어 귀환한 희생적 어머니와 반성의 눈물을 흘리는 자식들의 대조가 전통적 가족에 대한 향수를 불러일으킨 것입니다. 이처럼 부덕婦德을 중심으로 직조된 '희생하는 어머니와 그 어머니를 경유하여 이루어지는 화해'가 동아시아적 특수성으로서 세계시장에 진입하는 키워드가 될 수 있다는 것입니다.

　　세계문학으로서의 한국문학에 대해 고민해온 문학평론가 윤지관은 황석영의 장편소설을 두고 "우리 서사문학이 살아 있음을 입증하는 큰 버팀목이 되어 온 것이 사실"[*]이라고 말했습니다. 세계문학이 민족문학의 경쟁터가 되고 있는 상

---

[*] 윤지관 임홍배, 「세계문학의 이념은 살아 있다」, 『창작과비평』 35권 4호, 2007, 13~47쪽. 2007년 대담 당시 한국문학번역원 원장이었던 윤지관은 고은, 황석영 등이 노벨상 후보로 매년 언급되는 것만으로도 한국문학의 세계문학적 경쟁력을 보여주고 있다고 언급한다. 동시에 세계문학의 관점에서 보면 비서구 문학이 오히려 문학적 활력을 가지고 있다는 점을 지적한다.

황에서 세계시민주의가 민족문학과 반드시 배치되는 것은 아니며, 민족은 여전히 변혁의 터전이 될 수 있다는 것입니다. 이러한 입장에 따르면 '한국적인 것'을 전면에 내세운 『바리데기』는 민족문학이 배태한 세계문학이 됩니다. 그러나 제가 묻고 싶은 것은 초월적 존재로서 신화화, 낭만화되는 아름다운 서사 속에서 백화나 바리와 같은 인물들이 처하게 되는 리얼리즘적 현실입니다. 동아시아의 비극을 아름다운 서사로 완성하기 위해서 여성 인물들이 전형적인 방식으로 동원되고 있다는 것이 저의 입장이기도 하고요.

그런 점에서 백화를 둘러싼 「삼포 가는 길」의 낭만적 결말은 실상 『바리데기』에서도 반복된다고 생각합니다. 하위주체인 민중을 아름답게 그리기 위해서 백화와 바리는 고통에도 불구하고 쓰러지지 않는 민중성을 재현하는 메타포로서 존재하는 것입니다. 고향을 떠나고 경계를 넘는 과정에서 여성들은 보호해야 할 누이이자 노스탤지어의 대상 그 자체가 됩니다. 이때 이러한 노스탤지어가 만들어내는 쉬운 결말의 위험을 경계하고 소설의 윤리성을 확보하기 위해서는 쉽게 낭만화하지 않는 일이 중요합니다. 그런 의미에서 「삼포 가는 길」에서 아름다운 민중으로 거듭나는 남성 노동자들과의 연대에 대해서도 질문해볼 필요가 있습니다. 산업화의 포클레인이 빼앗아간 고향 대신 여동생을 고향에 돌려놓는다는 서사는 민중을 충분히 리얼하게 그리지 못했다는 생각이 들기 때문입니다.

이제는 없는 삼포를 기억하며

지금까지 '삼포 가는 길'에 대해서 이야기를 했는데요. 앞서 이야기한 것처럼 이 소설은 자본주의와 산업화가 고향처럼 지켜야 할 민중의 터전을 파괴한다는 것을 효과적으로 설명하고 있는 작품입니다. 우리가 잃어버린 것은 단순히 자연이 아니라 가족이 있고, 사람 냄새가 나는 고향이라는 것을 압축적으로 보여주고 있는 것이지요. 사실 이 소설을 읽고 나면 세 사람의 관계가 정말 동화 같다는 생각이 들어요. 그만큼 세 사람의 관계를 아름답게 그려냈는데요. 길에서 만난 세 사람이 우연찮게도 고향으로 돌아가는 길이었다는 것, 하지만 그 고향은 이미 사라지고 없다는 것이 삼포를 더 노스탤지어의 대상으로 만들어내는지도 모르겠습니다. 그런 점에서 이 소설이 황석영 작가가 이야기하는 리얼리즘의 세계관과는 충돌하는 것이 아닌가 싶은 생각이 들기도 합니다. 이미 고향은 사라지고 없다는 것을 알지만, 그럼에도 포기할 수 없는 대상으로 낭만화하고 있으니까요. 게다가 정씨, 영달, 백화와 같은 하층민들의 삶 역시 동화적 세계관을 완성시킵니다. 민중성은 백화가 고향으로 돌아가지 않는 것처럼 여러 얼굴을 갖고 있는 것인데, 이 소설에서만큼은 마치 「소나기」처럼 아름답게 느껴지기도 하거든요. 물론 이런 서정성이 많은 독자들에게 사랑을 받기도 했지만요.

이러한 아쉬움이 드는 까닭은 황석영 작가가 한국문학을 대표하는 작가이자 현대사의 증인으로 자리매김하고 있기 때문입니다. 거대 담론이 기록하지 못한 하위 주체들의 이야기를 기록하는 대항 기억으로서 황석영 소설은 한국 현대사의 각 장면을 세밀하게 묘파하고 있습니다. 저는 황석영을 대단한 작가라고 생각하고, 그렇기 때문에 비판적으로 다시 읽어야 할 지점이 많은 작가라고 생각합니다. 특히 황석영 작가의 소설이 가장 중요하게 생각하는 민중이 언제나 정씨와 영달과 같은 '오빠'들의 입장으로 재현되고 있다는 점은 오늘날이기에 더욱 되짚어보아야 할 지점이 아닐까요.

황석영   1943. 1. 4 –

1943년 만주현 장춘에서 태어난 황석영은 고등학생이
던 1962년『사상계』를 통해 등단한다. 4.19 혁명 당시 시
위에 함께 참여했던 친구의 죽음을 경험한 그는 이후 학
교를 등한시하고 노동자가 되어 전국을 떠돌다 어렵게
그를 찾아낸 어머니와 함께 서울로 돌아오지만, 이내 군
대 문제로 베트남전에 참전하게 된다.

그의 본격적인 활동 시기는 군 제대 후인 1970년대부터
다. 이후 황석영은 노동자 계급과 가난, 민주화의 문제
등을 소설화하였으며 5.18 광주민주화운동의 기록물
『죽음을 넘어 시대의 어둠을 넘어』(1985)를 발표하기도 했
다. 1989년 조선문학예술총동맹의 초청에 응해 방북하
였으나 국가보안법 위반 혐의를 받자 귀국하지 않고 디
아스포라로 여러 나라를 떠돌았다. 1993년 귀국하여 국
보법 위반으로 수감되었다가 1998년 특별사면으로 풀
려났고 이후 소설 창작을 계속하고 있다.

「객지」(『창작과비평』 1971년 봄호), 『장길산』(『한국일보』, 1974~1983),
『개밥 바라기별』(문학동네, 2008) 등의 베스트셀러가 있으며,
『손님』(창비, 2001), 『심청, 연꽃의 길』(문학동네, 2003), 『바리데

기』(창비, 2007)의 동아시아 3부작을 통해 제국주의와 신식민주의의 문제, 통일 문제 등을 모색하는 작업을 계속하고 있다.

박완서, 『엄마의 말뚝』 읽기

이 경 림

서울대학교에서 한국 현대소설을 공부하여 박사학위를 받았다.
사랑, 악, 폭력, 욕망, 연대와 같은 보편적 주제를 중심으로
근현대 한국소설의 사회적 맥락과 미학적 특질을 새롭게 구성
하는 작업에 관심이 있다. 주요 논저로는 『사랑의 사회주의적
등정의 불가능성—강경애의 『인간문제』론』(2018), 『최인훈—
오딧세우스의 항해』(2018, 공저), 『신소설에 나타난 '악'의 표상
연구』(2017), 『'연애의 시대' 이전: 1910년대 신소설에 나타난
사랑의 표상』(2017) 등이 있다. 국민대학교, 한남대학교,
홍익대학교 등에서 글쓰기와 한국 문학을 가르쳤으며 현재는
충북대학교와 서울대학교에 출강하고 있다.

환상에 관하여

박완서의 연작소설 『엄마의 말뚝』은
1980년 9월 『문학사상』에 실린 「엄마의 말뚝 1」,
1981년 8월 『문학사상』에 실린 「엄마의 말뚝 2」,
그리고 1991년 봄 『작가세계』에 실린 「엄마의 말뚝 3」
이상 세 편으로 구성되어 있다.

「엄마의 말뚝 1」은 식민지 말기를 배경으로 엄마가 어린 '나'
와 오빠를 데리고 상경하여 서울 현저동에 정착하기까지를
그린 소설이다. 딸만은 가난한 구여성으로 자라나 허드렛일
을 하는 자신과 같은 운명에서 벗어나 신교육을 받고 신여
성으로서 당당한 삶을 펼치길 바라는 엄마의 심경, 그리고
낯선 서울에서 정체성 혼란을 겪는 어린 딸 '나'의 심경이 생
생하게 그려져 있다.

「엄마의 말뚝 2」는 한국전쟁 중 '나'의 가족에게 일어난 비극
을 회상한 소설이다. 인민군과 국군이 번갈아 서울을 점령
하던 전쟁의 혼란 속에서 '나'의 오빠가 총에 맞아 참담히 죽
고, 장례마저 제대로 치러주지 못했던 사건을 그리고 있다.
박완서는 이 소설로 제5회 이상문학상을 수상했다. 10년이
지난 후 마지막으로 발표된 「엄마의 말뚝 3」은 엄마의 죽음
을 그리고 있다. 빙판에서 넘어져 큰 수술을 받았던 엄마는
7년을 더 살다가 죽는다. 그러나 '나'는 오빠처럼 시신을 화
장하여 고향이 바라다보이는 바다에 뿌려달라는 엄마의 유
언을 지키지 않고 묘지에 매장하고 만다.

어떤 작품이든 배경이나 맥락을 알면 더 재밌어지곤 합니다. 물론 그런 걸 모르고 읽어도 재미있는 소설도 있죠. 전 세계적 베스트셀러가 된 『해리포터』는 작가가 어떤 사람인지, 어떤 상황에서 이런 이야기를 썼는지 몰라도 재미있게 읽히지요. 서사 자체가 버라이어티하고, 괴수나 마법처럼 신기한 소재도 쉴 새 없이 등장하고요. 그런데 숨겨져 있는 일화나 배경을 알아보면 『해리포터』 같이 그냥 읽어도 재미있는 책마저 훨씬 더 재미있어져요.

예를 들어서 『해리포터』의 작가인 조앤 롤링이 어려운 상황에서 소설을 집필했다는 건 많이 알려진 사실이죠. 조앤 롤링은 정부 보조금으로 생활을 근근이 유지하면서 카페에서 글을 썼다고 해요. 커피 한 잔 시켜놓고 카페에서 10시간씩 죽치면서요. 아마 처음에 사장님은 싫어하셨겠죠? 지금은 덕분에 유명세를 탔지만요. 제가 에든버러에 갔을 때 그 카페에 한 번 가봤어요. '더 엘리펀트 하우스'라고 하는 조그마한 카페예요. 그 카페의 뒤쪽으로 돌아가면 비석들이 서 있는 공동묘지가 있는데, '해리포터'에 나오는 교수들의 이름을 그 묘비에서 따왔다고 하죠. 하루 종일 앉아 있다가 다리를 풀 겸 산책을 하면서 좋은 이름을 하나씩 하나씩 수집했다고 합니다. 말하자면 죽은 사람을 소설 속에서 다시 살린 거예요. 정말 마법처럼요. 이런 일화를 알면 해리포터에 숨겨진 잔재미를 더 즐길 수 있게 되죠.

박완서 소설도 사실은 두 부류가 있어요. 작품의 맥락을 몰라도 재미있게 읽히는 게 있고, 알고 봐야 재미있게 읽을 수가 있는 부류가 있어요. 그런데 오늘 이야기할 『엄마의 말뚝』 같은 경우는 전형적으로 작가의 삶을 알고 봐야 더 재미있게 읽을 수 있는 소설이라고 생각됩니다. 왜냐하면 『엄마의 말뚝』은 작가 개인의 삶이 많이 투사된 자전적 소설이거든요. 그래서 읽기를 시작하기 전에 먼저 박완서란 어떤 사람인지, 그의 삶이 어떤 것이었는지 함께 살펴보려 합니다.

이 소설을 마흔 살 아줌마가 썼다고?
나는 믿을 수 없다. 증명해 봐라.

인간 박완서의 삶은 상당히 굴곡이 많은 편이죠. 지금은 북한 땅인 경기도 개풍군에서 1931년에 태어났습니다. 작가가 4살 때쯤 아버지가 급성질환으로 갑자기 세상을 떠나고, 거의 바로 어머니와 오빠가 상경을 합니다. 박완서 작가는 할머니와 함께 고향에 남아 있다가 1938년, 초등학교에 들어갈 때쯤 데리러 온 어머니를 따라 상경했고요. 그 내용이 「엄마의 말뚝 1」에 그대로 들어가 있죠. 이렇게 어머니를 따라 현저동으로 와서 서울살이를 시작한 게 일제 말기예요. 그러니까 사실 『엄마의 말뚝』 연작 전체를 보면 일제 말기부터 1980년대까지를 다루니 시간 폭이 굉장히 넓죠.

박완서 작가는 1945년 개성으로 소개疏開되어 내려갔다가 해방 후 다시 서울로 돌아오기도 하는 우여곡절을 겪으며 여고를 졸업합니다. 그 뒤로도 평탄한 삶이었다고 보기는 조금 어려울 것 같아요. 왜냐하면 열심히 공부해서 서울대학교 국문과에 입학했는데, 입학하자마자 한국전쟁이 터진 겁니다. 그래서 거의 제대로 공부를 하지 못하고 피난살이를 하는 신세가 되었죠. 이때 있었던 에피소드들이 박완서 작가의 첫 번째 소설 『나목』에서부터 나오기 시작해요.

한국전쟁이 끝난 뒤에는 서울에 있는 동아백화점에서 잠깐 일하다가 거기서 측량기사로 있었던 남편을 만나서 스물셋에 결혼을 했어요. 그리고 10년 동안 참 행복하게, 1남 4녀를 두고 다복한 가족생활을 하셨어요. 글 쓸 생각은 하지 않고 가정을 돌보는 삶을 살고 있었던 거죠. 그런데 인간 박완서의 삶에서 가장 커다란 고통은 이 다음에 닥쳐오게 됩니다. 박완서 작가의 회고에 의하면 전쟁이나 해방 같은 것은 이미 어린 시절의 일이라서 약간 먼 이야기가 되어버렸다고 해요. 작가 자신에게 가장 사무쳤던 아픔은 1988년, 작가가 쉰여덟일 때 생겼죠. 이 때 남편이 폐암으로 돌아가셨는데, 안타깝게도 그 3개월 후에 막내아들이 교통사고로 사망하고 말았어요. 이때 아드님은 만으로 스물다섯, 어린 나이였죠. 서울대 의대를 졸업하고 마취과 레지던트로 근무하던 중에 사고를 당한 거예요. 그래서 박완서 작가는 1988년을 굉장히 힘들고 고통스러웠던 해로 회고하고 있습니다. 결국 이 사건을 계기로 해서 한동안 절필하고 신앙에 몰두하셨던 것 같아요. 그래서 1990년대에는 『나의 가장 나종 지니인 것』처럼 신앙심이 물씬 묻어나는 작품도 많이 발표하셨죠.

그리고 2011년, 얼마 지나지 않았다고 이야기하려고 보니 벌써 한참이 지났네요. 앓고 있던 담낭암에서 결국 회복하지 못하고 자택에서 별세하셨습니다. 이처럼 인간 박완서의 삶은 사실 중간에 전업주부로 살았던 10년 정도를 제외하면 굴곡이 많은 편이죠. 개인사적 아픔도 많은 편이고요.

그런데 작가 박완서로 초점을 옮겨보면 어떨까요? 사실 박완서는 처음부터 끝까지 누릴 수 있는 영광은 거의 다 누린 아주 드문 작가에 속합니다. 무명시절이란 것이 전혀 없었습니다. 아마 제일 유명한 일화겠지만, 1970년 『여성동아』에서 장편소설 『나목』으로 처음 등단했을 때 나이가 마흔이었어요. 그런데 심사위원 중 한 분이 그런 말을 했다고 해요. 이 소설을 마흔 살 아줌마가 썼다고? 나는 믿을 수 없다, 증명해 봐라, 이렇게 나와서 박완서 작가가 집필할 때 적어뒀던 메모 같은 것들을 직접 보여줬다는 일화도 있습니다.

사실 『나목』은 집필 동기도 참 재미있어요. 모르는 사람이 생각하기론 어렸을 때부터 문학 소녀였으니까 오랜 시간 가족에 파묻혀 지내시다가 자기 꿈을 만년에 성취하였구나, 하고 추측하기 쉽잖아요. 그런데 박완서 작가 자신은, 나는 책을 읽는 것만 좋아하지 쓸 생각은 전혀 없었다고 얘기하셨어요.

그러면 굳이 『여성동아』에 장편소설을 써서 응모한 이유가 뭘까요. 1968년에 화가 박수근의 회고전이 열린 것과 관련이 있습니다. 박완서 작가는 한국전쟁 중 PX에서 일하던 시절에 박수근 씨와 잠깐 만났던 인연이 있는데요. 이 회고전을 보고 박수근 씨에 관해서 내가 글을 써야겠다는 열망이 확 타올랐다고 해요. 그래서 처음에는 박수근 씨에 관한 논픽션을 써야겠다고 작정하고 집필을 했는데 펜이 전혀 앞으로 안 나가더랍니다. 왜냐하면 논픽션을 쓰려면 대상을 자세히 알고 볼륨 있게 이 사람은 어떤 사람이다, 하는 사실을 써야 하는데, 실제로 박수근 씨와 나눈 경험이라고는 PX 초상화부에서 몇 번 마주치고 고향이 어디냐고 묻고 답하는 정도의 얘기를 나눈 게 다였던 거예요. 그래서 논픽션을 쓰는 게 너무 힘들었는데, 어느 날 보니 자기가 거짓말을 쓰고 있는 게 보이더래요. 원고지 다섯 장에서 펜이 안 나가니까 다른 얘기라도 끼적거려볼까 하고 썼는데, 거짓말을 쓰면 펜이 잘 나가더래요. 그때 느꼈다는 거예요. 나는 논픽션을 쓰는 사람이 아니구나. 나는 거짓말을 써야겠다.

그래서 애초에 응모하려 했던 논픽션은 걷어치우고, 마감 기한이 비슷했던 『여성동아』 장편소설 공모에 내려는 마음을 먹은 거죠. 그런데 문제는 논픽션은 분량이 적었는데, 장편소설은 여러분도 아시겠지만 분량이 굉장히 많잖아요. 몇 개월 만에 이걸 늘려야 하는데 할 수 있을까? 싶었는데 쓰다 보니 되더라는 겁니다. 펜이 너무 잘 나가더래요. '거짓말'을 하기 시작하니까 술술 나와서 공모전에 냈는데 그게 됐어요. 그것도 굉장히 좋은 평가를 받으면서요. 그래서 박완서 작가는 습작을 단 한번도 해보지 않았다고 합니다. 『나목』이라는 작품이 생애 처음으로 써본 소설인 거죠. 일필휘지로 써내려 간 장편 소설로 등단한다고 하니 집안 식구들은 뭐, 깜짝 놀라죠. 집에서 일기 한 장 안 쓰는 사람인데 갑자기 상도 받고 등단도 한다니 놀랄 수밖에요. 박완서 작가는 상금 50만 원을 타서 엄마도 돈을 벌 수 있다는 걸 가족에게 보여주고 싶은 마음 반, 그리고 공부 열심히 시켜주시고 훌륭한 사람이 되라고 다독여주신 어머니에게 뭔가 보여주고 싶다는 마음 반으로 『나목』을 썼다고 합니다.

『나목』이 발표된 다음에는 요즘 유행하는 말로 꽃길만 걸으셨어요. 살아생전에 문학상을 열두 번 넘게 타셨는데, 그중 제일 유명한 상이 바로 『엄마의 말뚝』으로 받은 이상문학상이죠. 그리고 문화훈장도 받으셨어요. 문화훈장에는 다섯 종류가 있거든요. 금관, 은관, 보관, 옥관, 화관이 있는데 살아계실 때에는 그중 3등급인 보관문화훈장을 받으셨답니다. 그리고 2011년에 돌아가신 뒤에는 금관 문화훈장을 추서 받으셨죠. 금관은 살아있는 사람이 받기는 어렵다고 해요. 살아있는 채로 탄 분 중에는 임권택 감독 정도가 있고, 박경리 소설가 같은 분들도 다 사후에 받으셨어요. 그러니 국가적, 국민적 명예를 지닌 작가라 말하기에도 전혀 손색이 없죠.

박완서 소설의 주요 테마는 대체로 세 축으로 나뉩니다. 한쪽에는 한국전쟁의 기억, 전쟁 체험을 서술한 작품들이 있고요. 또 다른 쪽에는 중산층의 삶, 특히 도시 중산층을 주인공으로 물질주의, 소비주의, 향락주의 같은 테마를 다룬 작품들이 있어요. 그리고 그 중간에 여성이라는 테마가 있죠. 사실 박완서 작가는, 이제는 거의 사장된 말이지만 '여류작가'로 유명했어요. 남성 위주의 문단에 '여성적인 글쓰기'라는 것의 진면목을 보여준 사람으로 기억되고 있죠. 요즘 한국 문단에서는 오히려 여성 작가들이 더 두드러지고 있는데요. 이런 날이 오기까지 그 풍토를 조성해 주신 많은 작가 중 한 분이라고 생각됩니다.

제 생각에 한국전쟁이라는 테마가 가장 뚜렷하게 드러난 작품은 『나목』인 것 같아요. 그리고 중산층을 테마로 한 작품 중 제가 가장 좋아하는 것은 『휘청거리는 오후』입니다. 『휘청거리는 오후』는 사실 『나목』이나 『엄마의 말뚝』처럼 수능 문학 교육 과정에 넣기는 조금 부적절한 느낌이 있는 작품이죠. 요즘 흔히 말하는 막장 드라마에 가까운 이야기라서요. 한 공장장이 세 딸을 시집보내다가 파산하고 자살한다. 이게 『휘청거리는 오후』의 줄거리거든요. 소비주의가 장악한 사회에서 중산층의 허위의식이 어떻게 작동하고 있나 하는 것을 잘 보여주는 작품입니다.

슬슬 감이 오시겠지만, 오늘 함께 읽는 『엄마의 말뚝』은 『나목』과 같은 축, 그러니까 한국전쟁이라는 테마가 선명한 작품이에요. 그런데 『엄마의 말뚝』은 사실 3편으로 구성된 연작소설이라는 사실을 잘 모르는 경우가 많은 것 같아요. 연작이라는 걸 알아도 제일 유명한 「엄마의 말뚝 2」만 읽고 1과 3은 안 읽는 경우도 많고요. 그래서 오늘은 1부터 3까지 쭉 함께 읽어보려고 합니다. 세 편을 차례대로 읽어 봐야, 이 연작을 어린 두 자녀의 엄마였던 젊은 여성이 일제 강점기와 해방, 한국전쟁을 겪고 1980년대에 세상을 떠날 때까지 40여 년의 세월을 어떻게 버텨냈나에 관한 이야기로 읽을 수가 있거든요. 그리고 이렇게 봐야 『엄마의 말뚝』의 주인공이 오빠도 아니고 나도 아닌 엄마임을 분명히 알아볼 수 있고요. 그래야 『엄마의 말뚝』에서 '말뚝'이란 것이 대체 무엇인지, 그게 왜 중요했는지에 대해서도 생각해볼 수 있을 것 같아요.

신여성이란 공부를 많이 해서
마음먹은 건 뭐든지 마음대로 할 수 있는 여자란다.

「엄마의 말뚝 1」은 1980년에 발표됐습니다. 이 소설은 일제 말기에 현저동 괴불마당집에 우리 가족이 어떻게 정착하게 되었나를 다룬 이야기라고 생각하시면 될 것 같습니다. 줄거리는 이래요. 화자인 '나'는 어머니의 고집에 못 이겨 박적골 할머니 집을 떠나 대처로 나오게 됩니다. 어머니는 장남이 출세해서 집안을 일으켜주기를, 그리고 딸인 '나'가 신여성이 되기를 바라면서 자식들을 데리고 상경했습니다. 어머니는 상상꼭대기 초가집 문간방에 세 들어 살면서 돈을 악착같이 모아서, 마침내 현저동에 괴불마당집을 장만했어요. 결국 엄마가 어떻게 서울에 '말뚝'을 박았나, 하는 이야기죠. 줄거리만 봐도 아시겠지만 오빠의 죽음이 지배하는 「엄마의 말뚝 2」와는 분위기가 많이 달라요.

어린 소녀인 '나'는 엄마가 오라고 우기는 통에 서울로 올라가지만 실은 가고 싶지 않았어요. 왜냐하면 나한테 잘해주는 할머니가 있고 자연이 가깝고 마당이 넓은 집에서 마냥 뛰어놀고 싶은데 엄마는 갑자기 대처로 가자고 하니까 이 아이는 그게 싫은 거예요. 대처에 처음 나갔을 때 '나'가 받은 인상은 이렇게 서술되어 있어요.

하나같이 옷 잘 입은 사람들. 심심찮게 눈에 띄는 양복쟁이들. 번들대는 기와지붕. 네모나고 유리창이 달린 이층집들. 흙이 안 보이는 신작로. 가게마다 즐비한 울긋불긋하고 신기한 물건들. 시끌시끌하면서 활기찬 소음…… 이런 대처의 번화가, 맹종하고 있는 질서가 나를

주눅들게 했다. 그거야말로 참으로 낯선 거였다. 대처
사람이 된다는 건 바로 그런 질서에 길들여지는 거라는 걸
나는 누가 가르쳐주기 전에 본능처럼 냄새 맡고 있었다.

어린 '나'한테 서울이란 너무 크고 번화하고 낯설고 무서
운 세계로 다가왔던 거죠. 그럼 엄마는 왜 시골에서의 삶을 포
기하셨을까요? 텍스트에 아주 자세하게 나와 있지는 않지만,
아마 아버지의 죽음이 가장 큰 계기였던 것 같아요. 왜냐하면
시골집에서 아버지가 급환으로 쓰러졌는데, 시골 친척들과 부
모님은 아버지를 병원으로 데려가는 대신 굿을 하자는 둥 민
간처방만 하려고 듭니다. 결국 아버지는 제대로 된 양의洋醫한
테 한번 보이지도 못하고 죽었거든요. 이 사건을 계기로 엄마
는 '우리가 여기에, 구시대에 갇혀 있다가는 저런 식으로 모두
죽고 말겠다.' 하는 마음이 든 거죠. 이 가문을 일으키려면 아들
한테 신식 공부를 시켜야 하니 서울로 가야겠다, 해서 데리고
나온 거예요. 이렇게 엄마한테는 시골이 다 스러져가는 비합
리적인 시대로 감각됐는데, 어린 '나'한테 시골이란 할머니가
계신 곳, 사랑이 많은 곳, 어리광을 부리면 다 받아주는 곳이었
거든요. 그랬다가 엄마 때문에 번쩍번쩍하고 시끄럽고 어리둥
절한 도회지로 끌려나오게 된 거예요.
　「엄마의 말뚝 1」의 시절에 시골은 정말로 조선 후기와

그다지 달라진 것이 없었어요. 사진으로 남아 있는 당시 모습을 보면 지붕이 낮고 좁은 초가집에, 흰 한복을 입고 머리는 전부 상투 틀거나 쪽지고 있는 사람들이 살고 있거든요. '나'는 평생 이런 곳에서 살다가 엄마 손에 붙들려 도시로 나온 거예요. 도시는 감각으로 먼저 다가옵니다. 넓고 반듯하게 정리되어 있는 신작로, 밝은 네온사인, 시끄러운 자동차, 저마다 목적을 가지고 어디론가 바쁘게 가는 수많은 행인……. 그런 것들을 보고 어린 '나'는 주눅이 들죠. 또 서울은 화려하고 근대적인 도시일 뿐만 아니라, 이국적인 세련됨을 제공하는 곳이기도 했어요. 시골에는 없는 예술가란 사람들이 활개치고 다니고, 사람들은 맵시 있게 양장하고 담소를 나누며 커피를 마시고, 관상용 식물이 늘어선 로비가 있는 호텔이라는 데가 존재하고……. 서울은 자본주의가 인간의 생활에 일으킨 변화가 극명하게 드러나는 곳이기도 합니다. 시골과 달리 어디를 가도 쇼윈도가 있고 그 안에는 돈을 주면 살 수 있는 상품이 늘어선 곳, 그래서 돈을 기준으로 사람들 사이의 격차를 아주 잘 느낄 수 있는 곳이었죠. 그러니 흰 한복 입고 초가집 살던 '나'가 와서 경험했을 감각의 충격이 얼마나 컸겠어요? 그래서 「엄마의 말뚝 1」은 이 서울을 경험하면서 철모르는 어린아이였던 '나'에게 일어난 변화에 대한 이야기이기도 합니다.

이렇게 어린 '나'한테는 서울과 시골이 감각의 차이로 경험돼요. 그런데 엄마는 이미 이때 어린 두 자녀가 있고 결혼도 해 보고, 남편도 잃어 보고, 시부모님에게 반항도 해 보고 산전수전 겪은 성인 여성이지 않습니까. 삶이 지긋지긋해서 뭔가 상승해 보려고 서울로 가족을 끌고 왔고요. 엄마에게 서울은 문명이 있거나 세련되거나 서구적이거나 그런 곳이 아니라 너무너무 상스럽고, 너무너무 잡스러운 곳으로 감각이 됩니다.

상스럽고 잡스럽다. 그게 「엄마의 말뚝 1」에서 엄마가 본 '문밖사대문 밖에서의 삶'입니다. 엄마는 '진짜 서울'인 문안사대문 안에는 들어가지 못하고 문밖인 현저동에 일단 정착했어요. 여긴 지금으로 말하자면 달동네예요. 엄마는 상자곽을 쏟아 부은 것 같은 판잣집들이 빼곡하게 모여 있는 동네 중에서도 제일 꼭대기에, 그나마 자기 집도 아니고 어느 초가집 문간방에 세 들어서 서울살이를 시작했습니다. 한 푼 두 푼에 목소리가 금세 높아지고 드잡이가 일어나는 동네였죠. 여기서 엄마는 기생들 옷 바느질품팔이를 하면서 생계를 이었어요. 그래서 엄마한테는 서울이 '바닥 상것들'과 부대껴야 하는 곳, 내가 이렇게까지 하면서 살아야 하나 하는 생각이 들게 하는 곳이었어요.

그래서 반대로 서울에 와서 엄마는 자기 가족이 어쨌든 양반인 시골 할아버지의 기품을 물려받았다는 점을 오히려 자랑스럽게 여기면서, 똑같이 찢어지게 가난해도 나머지 동네 사람들은 상종 못할 상것들이라고 무시해요. 그런데 '나'가 그 동네 아이들과 어울려 놀며 상스러운 장난도 치고, 기껏 놀러간다는 데가 교도소고 이런 상황에 처하니 엄마는 안 되겠다 싶어서 어떻게든 '문안'에 들어가 보려고 애를 씁니다. 하지만 아무리 수중의 돈을 긁어모아도 문안에 못 들어가거든요. 그나마 그 동네 꼭대기에 기와집을 하나 사서 들어갔어요. 그게 바로 괴불마당집입니다. 사실 괴불마당집도 빚을 내서 샀는데 엉망이었죠. 처음 그 집에 들어가 봤을 때 벽은 빈대 죽인 무늬로 피칠갑을 해놓은 상태이고, 서까래는 다 썩어서 흘러내리고, 쥐가 돌아다녀요. 그래서 첫날 들어가자마자 바닥과 벽을 다 뜯어서 양잿물로 씻어야만 했다는 대목도 나옵니다.

기본적으로 엄마한테 서울이란 '바닥 상것'들과 상종하면서 살아야 하는 동네, 기생 옷 날품팔이를 하고 셋방살이의 설움을 겪은 동네, 자식을 문안 학교에라도 들여보내려면 자존심도 다 버리고 친척에게 굽실굽실 부탁해야 하는 그런 동네로 경험돼요. 그런데 이렇게 온갖 고생을 해서 들어간 문안 매동학교에서 '나'는 열등감에 휩싸이게 돼요. 왜냐하면 문안에 있는 애들은 문밖에서 온 재랑 놀면 우리 엄마가 싫어할 거 같아, 이런 얘기들을 하거든요. 이렇게 '나'는 문안에서 열등감을 배웠는데, 엄마는 내 딸을 문안에 들였다는 사실로 동네 사람들에게 자존심을 세우는, 그런 관계가 형성됩니다.

현저동에서 엄마가 유일하게 존경하는 분은 가장 천한 일을 하는 물장수 할아버지예요. 이 할아버지가 물질을 해서 아들들을 전부 다 전문학교까지 보냈거든요. 엄마의 목표도 물장수 할아버지처럼 자신은 힘들게 일해도 자녀를 성공시키는 것이죠. 엄마는 아들에게 상당히 구체적인 희망을 걸어요. 아들이 좋은 학교 나와서 변호사, 판사 같은 직업을 가지고 성공해서 몰락한 가문을 일으켜줬으면 좋겠다. 그런데 엄마가 딸한테 원하는 것은 무엇이냐. 엄마는 딸이 '신여성'이 되길 바랍니다.

신여성은 서울만 산다고 되는 게 아니라 공부를 많이 해야 되는 거란다. 신여성이 되면 머리도 엄마처럼 이렇게 쪽을 지는 대신 히사시까미로 빗어야 하고, 옷도 종아리가 나오는 까만 통치마를 입고 뾰죽구두 신고 한도바꾸 들고 다닌단다.

엄마가 말하는 신여성이야말로 사실은 엄마가 서울에 기대했던 것, 구시대적 시골이 아닌 다른 무엇이지만 그것이 정확히 무엇인지는 자기 자신도 모르는 것을 상징합니다. 엄마가 말하는 신여성은 실체가 아니라 이미지예요. 종아리와 발목이 보이는 통치마에 저고리를 입고, 뾰족구두를 신고, 핸드백을 들고, 단발머리를 한 여성의 이미지죠. 그게 엄마가 생각할 수 있는 최대한의 서울인 거예요. 세련되고 똑똑해 보이는 여자. 엄마는 '나'에게 자신은 되지 못한 그런 종류의 여자가 됐으면 좋겠다, 라는 메시지를 계속 보낸 거예요.

이제 학교에 들어간 아이가 이해하기엔 지나치게 미묘한, 강하지만 내용이 없는 희망이죠. 그래서 말을 못 알아들은 '나'가 신여성은 어떤 사람이냐고 계속 물어보니까, 엄마는 할 말이 없어서 이렇게 대답해줘요.

신여성이란 공부를 많이 해서 이 세상의 이치에 대해
모르는 게 없고 마음먹은 건 뭐든지 마음대로 할 수 있는
여자란다.

참 애매하죠. 하지만 어떤 의미에선 아들에게 건 희망보다 훨씬 더 강렬한 욕망이라는 걸 여러분도 느끼실 겁니다. 자신의 삶을 뛰어넘고 싶다는 욕망, 그것이 나 자신으로선 불가능해도 딸에게는 가능하리라는 투지가 바탕이 된 욕망이죠.

어머니가 세운 신여성이란 것의 기준이 되었던 너무

뒤떨어진 외양과 터무니없이 높은 이상과의 갈등, 점잖은
근거와 속된 허영과의 모순, 영원한 문밖 의식, 그건
아직도 나의 의식내용이었다. 그러고보니 나의 의식은
아직도 말뚝을 가지고 있었다. 제아무리 멀리 벗어난 것
같아도 말뚝이 풀어준 새끼줄 길이일 것이다.

바로 여기에서 말뚝이라는 표현이 또 등장합니다. '엄마
의 말뚝'은 무엇일까요. 제일 먼저 엄마가 박은 말뚝은 현저동
괴불마당집이었죠. 자녀들의 미래를 위해 서울에 마련한 거
처. 그리고 여기서 엄마가 박은 또 다른 말뚝이 무엇이었는지
나옵니다. 바로 '나'에게 엄마가 박아준 의식입니다. 엄마가
'나'에게 투사했던 희망, 기대, 욕망, 갈등이 고스란히 다 '나'
의 의식이 되었거든요. 그래서 「엄마의 말뚝 1」은 엄마가 박
은 두 개의 말뚝에 관한 이야기, 그리고 이후의 연작은 이 말
뚝에서 내가 얼마나 멀리 풀려나갈 수 있는가, 그 새끼줄의 끝
이 어디인가에 관한 이야기로 읽을 수 있습니다. 아무리 멀리
가도 벗어날 수 없었던 엄마의 말뚝에 관한 이야기로요.

쓰면 쓸수록 그게 환상이었다는 걸 확인하면서
계속해서 다시 쓸 수밖에 없는 고통스러운 이야기

「엄마의 말뚝 2」는 실제로 여러분이 세 편 중 가장 많이 읽으신 작품일 거라고 생각합니다. 「엄마의 말뚝 2」는 첫 번째 연작이 나오고 1년 후인 1981년에 발표됐어요. 이 작품에서 중요한 키워드는 '한국전쟁'하고 '오빠의 죽음'입니다. 키워드가 달라졌죠. 그러나 여전히 엄마의 말뚝에 관한 이야기입니다. 이 작품은 액자 형식으로 구성되어 있어요. 속 줄거리와 바깥 줄거리로 나뉘는데, 밖의 줄거리는 간략해요. 엄마가 조카 집에 살다가 빙판에 굴러서 엉덩이뼈가 골절됐어요. 그래서 철심을 박는 대수술을 하게 되었는데, 엄마가 마취에서 풀리면서 무섭게 발작을 해요. 헛것을 보면서 헛소리를 하시는데, 오빠가 전쟁 중에 죽었던 그 이야기를 막 하시는 거죠. 실제로 읽어 보면 그 대목이 굉장히 무서워요.

　　오빠는 해방 후에 좌익운동에 가담했다가 전향을 했어요. 그런데 전쟁 중에 서울이 인민군 치하로 들어갔을 때가 있었잖아요. 그때 오빠의 전향 경력이 문제가 되니까, 의용군으로 자원할 테니 전향은 문제 삼지 말라는 일종의 거래를 했어요. 그래서 오빠가 인민군으로 자원해서 갔다가 나중에 탈출

해서 돌아왔는데, 이미 사람이 망가진 상태로 돌아오죠. 올케나 아이, 가족의 안부 같은 건 안중에도 없고 당장 죽을지도 모른다, 어떻게 하면 내가 살까, 이런 생각만 하면서 24시간 부들부들 떨기만 하는 사람이 되었어요. 문제는 전황이 계속 엎치락뒤치락한다는 거였어요. 서울이 다시 인민군 치하가 될 게 뻔한데 이 가족은 피난을 못 가요. 오빠 때문에. 오빠한테 시민증이 안 나왔거든요. 떠나면 검문에 분명히 걸릴 겁니다. 시민증이 없어서 국군에게 맞아죽나 남아 있다가 인민군한테 들켜서 배신자로 맞아죽나의 문제인 거예요. 그때 엄마가 우리 현저동 옛날 집으로 가자, 거기 가서 숨어살면 아무도 못 찾을 거다 해서 현저동으로 숨어들죠.

실제로는 괴불마당집까지 못 가고 현저동 다른 집에 들어가서 숨어있는데, 결국은 인민군 군관한테 발각됐어요. 들키는 장면도 섬뜩해요. 인민군이 현저동 같은 달동네에는 아무도 없을 거라고 생각했는데 가만 보니 아침저녁으로 연기가 피어나는 집이 몇 군데 있는 거예요. 밥을 지으려면 연기가 나잖아요. 그걸 보고 연기 나는 집을 일일이 다 뒤졌더니 다 노인 아니면 병자인데 이 집이 딱 걸린 거죠. 엄마는 여자들만 있는 집이라고 매달렸지만 인민군 군관이 방 안까지 군홧발로 들어와서 숨어서 벌벌 떨던 오빠를 찾아냈어요. 그런데 오빠가 이미 너무나 겁에 질리고 실어증 같은 것도 생기고 해서 제정신인 사람처럼 안 보이는 거예요. 그래서 엄마는 아들이 미치광이나 약간 모자란 사람이라고 속이려 하거든요. 그런데 마지막에, 인민군이 후퇴하기 전에 그 군관이 다시 옵니다. 나는 네가 어떤 사람인지 알고 있다면서 총을 쏴요. 참 담한 건, 총을 머리나 가슴에 쏜 것도 아니고 다리에다 쐈는데 병원을 못 간 거예요. 시민증이 없으니까. 결국 오빠는 총상의 후유증으로 죽어요. 「엄마의 말뚝 2」는 이 기억을 어떻게 떠올리나에 관한 내용입니다.

> 부끄러울 따름이다. 이번에 상 받게 된 이야기는 내가 여태껏 여러 번 써왔던 이야기다. 그만큼 우려냈는데 무슨 맛이 있을까마는 어머니의 고통을 되씹지 않을 수 없는 내 마음속의 매듭 때문에 슬픈 마음이 앞선다. 다시 쓸 때마다 이것이 마지막이 되었으면 싶다. 이런 이야기로부터 가까스로 벗어났다 싶어 훨훨 자유로웠던 것은 번번이 일시적인 환상일 뿐 이내 그 이야기에 발목을 단단히 잡힌 채인 자신을 발견하는 게 여태껏의 내 이야기의 한계였다.

박완서 작가가 「엄마의 말뚝 2」로 이상문학상을 받으셨을 때, 수상 소감을 이렇게 쓰셨어요. 「엄마의 말뚝 2」는 작가로서나 생활인으로서나 박완서라는 사람에게 의미가 깊은 이야기였죠. 그런데 쓰고 나면 자유로워질 줄 알았더니, 쓰면 쓸수록 그게 환상이었다는 걸 확인하면서 계속해서 다시 쓸 수밖에 없는 고통스러운 이야기라는 거예요. 엄마와 나와 오빠, 우리 가족에게 깊은 상처를 남긴 전쟁에 관한 이야기 말이에요.

이 작품의 배경이 된 전쟁을 부르는 명칭이 여러 가지 있죠. '한국전쟁'이라는 명칭은 이 전쟁이 국제전이라는 점을 강조할 때 많이 쓰입니다. 왜냐하면 이 전쟁의 가장 앞에서 피를 흘린 건 북한과 남한이지만 그 뒤에 중국, 미국을 축으로 하는 세계 각 국가 진영들이 버티고 있었잖아요. 그래서 국제적인 진영 간의 갈등이 물리적으로 폭발했다는 맥락에서 '한국전쟁'이라는 명칭을 사용하곤 합니다. 하지만 박완서 작가에게 이 전쟁은 흔히 6.25라 부르는, 내전으로서의 성격이 더 강했던 것 같아요.

전쟁의 경험이라는 건 각계각층마다 달라요. 어린 아이, 엄마, 노인, 회사원, 군인, 인부, 농부, 수인囚人, 포로에게 각각 다릅니다. 평범한 사람들에게 전쟁은 먼저 피난으로 감각됩니다. 전쟁이 어떤 것이냐? 계속 짐보따리를 싸서 도망 다니는 경험, 움막 짓고 누더기 두르고 추위에 떨었던 경험, 미군부대에서 나오는 물자 같은 것을 악다구니 쳐가면서 뺏어서 어떻게든 먹고 살려고 안간힘을 썼던 경험. 또 피난과 관련해 도드라지는 것이 이산의 경험이에요. 피난 와중에 가족들은 정말 쉽게 흩어지거든요. 잠깐 딴눈을 팔았는데 손잡고 있던 딸이 없어졌다든가, 뭐 하느라고 어디엘 갔다 왔는데 집에 있던 가족들이 사라졌다든가, 우리가 헤어지면 어디에서 만나자고 했는데 끝내 아무도 안 나타났든가. 이산과 가난, 원조의 경험이 평범한 사람들의 피부에 가장 와 닿는 전쟁의 감각이죠.

6.25의 경험 중 또 중요한 것이 있습니다. 특히 서울에 살았던 사람들에겐 국가불신, 정부불신의 감각을 갖게 한 경험이 있어요. 그 당시 평범한 사람들은 전황이 어떻게 되어가는지 속속들이 알기는 어려웠어요. 중공군이 개입을 했다, 미군이 개입을 했다, 낙동강에서, 압록강에서 누가 밀고 내려온다, 올라온다……. 이 급박한 국가적 사태에 대해 절대적으로 정확한 정보는 없는데, 나의 거취를 결정하려면 누군가를 신뢰하고 그가 가져다주는 정보에 근거해서 행동해야 하죠. 서울에서는 사람들이 정부에게 그 역할을 기대했어요. 그런데 그때는 이승만 정부가 서울을 사수하고 있다는 방송을 여러 번 하던 때여서, 6.25가 발발한 새벽 이후 3일 동안 서울 시민들이 반쯤 피난을 가고, 반쯤은 남아있었다고 해요. 정부가 서울은 안전하다고 하니 집도 절도 다 여기에 있는데 조금 버텨보자 했던 것이죠. 그랬는데 난데없이 한강 철교가 폭파돼요. 이승만은 6.25가 터진 직후인 27일에 특별 기차를 타고 남쪽으

로 피신했는데, 그 와중에 서울에서는 녹음된 목소리로 서울은 안전하다는 방송을 송출했던 거죠. 서울 시민들은 이 녹음된 목소리를 믿고 있었던 거고요. 그리고 28일 밤 한강에 있던 세 개의 다리가 폭파되면서, 평범한 사람들은 여기에 휘말려서 죽거나 꼼짝없이 인민군 치하 서울에 갇히게 됩니다. 바로 이 경험, 정부가 나의 안전을 보장해 주지 않는다는 경험이 전쟁 체험의 또 한 면을 차지하게 되죠.

전쟁은 또한 폭격과 시가전의 경험으로 다가옵니다. 밤에 자꾸 어디에 폭탄이 떨어진다, 멀리서 혹은 가까이서 총소리가 나고 비명이 들린다, 이런 식으로 전쟁이 감각되죠. 소설의 배경인 서울은 아주 격렬한 전투지였어요. 인민군과 국군이 서로 수복하려고 싸우던 격전지여서 시가가 상당 부분 파괴됐다고 하죠. 폭탄, 총탄, 화약 냄새, 피 냄새, 불, 폭음, 밀려들어왔다 밀려나가는 군인들을 목격한 경험. 이 경우에 전쟁은 무엇보다 물질적으로 다가오는 죽음과 부상의 위협으로 다가옵니다.

특히 다른 내전과 달리 6.25에서 더욱 도드라지는 특징이 사상전으로서의 성격입니다. 다시 말해 이 전쟁은 내가 어디 숨거나 총이나 폭탄을 피한다고 살아남는 전쟁이 아니었어요. 사상전의 경험은 어떤 것이냐 하면, 어느 쪽이든 반드시 한쪽 편을 들어야만 내가 살 수 있겠다는 아주 절박한 심리의 경험이에요. 이게 가장 심했던 게 서울이라고 생각됩니다. 왜냐하면 서울은 전쟁 중에 점령 세력이 자꾸 바뀌었거든요. 처음에는 6.25가 터지자마자 3일 만에 함락돼서 이후 3개월 정도 인민군 치하로 들어갑니다. 인민군 측에서는 '해방'이라고 하고, 국군 측에서는 '적치敵治' 3개월이라고 부르죠. 서울이 인민군 치하에 있었던 이 기간에는 인민군에게 찬동하지 않으면 전부 다 불량으로 색출돼서 인민재판을 받거나 처형을 받는 상황이 벌어졌죠. 사람들은 자신의 '성분'을 철저히 증명하도록 내몰렸어요. 내가 사회주의, 공산주의에 찬동한다는 걸 적극적으로 표현하지 않으면 서울 한복판에서 곧장 인민재판에 회부되어 사람들 앞에서 조리돌림 당하고 즉석에서 머리를 맞아 죽는 일이 비일비재하게 일어나는 비정상적인 시공간이었습니다. 반대로 국군이 수복했을 때에 이 공포는 다시 반전됩니다. 이번에는 내가 '빨갱이'가 아니라는 걸 증명하지 못하면 계속 감시를 당하고, 시민증을 발급 받지 못해 병원조차 갈 수 없습니다. 그러니 이 전쟁은 지금의 우리가 상상하기 어려울 정도로 광기와 공포가 만연했던 시기, 내가 여기서 말 한마디 잘못하면 개죽음을 당할지도 모른다는 비정상적인 긴장감으로도 각인되었습니다.

　전쟁도 어느 순간에는 소강상태를 맞죠. 1953년쯤 되면 전쟁은 전선戰線에서는 진행되고 있는데 전선에서 멀리 떨어진 곳에서는 사람들이 일상생활을 영위할 수 있게 돼요. 전선에서는 여전히 총탄이 날아들고 사람들이 죽고 있지만, 수복된 서울에서는 사람들이 영화도 보고 술도 마시고 사랑도 하고 그러거든요. 이 시기가 바로 박완서 작가의 데뷔작인 『나목』의 배경이 된 시기입니다. 이때의 상징적인 건물이 지금 서울 신세계백화점 본관으로 사용되고 있는 미군 PX 건물이고요. 박완서 작가가 전쟁 중 일했던 곳, 나중에 글 쓸 욕망을 점화하게 된 화가 박수근을 만난 곳이 바로 여깁니다.

문제는 뭐냐, 겉으로 보기에는 사람들이 직장에 일도 나가고 영화도 보고 술도 마시고 사랑도 하는 평범한 일상이 돌아온 것 같은데 속으로는 감시체제가 지속되고 있었던 거예요. 이를 보여주는 것이 시민증과 같은 자기 '성분'을 증명하는 문서입니다. 예전에는 양민증이라고 부르다가 시민증으로 이름이 바뀌었는데, '이 사람은 선량한 시민입니다. 빨갱이가 아닙니다' 하고 소지자의 신원을 보증해 주는 증표를 발급해 준 거예요. 「엄마의 말뚝 2」에서 오빠가 피난을 못 간 이유가 이 시민증이 없어서예요. 오빠가 시민증을 받으려면 신원보증을 하러 경찰서에 가야 하는데, 사회주의자 출신인 오빠는 너무 무서워서 경찰서에 못 가겠는 거예요. 시민증이 있어야만 '선량한 양민'으로서 미군 보급 물자도 받을 수 있고, 검문에 걸렸을 때 나는 간첩이 아니라고 증명할 수 있었어요. 반대로 시민증이 없으면 서울 상황이나 전황이 어떻게 돌아가건, 내가 두부를 사러 나갔건 어쨌건 간에 현장에서 예비 간첩, 잠재적 '빨갱이'로 걸려서 곧바로 경찰서에 유치될 수 있었죠.

그래서 서울에 있던 일반 시민의 입장에서 전쟁의 가장 기저에 있던 게 뭐냐. 안전보장이 안 된다는 기억입니다. 오늘 당장 폭격이나 총격을 당할 수 있고, 24시간 언제든지 누군가 들이쳐서 나를 사상 심문할 수 있고, 그걸 통과 못하면 그야말로 개죽음 당할 수 있다는 공포 말입니다. 미쳐 날뛰는 파도 위에 판자 한 장 깔고 서 있는 것처럼 한없이 불안한데, 국군이든 인민군이든 정부든 누구도 나를 딱히 지켜주는 것 같지 않은 기억. 이런 것들이 「엄마의 말뚝 2」에 있는, '안전보장 없음'과 관련된 정서에 집약되어 있다고 생각됩니다.

박완서 작가의 개인사에서도 전쟁은 평생 소설로 되풀이해야 할 만큼 중대한 상흔傷痕을 남긴 체험이에요. 작가가 회고한 바에 따르면 전쟁 중에 오빠랑 숙부가 돌아가셨다고 합니다. 숙부는 작가의 아버지가 어릴 때 돌아가신 후 가족의 뒤를 돌봐주시던 분이었다고 해요. 그런데 오빠랑 숙부가 정확히 왜, 어떻게 돌아가셨는지는 어디에도 자세히 쓰여 있지 거든요. 다만 박완서 작가는 이렇게 짧게 썼던 적이 있어요. 오빠와 숙부는 전쟁 중에 너무나 '고통스럽고 값없는 죽음을 했다'. 고통스럽고 값없다는 표현은 박완서 작가가 직접 썼는데요. 전쟁을 보는 작가의 시선이 가장 선명하게 드러나는 표현이라고 생각됩니다. 박완서 작가에게 전쟁은 결국 무엇이었냐. 너무 고통스럽고 너무 무가치했다는 것입니다. 사람들이 미친 듯이 죽어나가기만 했지 아무에게도 득이 되지 않고 오로지 비극만을 뒤에 남긴 사건이었다는 말입니다.

박완서 작가에게 전쟁은 거멀못 같은 체험이라서 계속 반복하게 돼요. 그런데 이상하게도 반복될 때마다 세부사항들이 자꾸자꾸 변해요. 작가의 회고에 의하면 오빠와 숙부가 전쟁 중에 이념 문제로 죽었다고 하는데, 『나목』에서는 두 오빠가 죽습니다. 『나목』의 오빠들은 좌익과 전혀 상관이 없는 젊은이들이었는데, 공습이 예고된 밤에 '나'가 너무 불안해서 오빠들을 안방 말고 행랑채에서 주무시라고 권했거든요. 그런데 그 행랑채가 폭격을 맞는 바람에 죽는 거예요. 회고와 비교해 보면 『나목』에서는 작가 자신의 체험이 실제와는 거리가 먼 환상으로 변주되었음을 알 수 있죠. 하지만 『부처님 근처』 같은 작품에는 거리가 가까워지기도 해요. 『부처님 근처』에서는 처음으로 오빠와 아버지가 같이 죽는 것으로 나오는데요. 박완서 작가의 아버지는 네 살 때 돌아가셨으니 『부처님 근처』의 아버지는 사실 숙부가 아닐까 추측해 볼 수 있습니다. 여기에서는 오빠가 전향 문제로 인민군한테 색출되어 사살당해요. 그리고 아버지는 그 아들의 죽음 후에 자신도 너무 무서우니까 소위 '빨갱이'들에게 굽실거리며 다녔다가, 수복 후에 그 경력이 문제가 되어서 여러 가지 고초를 겪다 경찰서에 끌려가서 모진 고문을 받고 그 후유증으로 죽거든요. 다음 작품인 『카메라와 워커』에서는 거리가 또 멀어져요. 여기에서는 오빠가 왜 죽는지도 안 나와 있고, 그냥 전쟁 중에 오빠와 올케가 죽어서 내가 조카들의 생계를 돌보게 됐다는 식으로 바로 시작해요.

그런데 「엄마의 말뚝 2」에서는 다시 가까워져요. 여기에서는 오빠의 죽음에 밀착해서 아무것도 모르는 젊은이였던 오빠가 어떻게 비참하게 죽었나를 아주 상세하게 들여다보거든요. 전작들이나 회고와 비교했을 때 조금 달라진 게 뭐냐면, 오빠가 다리에 총을 맞았는데 제때 치료를 못 받아서 죽는 점이거든요. 이 죽음에는 인민군과 국군 즉 빨갱이와 경찰이 비슷한 지분으로 개입해있는 것이죠. 오빠에게 치명상을 입힌 것은 인간을 철저한 심문과 척결의 대상으로 본 북측이고, 그를 병원에도 못 가게 만든 건 마찬가지로 성분을 문제 삼으며 시민증을 발급해 주지 않은 남측이니까요.

"그놈 또 왔다. 뭘 하고 있냐? 느이 오래빌 숨겨야지, 어서."
"엄마, 제발 이러시지 좀 마세요. 오빠가 어디 있다고 숨겨요?"

"그럼 느이 오래빌 벌써 잡아갔냐."

"엄마, 제발."

어머니의 손이 사방을 더듬었다. 그러다가 붕대 감긴
자기의 다리에 손이 닿자 날카롭게 속삭였다.

"가엾은 내 새끼 여기 있었구나. 꼼짝 말아. 다 내가
당할테니."

어머니의 떨리는 손이 다리를 감싸는 시늉을 했다.
그때부터 어머니의 다리는 어머니의 아들이었다.
나는 벽까지 떠다밀린 채 와들와들 떨면서 점점 심해가는
어머니의 광란을 지켜볼 수밖에 없었다. 어머니의 몸에서
수술한 다리만 빼고는 온몸이 노한 파도처럼 출렁였다.
그래서 더욱 그 다리는 어머니의 몸이 아닌 이물질처럼
괴기스러워 보였다. 어머니의 그 다리와 아들과의
동일시가 나한테까지 옮아붙은 것처럼 나는 그 다리가
무서웠다.

「엄마의 말뚝 2」에서 가장 강렬한 대목 중 하나가 엄마
가 헛것을 보면서 헛소리를 하는 이 장면이에요. 전신마취의
후유증으로 헛것을 보는데, 그게 하필이면 오빠가 죽는 장면
인 거죠. 이 장면의 묘사가 섬뜩하죠? 다 죽어가는 것 같던 엄
마가 갑자기 어디서 힘이 났는지 손에 꽂힌 링겔 바늘도 전부

빼가면서 사방을 더듬다가 깁스한 자기 다리에 손이 닿자 그
게 아들인가 싶어서 껴안는 장면입니다.

「엄마의 말뚝 2」에서 제가 가장 중요하다고 여기는 부분
도 이 장면이에요. 여기서 '나'와 '어머니' 사이에 있는 좁힐 수
없는 거리가 매우 뚜렷하게 드러납니다. 엄마한테는 자기 인
생의 말뚝이 아들이었잖아요. 자기 인생을 전부 걸고 데려온
아들이니, 그 아들이 죽자 엄마는 인생을 송두리째 잃은 것처
럼 광란 같은 발작으로 반응할 수밖에 없어요. 아들을 잃은 고
통이 새로운 말뚝이 되어 어머니를 거기서 못 도망가게 매어
놓은 것이죠. 그건 깁스한 다리나 마찬가지로 제 사지처럼 지
나치게 가깝고 떼어낼 수 없는 말뚝이 됩니다. 하지만 '나'의
입장에서는 그런 엄마가 더 무서운 거예요. 엄마가 붙들고 늘
어지는 그 다리가 괴기스럽고 무서운 것처럼, 아무리 오랜 세
월이 지나도 그 기억에서 놓여나지 못하는 엄마가 미친 것처
럼 느껴지죠. 엄마와 나 사이의 이 간극, 이 좁힐 수 없는 거리
가 '엄마의 말뚝'에서 풀려나온 새끼줄의 길이라고 생각됩니다.
1편부터 읽어보면, 「엄마의 말뚝 2」는 결국 엄마가 말뚝
박은 자리와 나의 자리가 얼마나 먼지, 어째서 엄마와 나는 가
까워질 수 없는 사람들이 되었는지에 관한 작품인 것 같아요.
임마한테는 진쟁과 오빠의 죽음이 지금도 광기를 유발할 만

큼 깊은 상처이자 현재성을 잃지 않은 사건으로 감각되지만, 나한테 전쟁은 가족의 비극이긴 해도 엄마만큼 처절한 체험은 아닌 거죠. 이 간극은 「엄마의 말뚝 3」에서, 비로소 엄마가 죽음으로써 해소되는 듯합니다.

결국 엄마의 죽음으로밖에
뽑힐 수 없었던 엄마의 말뚝

「엄마의 말뚝 3」은 사실 그리 주목받은 작품이 아니에요. 전작으로부터 10년이나 지난 후에 갑자기 나왔거든요. 1, 2가 연달아 발표되고 10년 동안 아무 얘기도 없다가 1991년에 뜬금없이 3이 왜 나왔냐면, 박완서 작가의 어머님이 돌아가셨기 때문입니다. 어머님이 돌아가신 후 쓴 작품이 바로 마지막 엄마의 말뚝입니다.

　「엄마의 말뚝 3」은 에필로그에 가까운 이야기라서 짧게 읽을 수 있는데요. 줄거리는, 「엄마의 말뚝 2」에서 낙상사고가 있었잖습니까? 그 낙상사고를 겪고 나서 엄마는 7년을 더 살았어요. 원체 기품이 차갑고 깨끗하신 엄마는 이 7년 동안 자식들에게 짐이 안 되고자 애쓰셨어요. 그러나 엄마는 나중에 화장실도 못 가게 되거든요. 누군가 대소변을 받아내야 하잖아요. 엄마는 그게 싫어서 진짜 죽지 않을 만큼만 음식을 먹고 깃털처럼 누워계시다가 죽었다고 쓰여 있습니다. 엄마는 생전에 '나'한테 오빠처럼 화장을 해달라고 하셨어요. 그런데 마침내 엄마가 돌아가시고 나니까 '나'는 그 유언을 집행할 의지가 약해지는 거예요. 거기다 조카는 왜 유난스럽게 화장을 해서 재를 강화도에 뿌리니 마니 하느냐, 묘지를 쓰라고 합니다. '나'는 그 말도 그럴듯하다고 생각해요. 엄마가 마지막으로 남긴 이 '유난스러운 한풀이'에서 내가 어느 편을 드느냐 하는 것이 「엄마의 말뚝 3」에서 가장 중요한 주제라고 생각됩니다.

낙상사고로 엉치뼈에 철심을 박고 나서 엄마가 제일 상심하신 것이 생전에 강화 잇집네 가보긴 다 틀렸다는 거였어요. 엄마의 먼 친척집이 강화도에 있는데, 문제는 이 집이 재래식이라 움직이기 불편한 엄마가 가 있을 수 없게 된 거죠. 애초에 강화 잇집에 왜 가고 싶어 하시냐면 거기서 고향이 보이기 때문입니다. 강화도 깊은 곳 일대가 바다를 사이에 두고 멀리 보이거든요. 이 시점에 오면 「엄마의 말뚝 1」에서 느꼈던 것이 완전히 뒤집히는 거죠. 거긴 남편을 죽게 내버려둔 지긋지긋한 곳이고, 도망치듯 떠나야 하는 곳이었는데 이제는 멀리서나마 보고 싶고, 화장해서 뼛가루로라도 돌아가고 싶은 곳이 된 거예요. 그러니 「엄마의 말뚝 3」은 「엄마의 말뚝 1」
과 대칭되는 정서, 엄마가 말년에 품은 소망을 다룬 이야기라
고도 할 수 있습니다. 문제는 이 시점이 되니까 조카들이 난리
입니다.

> 할머니도 아버지처럼 화장해서 그 뼛가루를 고향이
> 바라다뵈는 바다에다 뿌리라구요? 고모. 제발 다시
> 그런 유난떨 생각 말아요. 내가 싫은 건 할머니나
> 고모의 그런 유난스러운 한풀이를 지금 이 시점에서
> 되풀이하는 거란 말예요.

이 작품은 1991년에 나왔지만 배경은 1980년대 후반으
로 짐작돼요. 그러니까 이미 1980년대, 조카 세대한테 전쟁이
란 나와 상관없는 노인네들의 유난스러운 한풀이로 보이는
시대가 와버린 거죠. 그런데 '나'는 이 둘, 조카와 엄마 사이에
낀 거예요. 엄마가 왜 그렇게 고통스러워 하셨는지 아니까 원
하는 바를 들어드리고 싶기도 하고, 조카들이 유난떨지 말라
고 하는 것도 이해가 되는 거예요. 둘 중에 어떻게 할까 하다
가 결국 '나'는 못 이기는 척 조카의 말을 따릅니다.

묘지를 쓰기까지도 자잘한 에피소드들이 등장해요. 박
완서 작가의 창작 스타일 중 하나가 수다스럽게 많은 이야기

를 늘어놓는 문제거든요. 「엄마의 말뚝 3」에 보면 조카가 반쯤 사기를 당해서 바가지를 쓰고 묘지를 사기도 하고, 장례를 치르려고 보니 눈이 너무 많이 와서 운구차가 비탈을 못 올라가기도 하는, 그런 에피소드들이 나와요. 옛날 이야기에도 보면 사랑하는 사람 집 앞에서 관이 멈춰서 안 나간다는 얘기가 있잖아요. '나'가 보니까 엄마가 한을 품어서 운구차가 안 나가는 것만 같아요. 그래서 덜덜 떨면서 속으로 이렇게 빌기도 해요.

엄마, 이제 그만 한 풀어. 그까짓 육신 아무 데 묻히면
어때. 난 어떡허든지 엄마 소원 풀어주고 싶었지만 쟤들이
싫다는 걸 어떡해? 쟤들한테 져야지 우리가 무슨 수로
쟤들을 이기겠어. 실상 쟤들이 옳을지도 모르잖아.

하지만 나중에 알고 봤더니 기사가 꼼수를 쓴 거였죠. 돈을 더 달라고요. 조카들이 그걸 눈치채고 돈 봉투를 찔렀더니 운구차가 다시 가더라는 에피소드입니다. 이 마지막 에피소드는 1980년대에 어떻게 엄마의 기억이 사장되면서 해소되는가를 보여주는 상징적인 이야기인 것 같습니다. '실상 쟤들이 옳을지도 모르잖아.' 엄마가 틀렸을지도 모른다. 이건 '나'가 엄마를 보며 남모르게 품었던 생각인 거죠. 하지만 '나'는 이

생각을 입 밖에 내서 엄마에게 맞선 적은 없어요. 결국 '엄마의 말뚝'은 엄마의 죽음으로밖에 뽑힐 수 없었던 것 같아요.

> 오랜 세월이 흐르면서 한을 품은 이들은 계속 죽어갔다.
> (……) 어머니가 돌아가시자 자식된 자라면 누구나
> 느끼는 슬픔과 함께 멍에를 벗는 것 같은 홀가분함을
> 느꼈다면 내가 너무 불효한 것일까. 그러나 솔직한 심정이
> 그러했다. 더는 모순된 이중의 고향, 두 개의 허상에
> 짓눌리지 않아도 된다는 게 그렇게 홀가분할 수가 없었다.

박완서 작가는 이 작품을 쓰고 나서 한국 문인들과 유럽으로 세미나를 간 적이 있거든요. 거기 동행한 김윤식 교수의 회고에 의하면 세미나에서 작가가 위와 같은 말을 했다고 합니다. 여기에서 말하는 홀가분함이란, 엄마의 죽음으로 나 역시 엄마가 박아두었던 말뚝에서 풀려났다는 말 같아요. 훌륭한 여성이 되라는 엄마의 말, 엄마를 광란하게 하는 엄마의 상처, 이 모든 것은 엄마가 나에게 박은 말뚝이자 멍에이기도 합니다. 엄마의 생전에 나는 이 말뚝에서 결코 풀려난 적이 없어요. 반항하든 동조하든 모두 그 말뚝에 매인 새끼줄에서 벗어나지 못했다는 증거였죠. 하지만 엄마가 죽음으로써 비로소 이 말뚝도 뽑혀나갔고, 나는 드디어 엄마와 엄마가 상징하는 어떤 모순,

허상에서 해방되었다는 홀가분함을 느끼게 됩니다.

그래서 저는 세 개 연작 중에 제일 주목 받지 않는 「엄마의 말뚝 3」을 가장 아끼는 편이에요. 이 마지막 작품은 보다 보편적인 관계, 딸과 엄마, 인간과 인간 사이의 좁혀질 수 없는 슬픈 거리에 관한 통찰을 담고 있고, 오로지 죽음으로써만 해소되는 어떤 인간적 한계를 다루었다고 생각돼요. 한 시대가 어떻게 저물어 가는지를 보여주는 탁월한 삽화라고 생각합니다.

작가 자신이 '엄마의 말뚝'에 관해 이야기할 때 환상, 허상이라는 말을 많이 쓰잖아요. 저는 이 단어야말로 엄마의 말뚝 연작을 읽는 키워드가 아닐까 생각합니다.

그들에게는 말할 무엇이, 그들에게서 해방하여야 할 세계가, 감당하여야 할 임무가, 확인하여야 할 확인할 수 없는 그들의 삶이 있다…… 그러나 여기에 대한 확인은 예술가에게 일어나지 않고, 경험 속에 주어지지도 않으며, 오히려 예술가는 거기서 배제된다.

마지막을 좀 멋있는 말로 마감하고 싶어서 따온 문장입니다. 모리스 블랑쇼라는 사람이 예술가는 왜 창작하는가에 관하여 쓴 구절입니다. 저는 작가가 사용하는 환상, 허상이라는 말이 모리스 블랑쇼가 여기에서 쓴 바와 맞닿아 있다는 생각이 들어요. 강박적으로 계속해서 반복할 수밖에 없는 충동과 같은 것이 작가에게 맺혀 있는데, 그게 무엇인지는 그 자신도 모른다는 거예요. 정체를 모른 채 어떻게든 그것을 풀어 보려고 작가는 계속해서 쓰지만, 아무리 써도 그 '확인'은 일어나지 않아요. 완전히 딱 떨어지는 형태로 그것을 잡아내면 이 반복을 멈출 수 있을 텐데, 아무리 바꿔 보고 멀어졌다 가까워졌다 해 봐도 딱 맞아떨어지는 형태를 찾을 수 없으니 계속해서 환상과 허상을 반복하여 쓸 수밖에 없죠. 이쯤 되면 천형天刑이라는 말이 떠오르죠. 그 원인이 되었던 엄마가 죽고 나서야 말뚝에서 풀리는 이 기분, 이것이 바로 경험 속에서 주어지지도 않았고 내가 쓰면서도 겪을 수 없었던 해방이 어머니의 물리적 죽음으로 해소된 결과가 아니었나 생각됩니다.

실제로 『그 많던 싱아는 누가 다 먹었을까』를 보면 전쟁 체험을 다시 반추하고 있지만 엄마의 세계는 지워져나가고 내가 본 전쟁, 나에게 전쟁은 무엇이었는지를 정면으로 이야기하거든요. 반면 『엄마의 말뚝』에서는 엄마의 세계가 지워지지가 않아요. 엄마의 세계가 말뚝인 것이고, 작가는 새끼줄만큼만 풀려나서 계속 가보려고 하지만 그 줄을 끊을 수는 없는 고통스러운 경험, 이러한 흔적이 새겨진 작품입니다.

질문과 답변

Q 박완서 소설의 어떤 점이 환상일까요?

A 자전적 소설은 작가들마다 굉장히 많이 쓰잖아요.
그런데 언제나 특이한 것은 자서전이라고 안 쓰고
자전적 소설이라고 해요. 그건 작품 어딘가에
거짓말이나 하지 않은 말들, 혹은 했는데 안 넣은 말이
있다는 뜻이죠. 그러니 그것을 진상眞像이라고 하기는
어렵고 다른 말로 뭐라고 표현할 수 있을까, 해서
박완서 작가가 사용했던 말 중 환상과 허상이라는
말을 가지고 와봤어요. 그래도 허상이라는 말보다는
'이 기억이 이번에는 풀릴까'하는 희망을 걸고 썼다는
의미에서 환상이라는 말이 더 어울려서 제목으로
올려봤습니다. 허상이라고 하면 슬픈 느낌이 들어요.
한 작가가 전 생애를 걸고 계속해서 썼는데 허상이라면
허무하잖아요. 환상이라는 말에는 그와 달리 어떤
기대가 있는 거 같아요.

Q 박완서 작가의 문체에는 어떤 특징이 있나요?

A 흔히 '수다체'라고 하는데, 저는 이걸 수다라고 표현해야

하나, 좀 고민이 돼요. '수다스럽다'는 표현 자체가
왠지 전형적인, 중년 남성 평론가가 소위 '여류작가'를
설명하면서 여성적 특징을 수다스럽다고 표현한
듯한 생각이 들어서요. 그렇다고 만연체도 아니고요.
그래서 돌고 돌아 적합한 표현을 찾다 보면, 종국에는
우리 엄마와 옆집 아줌마가 수다 떠는 듯한 문체 라는
생각으로 돌아오기는 합니다.
수다 떠는 문체가 드러난 작품은 오히려 『나목』이나
1인칭 소설보다는 『휘청거리는 오후』처럼 중산층의
삶을 다룬 소설들인 것 같아요. 『휘청거리는 오후』도
굉장히 재미있거든요. 한 번 읽어보시면 좋을 것
같습니다.

Q   『그 많던 싱아는 누가 다 먹었을까』와 『그 남자네 집』은
거의 자서전에 가깝지 않나요?

A   박완서 작가처럼 자전적 소설을 많이 쓴 작가의 경우
심지어 작가 연보를 만들 때에도 소설을 참조하는
경우가 있어요. 하지만 저는 기본적으로 일기를 쓸
때도 거짓말을 쓸 수 있다고 생각하는 편이라서요.
'자서전'이 아니라 '자전적 소설'이라는 형태로 나왔다면
어딘가에는 반드시 사실의 변형 혹은 은폐가 들어갔을

것이라 생각합니다. 실제로 『그 많던 싱아는 누가
다 먹었을까』, 『그 남자네 집』에서도 계속해서 말이
바뀌잖아요. 이 많은 버전들 중 실상은 무엇일까?
그중에 진짜가 있기는 한 걸까? 실상을 모르는 이상,
어떤 버전이 가장 실상에 가까운지도 우리는 모르죠.
다만 제 개인적인 생각으로는 『부처님 근처』가 제일
가깝지 않나 하는 느낌이 듭니다. 왜 그런지는 저도
설명을 잘 드릴 수가 없지만요.

Q   자전적 소설인 『엄마의 말뚝』에서 특별한 허구를 읽을 수
있을까요?

A   아예 거짓말도 허구지만 실제와 비교해보면 있었던
일을 은폐하거나 축소하는 것도 허구잖아요. 예를 들면
오빠가 정말 열렬한 맑시스트였을 수도 있죠. 그런데
당시 문단에서 차지한 지위나 반공 정서가 팽배했던
시대 분위기를 고려해 굳이 밝힐 필요가 없었을 수도
있죠. 작가도 압박을 받는 존재니까요. 무엇이 허구인지
실제인지를 판별하는 것은 그 자신에게도 너무나
어려운 작업이에요. 밖에서 제3자가 판단하기에는 더
그렇고요.
『엄마의 말뚝』 같은 경우에는 만약 작가가 회고한

연보를 믿는다면, 명백하게 은폐된 지점이 숙부의 죽음에 관한 부분이죠. 숙부의 죽음은 아무데서도 언급이 안 되고 오빠에 관해서만 나오고 있잖아요. 저는 그런 것도 일종의 허구가 아닌가 생각합니다.

Q   소설 속에서 언급되는 '신여성'은 어떤 의미인가요?

A   신여성이라는 말은 1910년대쯤부터 나오기 시작해요. 단발한 여자, 양장한 여자, 구두 신은 여자, 핸드백 든 여자가 모던 걸 즉 신여성인데 딱히 긍정적인 기호로 사용되지 않았어요. 고등교육을 받은 여자라고 하면 굉장히 있어 보이잖아요. 새로운 사회에 기여하는 사람 같고. 그런데 실제로 신여성이라는 말에는 그냥 유행을 쫓거나 사치스럽고 문란한 여자라고 조롱하는 뉘앙스도 종종 들어가 있었어요.

하지만 「엄마의 말뚝 1」에 나왔던 신여성은 이렇게 조롱기 어린 시선으로 바라보는 신여성이 아니라, 엄마 자신이 그렇게 되고 싶었지만 정확히 그것이 뭔지는 모르는, 어쨌든 자신과는 다르다는 의미에서 '새로운 여성'이라고 읽으면 엄마의 시선에 조금 다가갈 수 있지 않을까 합니다. 엄마가 꿈꿨던 긍정적인 여성상으로 신여성이라는 말을 썼다고 생각해요.

Q   1, 2편 이후 10년 만에 3편이 나온 이유는 뭘까요?

A   저는 『엄마의 말뚝』 세 번째 작품은 아마 실제로 엄마가
     돌아가시기 전에는 못 썼을 거라는 생각이 들어요. 제가
     개인적으로 저희 엄마를 생각할 때 느껴지는 것이기도
     한데……. 특히 '엄마의 말뚝' 같은 경우는 중간에 아들이
     죽었으니까 엄마와 딸의 관계가 전부가 됩니다. 엄마와
     딸의 관계에서는 그 둘의 세계가 사실 섞여 있잖아요.
     분리할 수 없는 부분이 존재하는 것 같아요. 이게
     분리가 될 때는 실제 엄마의 죽음으로 인해 엄마의
     세계가 사라졌을 때가 아닐까 해요. 마지막 작품은
     그런 의미에서 좁게 보면 특정한 세대, 특정한 시대의
     소멸을 다룬 소설이라고 볼 수 있겠지만, 넓게 생각하면
     모든 부모 자식 간 관계의 해소를 다룬 소설로 볼 수도
     있을 것 같아요. 그래서 이건 박완서 작가의 특수한
     경험이라기보다는 보편적인 엄마와 딸의 관계에서
     오는 게 아닐까 싶었습니다.

박완서   1931. 10. 20. - 2011. 1. 22.

박완서는 1970년, 불혹의 나이에 쓴 장편소설 『나목裸木』
으로 등단하여 2011년 별세하기까지 약 40여 년 동안 왕
성한 창작활동을 이어왔다. 어린 시절의 서울살이, 한국
전쟁의 기억, 중산층의 속물근성, 중년 여성의 현실 의
식, 노년 문제 등 박완서 소설의 소재는 매우 풍부하다.
그녀 자신의 삶 속에서 걸러진 이 소재들은 박완서 특유
의 날카로운 시선과 따뜻한 문체, 깊은 주제의식을 통해
인상 깊은 작품들로 탄생할 수 있었다.

1931년 10월 20일 경기도 개풍에서 태어난 박완서는 서
울에서 학창 시절을 보내고 서울대학교 문리대 국어국
문학과에 입학했다. 박완서가 입학하자마자 한국전쟁이
발발하여 끝내 학업을 마치지 못했다는 일화는 널리 알
려져 있다. 대신 한국전쟁은 박완서에게 작가의 길을 열
어주었다. 전쟁에 얽힌 개인사적 비극, 전쟁 중 미8군 PX
초상화부에 근무하며 화가 박수근을 알게 된 작가의 경
험이 등단작 『나목』과 『엄마의 말뚝』 등 주요 작품들의
토대가 되었던 것이다. 한편 등단 전, 전업주부로 네 딸
과 외아들을 키우며 살아온 시간은 박완서가 중산층의

생활과 속물근성, 허위의식을 날카롭게 파헤친 대표작 『휘청거리는 오후』, 『목마른 계절』 등을 남길 수 있게 해 주었다.

 모든 위대한 작가들이 그러하듯 박완서도 삶을 흘러가는 대로 내버려 두는 대신 그 빛나고 어두운 단면들을 꼭 잡아 찬찬히 들여다보는 작가였다. 그렇게 박완서에게 붙잡힌 삶의 단면들은 생전에 마흔 권이 넘는 창작집을 통해 독자에게 전달되었다. 그리고 이제 박완서는 한국 현대소설을 대표하는 이름으로 영원히 남게 되었다.

신경숙, 「풍금이 있던 자리」 읽기

서 은 혜

서울대학교 국어국문학과 졸업 후 동 대학원에서 석사, 박사 학위를 받았다. 석사 논문은 「이광수 역사소설 연구-역사담론과의 관련성을 중심으로」이며 박사 논문은 「이광수 소설의 '암시된 저자' 연구」이다. 현재 홍익대학교 교양과 초빙대우교수로 재직 중이다. 주요 논문으로 「노동의 향유, 양심률의 회복-『흙』에 나타난 이상주의적 사유의 맥락과 배경」, 「속물·경계인·낙오자와 '비정상성'의 범주-최명익 소설의 그로테스크grotesque」, 「나도향 소설과 낭만적 자아의 윤리」 등이 있다.

상실을 마주하는 방법

줄
거
리

'나'는 가정이 있는 사람과 2년째 사랑하고 있다.
아내와 두 아이를 떠날 결심을 한 그와 비행기를 타기 전,
마지막으로 부모님을 만나고자 나는 고향을 찾아간다. 마을
입구에 들어서며 나는 일곱 살 무렵 어머니가 사라진 자리에
들어왔던 '그 여자'를 떠올리게 된다. 그 여자는 억척스럽던
나의 어머니와는 다른 화사한 사람이었다. 일곱 살의 나는
섬세한 마음을 알아주던 그 여자를 좋아하게 되었다.
그러던 어느 날, 어머니가 다시 돌아와 막내에게 젖을
물릴 때 그 여자는 조용히 짐을 챙겨 대문을 나섰다. 그리고
버스 정류장까지 따라온 어린 내게 "나처럼은 되지 마."라는
말을 남기고 떠났다. 현재의 나는 그와 떠나지 않기로
결심하는데, 고향으로 찾아온 그에게 이유를 설명하지
못하자 그는 화를 낸다. 떠나기로 약속했던 날을 힘겹게
보내고, 한 달이 지나 그의 집에 전화를 걸었을 때 그의
딸인 은선의 이름을 우연히 듣게 된다. 나는 그 이름을
들으며 눈물을 흘린다. 그리고 그가 없는 자리에서 삶을
새롭게 시작해 나갈 어렴풋한 희망을 찾고자 한다.

무언가를 잃어버리는 일은 아픔을 가져오기도 합니다. 시간이 흐르며 볼 수 없게 된 많은 인연들, 지나간 시절, 어긋난 관계 등 모든 종류의 상실이 얼마간 애틋함의 정조를 품고 있는 것은 그래서일 것입니다. 특히 소중한 것을 잃었을 때일수록, 그것을 추억하고 그리워하는 마음은 절박해집니다. 그리고 그 빗나간 마음을 달래는 길은 여러 가지가 있습니다. 글을 쓰는 것 역시 그중 한 방법이 될 수 있을 것입니다.

신경숙 초기작을 관통하는 글쓰기의 동력을 '애도'로 이야기해 볼 수 있습니다. 신경숙 초기작에는 상실이나 이별 그 자체를 소재로 다룬 것들이 많고, 그것이 이후의 삶에 미치는 여파와 내면 심리에 대해 치밀하게 묘사한 부분이 많습니다.

즉 초기작에서는 잃어버린 것, 사라져버린 것을 추억하고 현재로 불러내고자 하는 욕망이 지배적으로 드러납니다. 이 욕망이 소설의 구성적 특징과도 연결되는데요. 앞으로 주요 논의 대상이 될 「풍금이 있던 자리」 역시 마찬가지입니다.

따뜻했던 유년기 가족의 기억
딸의 시간을 지켜주려 한 어머니

신경숙의 삶과 문학의 관련성을 살펴보기 위해, 원체험이라 할 수 있을 만한 것들을 네 가지 정도 이야기해 보려 합니다. 신경숙이 자신의 유년시절과 20대 시절을 회고한 글들이 실려 있는 세 편의 산문집이 있는데, 그중에서도 『아름다운 그늘』이라는 산문집의 글을 중심으로 삶을 구성해 보았습니다.
　　1963년 정읍에서 태어난 신경숙은 열다섯 살까지 그곳에서 유년기와 사춘기를 보냈습니다. 작가는 이 글에서 열여섯까지의 청소년 시절을 굉장히 행복하고 풍요로운 시기로 기억하는 듯합니다. 물질적으로 풍요롭고 부유하다는 의미가 아니라, 가족들과 함께하면서 따뜻한 사랑과 온기를 충분히 주고받았던 시절이고, 안락한 보금자리의 원형처럼 회고되는 시간이었던 거죠. 그 안락함이란 가족이란 울타리가 있었기에 가능했던 것이었습니다. 아버지, 어머니, 오빠들 네 명, 여동생 두 명, 이렇게 다복한 가정에서 생활했다고 합니다.

오빠들에 대한 인상은 양가적인 것처럼 보입니다. 어린 시절 밖에서 괴롭힘을 당했을 때 오빠들이 자기 일처럼 문제를 해결해 주던 기억들, 보호받는다는 느낌을 받았던 기억들을 떠올리며 형제애를 느끼기도 하지요. 어린 신경숙에게 오빠들의 존재가 부담스럽게 다가왔던 점은, 형제가 많은 집 동생들이 느낄 수 있는 소외감 같은 것이었다고 합니다. 예를 들어 명절에 친척 어른들이 집에 오시면, 항상 반복해서 신경숙의 아버지에게 "쟤는 누구냐?"라고 물어보셨다고 해요. 그러면 아버지는 "효창이 밑의 애입니다." 이렇게 얘기를 했다는 거죠. 어린 신경숙은 항상 그 할아버지가 오시면 먼저 물도 떠드리고 방석을 내어 드렸는데, 매번 기억을 못하고 같은 질문을 하니까 어린 마음에 상처가 되었던 겁니다. 자신의 존재감에 대해 생각하게 만드는 어린 시절의 기억에 오빠들의 존재가 관련되어 있는 듯합니다.

신경숙의 어머니는 그녀가 작가가 될 수 있게 해 준 최초의 지원군 같은 존재였습니다. 농사를 짓는 집이라 일손이 필요했을 텐데도 어머니는 신경숙에게 농사일을 시키지 않았다고 해요. 어린 시절부터 책 읽는 것을 좋아하던 딸의 시간을 지켜주려, 누가 심부름을 시키려 할 때 일부러 "경숙이 없다."
고 말해 주시기도 했다고 하네요.

열여섯 이후, 서울로의 상경과 스승과의 만남

이렇게 정읍에서 유년시절과 사춘기를 보내다가 열다섯 살이
되었습니다. 중학교를 졸업하고 고등학교를 가야 하는데, 학
비가 없어 학교를 다닐 형편이 못 되었다고 합니다. 그래서 6
개월 정도 학교를 가지 못하고 집에서 시간을 보냈다고 해요.
산문집에서 이 시기에 대한 회고는 굉장히 담백합니다.

그런데 이 체험을 기반으로 허구적 상상력을 가미한 소
설 『외딴방』에서 이 시기는 굉장히 고통스럽게 그려집니다.
친구들은 가방을 메고 학교에 가는 시간에 하루를 보낼 일이
없다는 무료함과 심심함, 그리고 그 속에 은밀하게 숨어 있는
소외감 같은 것들도 보이고요. 하루는 주인공이 실수로 쇠스
랑에 발등을 찍히는데, 피가 철철 흐르는데도 그 고통을 못 느
끼고 있다가 오빠에게 속삭이듯, "제발, 나를 좀 서울로 데려
가 달라"고 말합니다. 육체적 고통은 아프다고 말하지 않을
정도로 무료하고 암울하게 보낸 시기의 마음자리가 그만큼

황황했을 것으로 읽어볼 수도 있겠지요. 회고와 소설을 직접적으로 연결하기는 어렵겠지만, 흐르는 피와 고통을 느끼지 못하는 주인공의 모습을 투영시킨 허구적 상상력의 자리 역시 삶과 문학의 관련성을 논할 때 주요한 해석의 지점이 될 수 있을 것입니다.

6개월을 그렇게 보내다가, 서울에서 자리 잡고 일을 하던 큰오빠에게 연락을 받습니다. 구로공단에서 여공으로 일을 하며 야간에 공부를 할 수 있는 학교를 알아본 뒤 신경숙 작가를 데리러 정읍으로 옵니다. 처음에 어머니는 딸을 타지에 내보내기에는 나이가 너무 어려 망설였지만, 결국 아끼던 반지를 팔아 노잣돈으로 주셨다고 합니다.

그때가 1979년, 작가의 나이 열다섯 살이었습니다. 정읍에서 출발하는 11시 57분 막차를 타고 어머니와 서울로 가는데, 옆에 앉은 어머니가 계속 자신의 얼굴을 살펴보면서 잠 못 들고 뒤척이는 기척을 느꼈다고 해요. 어린 나이에 가족과 헤어진다는 두려움, 어머니의 사랑······ 이런 것들이 복합적으로 느껴지는 순간이었을 것입니다. 그래서 신경숙은 나중에 글을 쓰는 사람이 되면 이 순간에 대한 이야기, 어머니에 대한 이야기를 써보고 싶다는 생각을 했다고 합니다.

서울역에 내렸을 때 가장 먼저 눈에 띈 것은 대우빌딩이었습니다. 이 빌딩을 보며 느낀 서울에 대한 인상은 압도적이고 낯선 곳, 혼란스러운 곳이었습니다. 작가는 곧장 가리봉동 쪽에 있는 직업훈련원으로 가서 한 달간 납땜일을 배우게 되지요. 그러고는 한 달 후에 동남전기주식회사라는 회사에서 라디오 앰프 조립을 하게 됐다고 합니다. 컨베이어 벨트에 실려 돌아가는 제품에 부품을 하나씩 조립하는 체계였는데, 1번 자리에서 아침부터 오후 다섯 시까지 반복적인 노동을 했다고 합니다.

작가가 이 시기를 얼마나 치열하고 바쁘게 살았는지 알 수 있는 것이, 이 일이 나에게 어떤 느낌을 주고 어떤 의미인지 생각해 볼 여력이 전혀 없었다고 회고하는 부분입니다. 아침에 출근해서 다섯 시까지 일하고, 학교에 가서 밤 열 시까지 공부하고, 오는 길에 시장에 들러 반찬거리를 사고 돌아와선 쓰러지듯 잠드는 생활을 계속했다고 하니 그 치열함이 어느 정도인지 알 수 있겠지요.

그러다 신경숙 인생에서 중요한 사람들 중 하나인 최홍이 선생님을 만나게 됩니다. 노사갈등 문제로 학교를 다니는 직원들의 입장이 곤란해진 상황이 있었는데, 이 문제로 한달간 학교를 가지 않았다고 합니다. 또 소설에서는 작가를 연상시키는 주인공이 주산, 부기를 배우며 이것은 자신이 원했던 학교 생활이 아니라는 회의를 느껴 한 달간 학교를 가지 않는 것으로 그려지기도 하는데요. 이 시기에 최홍이 선생님이 집으로 직접 찾아와서 미래를 신중하게 생각해 보라고 권유하고, 반성문을 내면 그 동안 학교에 오지 않은 것을 다 용서해 주겠다고 말합니다. 그래서 작가는 반성문을 써서 냅니다. 이 글을 보고 최홍이 선생님이 "너는 소설을 써보면 어떻겠니?" 하고 권유를 합니다. 작가의 표현에 따르면, 이 한 마디를 들었을 때 '하늘을 날 것 같'이 느낍니다. 어린 시절부터 글을 쓰고 싶다고 쭉 생각해왔고, 그러나 작가가 되겠다는 말을 남들에게 하지는 못하고 살아왔는데, 내가 소중하게 품어왔던 꿈을 누군가 처음으로 알아봐 준 것이지요.

최홍이 선생님은 신경숙 작가의 문학적 감각이나 작가적 소양을 아낀 스승이었습니다. 그녀에게 민중문학을 해보라고 권유하기도 하고, 조세희의 『난장이가 쏘아올린 작은 공』을 주기도 하고, "지금 네가 살고 있는 여기 너와 같이 일하고 또 공부하고 있는 같은 친구들을 절대 잊지 말라"는 말씀도 해주셨습니다. 서울예대 문창과를 소개해 준 분도 최홍이 선생님이었습니다. 이렇게 치열하게 일하고 공부하고, 또 재능을 알아보고 아껴주는 선생님을 만나 3년을 보냈습니다. 그리고 1982년, 스무 살이 되었죠.

작가로의 첫 걸음, 자기 목소리를 찾다
'흘러가버리는 것에 대한 아쉬움'과 글쓰기의 욕망

이제 작가는 서울예대 문창과에 입학을 하게 됩니다. 이 공간은 스무 살의 신경숙에게 또 다른 낯선 곳으로 다가왔다고 합니다. 그 전까지 꽉 짜여진 스케줄과 달성해야 할 작업량이 정해져 있었고, 일이 끝나야 자신이 품은 꿈을 위해 노력하는 치열한 시간을 보냈는데, 이곳은 예술을 하는 사람들, 더군다나 스무 살 특유의 자유분방함과 발랄함이 넘치는 곳이었지요. 작가는 '이전과는 전혀 다른 세계에 놓였구나'하는 어리둥절함과 함께 대학 생활을 시작하게 됩니다. 학교생활의 낯섦과는 별개로, 혼자서 하는 작가 수업이 본격적으로 시작된 시기도 이때였던 것으로 보입니다. 방학이 되어 정읍에 내려가면 서정인의 『강』, 최인훈의 『웃음소리』, 오정희의 『중국인 거리』 같은 유명한 한국 소설들을 그대로 필사했습니다. 손으로 노트에 한 자씩 한 자씩 쓰면서 문학적인 감각, 문장표현을 익히려 노력했다고 합니다.

이 시기에 오정희 작가를 방문한 이야기도 인상 깊었다고 남기고 있습니다. 오정희와의 만남은 신경숙에게 자신의 고유한 내면, 정조, 감각을 전면화한 글쓰기 방식도 의미 있을 수 있다는 자신감과 용기를 준 것으로 보입니다. 고등학교 때 최홍이 선생님은 우리 삶에 있어 소외되는 사람들을 잊지 않는 길로 민중문학을 적극적으로 권유하고, 이념과 문학의 결합, 세상을 바꾸는 문학이라는 상을 제자에게 강조했습니다. 그런데 신경숙 작가는 기질적으로 자신의 글쓰기가 그런 방향과 맞지 않는다는 불편함을 느끼고 있었던 것 같습니다. 그런 미묘한 불편함 같은 것들이 오정희 작가를 만나면서 해소된 듯합니다. 그냥 내 삶에서 일어났던 일들이나 나만의 어떤 경험들, 내가 느낀 감각들도 문학이 될 수 있다는 용기를 가지게 된 계기로 보입니다.

졸업 이후 신경숙은 라디오 방송 작가, 음악 방송 작가, 출판사 근무 등 여러 가지 일을 합니다. 그러다 약사가 된 여동생에게 1년만 일을 하지 않고 오롯이 글을 쓰고 싶다 하며 지원을 부탁했다고 합니다. 그 1년 동안, 우리가 알고 있는 「풍금이 있던 자리」를 비롯한 초기 단편들을 집필하였습니다. 그렇게 등단을 하고 서른 살부터 전업 작가의 길로 접어들게 됩니다.

신경숙의 90년대 초반 소설은 '상실'과 그에 대한 '애도'로 특징지어 볼 수 있습니다. 상실의 대상은 사랑하는 사람, 소중하게 생각하는 시기, 지나가버려 다시 되돌릴 수 없는 한 시절, 관계가 어긋난 인연 등으로 다양합니다. 신경숙 작가는

'흘러가 버리는 것을 글로 써서 고정시키고 싶다'는 자신의 글
쓰기 욕망을 여러 번 말한 바 있습니다. 사실 시간이 흐르면
어떤 것이든 다 변하게 마련인데, 이 변하는 과정의 풍경과 빛
깔에 민감하고 예민한 작가였던 것 같습니다. 작가의 욕망은
그 글쓰기를 통해 지나가버린 한 시절이나 관계에 새로운 숨
결을 불어넣을 수 있는 지점까지 맞닿아 있는데, 이 '새로운
숨결을 불어넣는다'는 것이 신경숙 초기 글쓰기의 핵심적 동
력으로 보입니다.

> 내가 살아보려 했으나 마음 굳히지 못한 헤어짐들,
> 슬픔들, 아름다운 것들, 사라져버린 것들, 과학적인
> 접근으로는 닿지 못할 논리 밖의 세계들, 말해질 수 없는
> 것들, 그런 것들. 이미 삶이 찌그러져버렸거나 아무도
> 알아주지 않는 익명의 존재들에게 생기를 불어넣어주고
> 싶은 욕망, 도처에 어른거리는 죽음의 그림자나, 시간
> 앞에 무력하기만 한 사랑, 불가능한 것에 대한 매달림,
> 여기에 없는 것에 대한 그리움. 이 말해질 수 없는 것들을
> 내 글쓰기로 재현해내고 싶은 꿈. 이미 사라지고 없는
> 것들을 불러와 유연하게 본질에 닿게 하고 자연의
> 냄새에 잠기게 하고 싶은 꿈. 그렇게 해서 이 순간에
> 가둬놓고 싶은 실현 불가능한 꿈.

지나간 시절과 마주하기, 『외딴 방』

신경숙 초기 소설 중, 잃어버린 한 시절에 새롭게 생명을 불어 넣으려는 동기로 집필된 것이 『외딴 방』입니다. 이 소설과 관련된 자기 삶의 어떤 시기에 대해, 작가는 사실 생각하고 싶지 않았고, 생각하는 자체로 가슴 한 편이 굉장히 아려왔다고 이야기합니다. 여공으로서 살던 삶이 부끄러웠다는 말이 아니라, 십대 후반 나이에 느꼈던 감정들이 지나고 보니 굉장히 무거운 중압감으로 다가왔다는 것이지요.

> 너희들의 얘기를 쓰지 못한 건 가슴이 아파서였다고
> 했으면 변명이 되었을까. 그냥 생각만으로도 먼저 마구
> 가슴이 아파버려서 쓸 수가 없었다고. 미안하다고. 그때
> 나는 겨우 열여섯이었다고. 그녀들을 부끄럽게 여긴 건
> 아니었다고. 나는 자연스럽게 그곳을 걸어 나오지 못했다.
> 나는 어떤 운명의 모습 앞에서 기겁을 하곤 그곳을 도망쳐
> 나온 사람이었다. 도망쳐 나와서는 다시는 그 근처엔
> 얼씬거리지조차 않았던 사람이었다.

> 소설 속 주인공의 목소리지만, "도망쳐 나와서 다시는

그 근처엔 얼씬거리지조차 않았던 사람"이라는 표현 속에서 자전적 주인공과 겹쳐지는 십대 후반 시절에 대한 작가의 거리감 역시 읽어낼 수 있습니다. 이 거리감을 이겨내고 글을 쓰는 과정이, 바로 그 시절에 숨결을 불어넣는 행위인 것이지요.

이 소설에서 특징적인 것은 시점의 분화입니다. 1979년 열여섯 살의 나와 지금 소설을 쓰고 있는 1990년대의 나. 이 두 인물이 번갈아가면서 나와요. 79년의 나는 공장에서 일을 하던 과거의 모습이고, 90년대의 나는 소설가가 되어서 그 시절의 아픔을 글로 써내고 있는 모습인데요. 어떻게 보면 소설을 쓰는 과정 자체를 그 소설 속에 대입하는, 메타픽션적 구성을 취하고 있습니다. 이러한 구성을 통해 지나간 시절을 복원하고자 하는 소설가의 욕망과 그 복원을 통해 정당하게 정의된 것 이면에 존재하던 약한 자, 머뭇거리는 자의 희미한 목소리를 귀기울여 듣고자 하는 소설가의 바람이 이야기를 이끌어가고 있습니다.

문학이 언제나 흐를 수 있는 것은 그래서가 아닌가.
정리는 역사가 하고 정의는 사회가 내린다. 정리할수록
그 단정함 속에 진실은 감춰진다. 대부분의 진실은
정의된 것 이면에 살고 있겠지. 문학은 정리와 정의 그
뒤쪽에서 흐르고 있다고 생각한다. 해결되지 않는 것들

속에, 뒤쪽의 약한 자, 머뭇거리는 자들을 위해, 정리되고 정의된 것을 헝클어서 새로이 흐르게 하기가 문학인지도 모른다, 고 생각해본다.

『외딴 방』을 지배하는 정조는 가난으로 인한 열여섯 소녀의 수치와 모멸감입니다. 물질적으로 풍요롭지 못하다는 것 자체가 고통이 아니라, 물질적 조건에서 자유롭지 못하다는 것 때문에 비인간적인 대우를 받거나 혹은 거리낌 없는 멸시의 대상이 되는 순간들을 그려내고 있습니다. 야간반, 주간반이 나뉜 학교 안에서 주간반 학생의 체육복이 없어진 사건도 그중 하나입니다. 주간반과 야간반 학생들이 사물함을 같이 쓰고 있었는데, 체육복이 없어지자 주간반 학생이 야간반 학생에게 다짜고짜 체육복을 내놓으라며 따지고 듭니다. 또 야간반 학생들이 음악시간에 노래를 배우고 나서 그 노래를 크게 부르면서 나오면, 야간 자습하던 주간반 학생들이 시끄럽다고 항의하면서 '저 야간반 애들은 저래서 문제'라는 식으로 말합니다. 그런 말을 들으면 화를 내거나 싸울만도 한데, 야간반 학생들은 조용히 목소리를 줄이고 걸어가는 것으로 그려집니다. 공장의 작업반장이 학교에 가고 싶은 열망이 강한 소녀의 마음을 이용하려, 자신과 친하게 지내면 학교에 보내주겠다면서 희롱하는 장면도 있고요. 물질적인 빈곤이라는 것이 분노보다는 체념하고 포기하는 삶의 태도를 당연하게 받아들이도록 만드는 순간들을 그리고 있습니다.

노조와 회사측의 갈등, 그리고 동료들의 파업에 동참하지 못하는 애매한 상황도 그려집니다. 동료들이 어떤 마음으로 저항하고 있는지 너무 잘 알지만, 회사 측 지원으로 학교에 다니는 상황에 있는 주인공은 잔업을 거부하지 못합니다. 동료들 얼굴 보기가 미안해서 저녁도 먹지 못하고 학교에 가는 장면 역시 열여섯 소녀가 감당하기 어려운 수치심과 관련된 일화로 읽어볼 수 있습니다. 이외에도 사탕 껍질을 싸는 일을 하다가 보기 흉할 정도로 상해버린 안양숙의 손, 수업 시간에 헤겔 책을 읽으며 "내가 이걸 읽고 있어야지 너희들과는 다른 사람으로 느껴. 그렇지 않으면 난 여기에서 계속 못 벗어날 거 같아."라고 말하는 미서, 남자 작업계장에게 몸수색을 받지 않겠다고 하는 서선 등, 자기 삶의 조건 자체로부터 탈출하고 싶어하거나 그 안에서 조용히 스러져가는 수많은 인물들의 이야기가 함께 그려지고 있습니다.

자전적 주인공으로 보이는 인물이 현재 상황에서 글을 쓰는 것은, 어두웠던 시절 함께 했던 인연들의 묻혀진 목소리를 불러내 되살리기 위해서입니다. 장밋빛 미래를 꿈꿨지만 자신의 꿈을 포기하고 자살로 내몰렸던 희재언니에 대한, 다음과 같은 애타는 부름은 흘러가버린 시간을 붙잡으려는 소설가의 욕망, 글쓰기의 동력을 짐작하게 해줍니다.

> 언니가 뭐라구 해도 나는 언니를 쓰려고 해. 언니가
> 예전대로 고스란히 재생되어질지 어떨지는 나도
> 모르겠어. 때로 생각했지. 언젠가 내가 그녀들을 내
> 친구들이라고 부를 수 있을 때. 그때 언니와 그녀들이
> 머물 의젓한 자리를 만들어주고 싶다고. 사회적으로 혹은
> 문화적으로 의젓한 자리말야. 그러려면 언니의 진실을,
> 언니에 대한 나의 진실을, 제대로 따라가야 할 텐데. 내가
> 진실해질 수 있는 때는 내 기억을 들여다보고 있는 때도
> 남은 사진들을 들여다보고 있을 때도 아니었어. 그런
> 것들은 공허했어. 이렇게 엎드려 뭐라고뭐라고 적어보고
> 있을 때만 나는 나를 알겠었어. 나는 글쓰기로 언니에게
> 도달해 보려고 해.

「풍금이 있던 자리」,
각인으로서의 사랑과 긴 애도의 여정

「풍금이 있던 자리」에 나타나는 애도의 상황을 살펴보기 전

에, '각인'으로서의 사랑이 그려지는 양상에 주목할 필요가 있습니다. 각인이란 어린 오리가 알에서 깨어나 처음 본 존재를 잊지 않는 본성을 말하는 것인데, 이 소설의 서두는 박시룡의 『동물의 행동』 중 '알에서 갓 태어난 오리는 대략 12시간에서 17시간 가장 민감하다. 오리는 이 시기에 본 것을 평생 잊지 않는다'라는 구절로 시작됩니다. 이 소설뿐만 아니라 「배드민턴 치는 여자」와 같이 신경숙 소설에서는 한순간 스친 말이나 행동으로 사랑의 관계를 성립시키는 인물들이 등장한다는 점에서 이와 같은 태도는 주목하게 됩니다.

각인은 이 소설에 나오는 등장인물들이 보이는 삶의 태도와도 밀접하게 관련됩니다. 가령 어린 주인공이 아버지의 '그 여자'를 동경하게 된 계기에 대해 서술하는 부분이라든지 '당신'과 주인공의 관계가 시작된 순간에 대한 서술 부분을 예로 들 수 있습니다.

> 그 여자는 오빠들 속에 섞여있는 저를 알아봐주었던
> 것입니다. 그렇다고 해서 특별히 어머니나 아버지가
> 저를 어떻게 대했다는 뜻은 아닙니다. 그냥 내버려둔
> 거지요. 내가 뒤안에서 울고 있거나, 제가 앞집 아이가
> 신은 색동꼬꼬신을 신고 싶어 애닮아 하는 것, 제가
> 오빠가 입던 스웨터는 입고 싶지 않아하는 마음들을 다

내버려둔 거지요. 맞습니다. 그 여자가 제 인상에 각인될
수 있었던 것은 그 여자가 저를 알아봐주었기 때문이에요.
당신을 처음 만난 그날 느닷없이 내리는 비를 맞고 버스를
기다리는 여러 여자 중에서 감기를 앓고 있는 여자가
바로 저라는 걸 알아줬던 것처럼 말이에요. 당신은 그날
제게 우산을 받쳐주면 말했지요. 상습범이라고 생각하지
마십시오. 독감을 앓고 있는 거 같아서.

그 여자가 자신을 알아본 순간, 그리고 '당신'이 자신을
알아본 순간은 위의 인용문에서처럼 동궤의 의미를 지닌 것으
로 그려집니다. 주인공뿐만 아니라 주인공의 아버지 역시 열
흘간 집에 머물고 간 '그 여자'를 향한 각인된 사랑을 보여줍니
다. 그 여자가 머물던 열흘간 매우 행복해 보였던 아버지는, 그
이후 세상을 다 살아버린 것처럼 늙어버린 모습입니다. 지금
은 평화롭게 사냥을 다니는 듯하지만, 각인의 대상을 잃어버
린 딸의 눈으로 볼 때 아버지는 사냥할 대상이 아무것도 없는
데도 여전히 사냥을 다니는 원시부족과 같은 느낌을 줍니다.
즉 삶의 가장 주요한 의미를 잃어버린 것으로 그려집니다.

밀림은 농사지을 땅이 되고, 원주민 장정들은 더 이상
사냥을 할 수 없게 되었다, 했습니다. 그런데도 그들은

밤낮으로 창과 활을 손으로 만든다면서요. ⟨……⟩ 이젠
함성을 지르며 사냥할 짐승도, 피 흘리며 싸워야 할 다른
부족도 없는데, 그들은 그들 선조들이 해왔던 사냥과
전쟁의 습속을 버리지 못해 온종일 지평선을 바라다보다
돌아온다지요. ⟨……⟩ 그런데 지금, 그들이 나의
오라버니들같이 느껴지는 건 웬 까닭일까요? 떼를 지어
웅성웅성 온종일을 서성거리다가, 붉디붉은 황혼을 등에
지고, 공허하게 마을로 돌아오고 있는 그들 속에서 제가
제 아버지를 보았다고 하면 당신, 당신은……웃겠지요.

각인으로서의 사랑이 애도 과정을 설명하는 데 있어 중
요한 것은, 각인하게 된 존재는 그 대상을 시간이 지나도 잊을
수 없기 때문입니다. 따라서 애도의 과정이 그만큼 길고 험난
하며, 그 과정에서 길어올릴 수 있는 의미 역시 다채로울 수밖
에 없습니다. 사랑의 상황과 과정에서 한없이 수동적인 위치
에 놓이게 되는 셈인데, 그로 인해 시간이 지나도 지울 수 없
는 상흔을 간직한 주체를 예비하는 것이 되기도 합니다.

그리고 실제로 주인공은 긴 애도의 과정을 거치게 됩니
다. 소중한 대상을 잃은 뒤의 애도반응을 5단계로 정리한 엘
리자베스 퀴블러 로스에 의하면, 부인-분노-협상-우울-수용
의 단계를 거칩니다. 이 중 협상, 우울, 수용 단계에서의 애도

반응이 생동감 있게 그려지는 점도 주목해서 읽어볼 수 있습니다.

당신과의 약속 시간은 이제 이 밤만 지나면 다가옵니다. ⟨……⟩ 오늘 하루는 종일 중얼중얼거렸어요. 당신에게 달려가려는 쪽으로 마음이 바뀌려 할 적마다, 저를 스쳐간 당신과의 기억들이 모두 나쁜 것이었다고, 속삭이고 속삭였어요. 그래도 불쑥 열이 났고, 당신에게 가야지, 잠깐씩 가방을 챙기기도 했어요.

거의 한 달을 글을 못 썼습니다.
당신과의 약속 시간이 지나고 나니, 맥이 풀려서 다시 펜을 들 수가 없었습니다. ⟨……⟩ 당신이 제게 주었던 즐거움들이 고통이나 슬픔, 허무로 바뀌어가는 것을 속수무책으로 바라봐야 했던 처음 며칠은, 마비된 듯이 누워만 있었습니다.

방문을 열어보니 마당의 감나무에 감꽃이 하얗게 돋아나고 있었습니다. 갑자기 바깥으로 나오자 환한 햇살이 너무나 어지러웠어요. 대문까지 나오는 데 서너 번은 무릎이 꺾였어요. 회복기 환자의 걸음걸이가 아마 그런 것이겠지요.

주인공은 결별이라는 자신의 선택에 대해 혼란을 느끼고, 불쑥불쑥 '당신'이 있는 곳으로 향하고자 하는 충동을 느낍니다. 마침내 함께 떠나기로 약속했던 시간이 지난 후, 더 이상 상황을 돌이킬 수 없게 되었을 때, 즐거웠던 모든 기억은 고통이나 슬픔, 허무로 속절없이 바뀌어갑니다. "마비된 듯 누워만 있"는 상태는 우울 단계의 전형적 반응으로도 읽힙니다. 그리고 감꽃이 피어날 무렵, "회복기 환자"처럼 다시 세상으로 나선 주인공은 '당신'이 떠났는지 궁금해 전화를 걸고, 그의 딸 은선이 해맑은 목소리로 전화를 받습니다. 그제서야 주인공은 어디에 고여 있었는지 모를 눈물을 한참 쏟아내지요. 어찌 보면 이별을 부인하던 마음이 그의 딸이란 존재에 대한 자각을 통해 한 걸음, 정돈되는 순간을 그리고자 한 것으로 볼 수 있겠습니다. 불가항력적으로 빠졌던, 각인으로서의 사랑은 이처럼 길고 지난한 애도를 거치며 그 흔적을 남깁니다.

과거의 회귀, 운명의 무늬

신경숙 작가는 대담 자리에서 「풍금이 있던 자리」에 대해 "논리나 합리 바깥에 있는 것, 정서적인 울림이나 운명적인 흐름,

살면서 쌓이는 이미지들, 얼토당토 않은 연민들, 제 마음 속에 오랫동안 그린 것들을 처음부터 끝까지 시적 문장으로 만들어진 긴 글로 쓰고 싶다는 생각이 있었습니다. 그 생각을 「풍금이 있던 자리」로 실행해 보려고 했습니다.”라고 회고합니다. 여기서 ‘정서적인 울림’, ‘운명적인 흐름’, ‘얼토당토 않은 연민들’은 실제 이야기 전개 과정에서 그 의미를 곳곳에 형성하고 있음을 확인할 수 있습니다.

이 소설에서 시간의 결이 만들어내는 ‘운명’의 무늬, 비슷한 상황에 놓인 인물들의 선택이 가져오는 삶의 남은 시간에 대한 인식을 보여주는 부분 역시 주목해 볼 만합니다. 아주 오랜 시간이 지난 뒤에 비슷하게 반복되는 선택과 경험들이 서로 다른 인물들 사이에 비슷한 얼굴을 만들어준다는 인식, 그 순간에 대해 서술하는 지점들은 ‘운명’이란 것에 대해서 어렴풋이나마 이야기할 수 있게 하는 여지를 줍니다. 주인공이 고향에 내려온 이후에 ‘당신’과의 관계에 대해 다시 한 번 생각해 보게 되고, 애초의 계획과는 다른 선택을 하도록 만드는 것은 바로 이 상황과 처지의 유사성과 순환에 대한 인식과도 무관하지 않습니다.

우선, ‘그 여자’와 주인공의 유사성이 있습니다. 주인공을 처음으로 알아봐주고, 주인공에게 긍정적인 여성상을 처음 제시했던 ‘그 여자’는 열흘간 머무른 이후 집을 떠나면서

"나처럼은 되지마."라는 말을 남깁니다. 그런데 아이러니하게
도, 그 말은 주인공의 어딘가에 깊숙이 남아서 결국은 '당신'
을 사랑하게 하고, '그 여자'의 위치에 그녀가 서도록 합니다.

> 칫솔을 내밀자 그 여자는 웃을락말락 했습니다. 그 여자는
> 내 손에 있는 칫솔을 가져가는 게 아니라, 손을 그대로 꼭
> 잡았습니다. 그리고선 제 눈을 깊게 들여다봤어요.
> 나…… 나처럼은…… 되지 마.

이는 비단 주인공에게만 해당되는 이야기는 아닙니다.
'그 여자'가 떠난 이후 남겨진 아버지의 모습에서, 주인공은
'당신'의 미래에 대한 예감을 하게 됩니다. 이제는 나이 든 아
버지의 초라함에 주인공은 자신도 모를 고함이 터져나오는
데, 이 고함은 단순히 지나버린 세월에 대한 것만은 아닙니다.
"당신을 향해 지르는 것도 같았고, 어쩌면 삶을 향해 내질렀
는지도 모른"다는 서술을 통해, 아버지가 보낸 시간과 자신의
선택 이후 '당신'이 보낼 시간이 겹쳐짐을 예감한 자의 절망을
읽을 수 있습니다. 아버지에게 느낀 연민은 아버지를 향한 것
이자, 동시에 아버지와 비슷한 미래를 맞이할지도 모르는 '당
신'을 향한 것이기도 합니다.

제 기척이 끊기자, 아버진 뒤돌아보셨습니다. 털모자를
쓴 아버진 제가 당신 가까이 다시 다가설 때까지
기다려주셨습니다. 아버지가 저렇게 작아지시다니,
털모자 밑으로 보이는 뒷목덜미까지 흰머리가
수북했습니다. 귀밑으론 탄력을 잃은 살이 처져 겹을
이루고 있는데 거기까지 무수히 핀 검버섯이라니. 저 깊은
곳에서 고함이 터져나왔어요. 당신을 향해 지르는 것도
같았고, 어쩌면 삶을 향해 내질렀는지도 모르지요. 연민에
휩싸여 아버지 골덴 바지 뒷주머니에 제 두 손을 포옥
집어넣었습니다.

능동적 선택과 연민의 윤리

각인된 사랑을 하는 수동적 주체로서의 인물은 애도 과정을
거치면서 스스로 헤어짐을 결단한 능동적 주체로 새롭게 태
어나게 됩니다. 이 과정에 가장 큰 영향을 미치는 것은 연민이
라는 감정입니다. 그래서 이 선택의 논리이자 동력이 되는 연
민이 갖는 의미를 살펴보는 것은 중요하리라 생각됩니다. 주
인공이 '당신'과 헤어짐을 결심하게 된 가장 큰 이유는 어린

시절 열흘간 겪었던 일이 어머니를 비롯한 가족들에게 남긴 상처, 그에 대한 연민과 관련되어 있다고 보기 때문입니다. 좀 더 확장해서는 어머니 친구인 점촌 할머니, 에어로빅 강습에서 만난, 통곡하며 무너지던 여자의 기억, 그들에 대한 연민에서도 비롯된 것으로 보입니다.

말씀은 안 하시지만, 어머니께서 나이 차도 꽤 나는 점촌 할머니와 늘 가까이 지내셨던 것은 언젠가 당신이 열흘 남짓 겪은 경험으로 그분의 쓰라리고 고됨을 이해하시기 때문인지도 모릅니다.

그 여자가 그때 떠나주지 않았다면 우리들은 어떻게 됐을까? 어머니와 우리 형제들은? 그 여자가 떠나주지 않았어도 과연 우리 가족들이 지금 이만한 평온을 얻어낼 수 있었을까? 여기에 오지 않았으면 이런 생각들을 하지 않았을 거예요!

감정에 관한 철학적 사유를 펼친 이론가들은 '연민'에 대해서도 정의를 내리고 있습니다. 스피노자는 『에티카』에서 "연민이란, 우리들과 비슷하다고 우리가 표상하는 타인에게 일어난 해악의 관념을 동반하는 슬픔"이라 정의하고 있기도 합니다. 마샤 누스바움에 따르면 연민이 성립되기 위한 인지적 요소로는 세 가지가 있습니다. 첫 번째, 불행의 크기에 대한 판단입니다. 사람이 겪는 불행은 실수로 몸에 난 상처처럼 작은 것에서부터 사랑하는 사람을 사고로 잃은 큰 불행에 이르기까지 다양합니다. 이 과정에서 어떤 이가 겪는 불행이 그 사람의 삶을 압도할 정도로 매우 파괴력 있다고 판단될 때 연민의 감정이 생긴다는 것입니다. 마샤 누스바움의 설명에 따르면, 이 불행의 크기에 대한 판단은 고정적이지 않습니다. 연민을 느끼는 사람이 대상에 대해 어떤 감정을 느끼느냐에 따라 달라지는 것인데, 우호적인 감정을 가진 사람이 당한 불행을 바라볼 때일수록 작은 것이라도 크게 느껴진다고 합니다.

두 번째는 불행이 부당한 것이라는 판단이 개입되는 것입니다. 어떤 사람이 불행을 겪는 것이 그 사람의 말이나 행위로부터 비롯된 것, 즉 그에게 책임이 있는 것이라면 연민은 생기지 않습니다. 그러나 그러한 책임 없이 갑작스럽게 외부적 원인에 의해 당하게 된 불행은 연민을 성립시키는 기본 요건입니다.

세 번째는 연민 대상의 불운이, 연민의 주체가 앞으로 살아가는 방식에도 영향을 미칠 정도의 중요한 일들과 결부되어 있다는 판단입니다. 사람의 신분이 나뉘어져 있는 것이 당연했던 조선시대에, 양반이 노비를 보며 연민을 느끼긴 어려

윘겠지요. 그 이유는 자신은 죽을 때까지 양반이며 그 신분이 변하지 않고, 노비 역시 마찬가지라는 사실을 알고 있었기 때문일 것입니다. 그러나 양반이 언제라도 자신이 노비의 삶을 살 수 있다고 자각한다면, 노비에 대한 연민이 자라날 여지가 크다는 것입니다.

마샤 누스바움이 말한 연민의 인지적 요소를 적용해 본다면, '이별'을 결단한 주인공의 심리를 좀 더 정교하게 살펴볼 수 있습니다. 우선 어머니와 점촌 할머니 같은 여성들이 바람을 피운 남편을 둔 채로 경험하게 되는 고통은 주인공이 볼 때 결코 작은 불행이 아닙니다. 더군다나 그에 대해 어머니나 점촌 할머니에게는 어떤 책임도 없습니다. 또, 가장 중요하게도 자신이 유년시절에 겪었던 그 열흘이 이후 가족들의 삶에 지대한 영향을 미칠 수 있는 사건이었다는 판단이, 그녀의 현재 선택에 크게 영향을 미칩니다. 소설 마지막에서 '당신'의 딸 은선의 목소리를 들으며 먹먹해지는 장면은, 유년시절 자신의 경험이 은선이 겪었을지도 모르는 경험과 겹쳐지는 가능성을 보여주기 위해서입니다.

당신, 저를, 용서하세요.
이 말을 하지 않으면, 제 말이 모두 당신에게 오리무중일 것만 같으니. 점촌 아주머니를 혼자 살게 한 점촌

아저씨의 그 여자, 그 중년 여인으로 하여금 울면서
에어로빅을 하게 만든 그 여자…… 언젠가, 우리집……
그래요, 우리집이죠…… 거기로 들어와 한때를 살다 간
아버지의 그 여자…… 용서하십시오…… 제가…… 바로, 그
여자들 아닌가요?

저는 가만히 수화기를 놓았습니다. 당신, 딸 이름이
은선이였군요. 은선이. 그 애의 이름을 서너 번
불러봤어요. 나물 같은 이름. 어디에 고여 있었는지
눈물이 오래 쏟아졌어요. 은선이. ‹……› 그때쯤엔,
은선이라는 당신 아이 이름도 제 가슴에서 아련해질지,
안녕.

점촌 아저씨의 그 여자, 아버지의 그 여자, 그 뒷자리에
이어지는 것은 바로 주인공 자신입니다. 이들이 모두 같은 선
택을 통해 누군가에게 불행의 그림자를 드리운다는 인식을
한 순간, 주인공은 '당신'과의 헤어짐을 결심할 수밖에 없습니
다. 이 결심은 그 동안 주인공이 '당신'과 나눴던 모든 교감을
부정하는 의미가 되기에 '당신'에게 또다른 상처를 남길 수밖
에 없지만, 그보다도 그녀의 선택을 통해 지켜지는 은선의 미
래가 더욱 중요하다고 판단한 결과이기도 합니다.

사랑하는 당신.

어제대로라면 제 얼굴을 빤히 들여다보시겠지요?

그 여자들이 도대체 너와 무슨 관련이 있니? 하시면서.

아무리 신비스런 과거를 가진 사람이라고 해도 그 과거는
그 사람들 것이다, 하물며 그닥 엿볼 과거도 아닌 것을 왜
들여다보느냐구요. 자기 자신이 캐낸 인생만이 값어치가
있는 거야. 무리지어 살면서 생긴 것들을 남들은 헤치고
나오려고 하는데 넌 이상하구나, 젊은 애가 왜 꾸역꾸역
그 속으로 자신을 밀어넣고 있냐……고.

주인공의 선택에 대해 '당신'은, "그 여자들이 도대체 너
와 무슨 관련이 있"냐며, "꾸역꾸역 그 속으로 자신을 밀어넣
는" 선택을 나무랍니다. 하지만 주인공의 시각에서 보면 그것
은 점촌 할머니, 에어로빅 강습장에서 만난 여자, 무엇보다도
유년시절 어머니 모두가 처한 비슷한 운명을 인정하고 그들
을 감싸는 행위입니다.

이처럼 신경숙 초기 소설에서 이별과 상실, 그리고 그에
마주하는 글쓰기의 욕망은 주요한 모티프를 형성하고 있습니
다. 상실의 대상은 과거의 한 시기일 수도 있고, 소중했던 관
계로 변주되기도 합니다. 부적절한 사랑과 관계의 종말을 그
려낸「풍금이 있던 자리」는 애도의 글쓰기의 장 안에 놓여 있

습니다. 그런데 「풍금이 있던 자리」에서 이채로운 것은 단순히 이별의 순간을 애절하게 그려냈다는 것에 있지 않습니다. 이 소설에서 상실에 대응하는 주인공의 모습은, 타자에 대한 연민을 기초로 자신의 행위를 능동적으로 결단하는 모습에 가깝습니다. 외부로부터 불가항력적으로 다가오는 삶의 여러 계기들을 마주할 때, 그 안에서 온 몸으로 그 궤적들을 마주하고 상처받고, 다시 일어나는 인간의 고투를 생동감 있게 그려냈다는 점이 이 소설의 의의라 할 수 있을 것입니다.

작가

신경숙   1963. 1. 12. -

신경숙은 1963년생으로 전북 정읍에서 태어났다. 서울
예술전문대학교 문예창작과를 졸업한 후 1985년 『문예
중앙』 신인문학상 공모에 「겨울 우화」가 당선되어 등단
했다. 이후 1991년에 작품집 『겨울 우화』, 1993년 『풍금
이 있던 자리』를 냈다. 1993년 『중앙일보』에 「그 여자의
사계」를 연재하면서 제26회 한국일보문학상과 제1회 오
늘의젊은예술가상을 수상하였다. 소설집으로 『오래 전
집을 떠날 때』(1996), 『딸기밭』(2000), 『종소리』(2003),
『모르는 여인들』(2011) 등이 있고 장편소설로는 『깊은
슬픔』(1994), 『외딴 방』(1995), 『기차는 7시에 떠나네』
(1999), 『바이올렛』(2001), 『리진』(2007), 『엄마를 부
탁해』(2008), 『어디선가 나를 찾는 전화벨이 울리고』
(2010) 등을 출간하였다. 산문집으로 『아름다운 그늘』
(1995)이 있다. 『엄마를 부탁해』는 미국을 비롯한 36개
나라로 번역 출간되었으며 뉴욕타임스 베스트셀러에 오
르기도 했다. 현대문학상, 만해문학상, 동인문학상, 이상
문학상 등 국내 유수의 문학상을 수상했다.

한강, 『채식주의자』 읽기

허 민

식민지기 사회주의 지식문화(사)에 대한 연구를 주로 했으며, 최근에는
연구와 비평을 오가며 1980년대 이후 한국의 문학·문화론과 그 형성 및
변모의 과정에 대해 두루 공부하고 있다.
주요 논문으로 「1920~30년대 '사회주의 연애' 담론과 프로소설의
재현 양상 연구」, 「"노동해방문학"과 노동 재현의 규율」 등이 있으며,
주요 평론으로 「당신들은 읽지 마세요: 적이 없는 시대의 문학과 비평」,
「블랙리스트와 서명의 정치」, 「혐오의 시대, 대중화란 무엇인가?」 등이 있다.
공저서로는 『내가 연애를 못하는 건 아무리 생각해도 인문학 탓이야』,
『흙흙청춘』, 『혁명을 쓰다』, 『금지의 작은 역사』 등이 있다.

식물을 희구한 소설

줄
거
리

영혜는 특별한 매력이 없지만, 별다른 단점도 없는 평범한
여성이다. 남들과 다를 바 없는 가정생활을 이어오던 어느
날, 그녀는 고기를 먹지 않겠다는 선언을 한다. 어떤 분명한
계기가 있어서는 아니었다. 다만 꿈 때문이라고 말한다.
남편과 가족들은 그녀의 선언을 납득하지 못했고, 강제로
고기를 먹이려 한다. 하지만 그럴수록 영혜는 더 완강히
고기를 거부할 뿐이다. 결국 남편은 등을 돌리고, 영혜는
정신병자 취급을 받게 된다. 홀로 남아 야위어 가던 영혜는
이제 채식을 넘어 자기 자신이 식물이 되고자 한다.

한강의 『채식주의자』는 놀라울 만큼 대중적인 지지를 얻은 작품입니다. 출판 시장이 벌써 수년째 위축되고 있음에도 이 소설은 상당히 압도적인 판매추이를 보였지요. 사실 한강의 『채식주의자』는 초판이 발행된 지 10년이 넘었습니다. 그런 작품이 최근 이토록 큰 화제가 된 까닭은 아시다시피 맨부커상을 받은 덕택이었습니다. 제가 알기로 이 상을 받기 전까지 대략 6만 부 정도가 팔렸다고 합니다. 물론 이 정도 판매량만 해도 상당한 성공입니다. 그런데 2016년 6월 맨부커상 수상이 알려지고 나서 그로부터 반년 동안 60만 부가 팔렸다고 합니다. 수상이 알려지고 난 이후, 대략 판매부수가 10배 늘었는데요. 정말 놀라지 않을 수 없지요.

이처럼 엄청난 주목을 받는 작품을 다뤄야 하기에, 사실 적잖이 부담이 됐습니다. 여러분들 모두 이 작품을 읽으셨는지요? 읽으신 것으로 알고, 작품에 대해서 진지하게 이야기를 나누어 보도록 하겠습니다.

저는 이번 강좌의 제목을 '식물을 희구하는 소설'이라고 붙여 봤습니다. 물론 이 작품은 채식을 넘어 식물을 희구한 어떤 여인에 관한 이야기죠. 하지만 저는 비단 주인공만이 아니라, 이 소설 자체가 마치 식물을 꿈꾸고 있는 작품 같다는 생각을 했습니다. 일종의 '식물적 상상력'이라는 것이 이 소설을 독해하는 데 상당히 결정적이라고 생각했기 때문인데요. 한번 차근차근 이야기를 나눠보도록 하겠습니다.

해석에 반대한다

작품으로 들어가기 전에, 마침 얼마 전 SNS에서 『채식주의자』에 관한 작은 논쟁이 있었기에 짚어보려고 합니다. 한국의 어떤 사진작가가 이 소설을 읽고 자신의 감상을 사진으로 표현하여 온라인상에 올렸나 봅니다. 그 사진이 문제가 된 것이지요. 지금은 작가가 비공개 상태로 전환을 해놓아 볼 수는 없습니다. 하지만 그 이미지를 상상하기는 어렵지 않습니다. 하얀 접시 위에 초록색 식빵 한 조각이 놓여있고, 양옆으로 포크와 나이프가 놓여 있는 사진입니다. 쉽게 연상되시죠? 소설 『채식주의자』를 사진작가가 이처럼 표현해냈던 나름의 이유가 있었습니다. "식물이 되고 싶어 하는 영혜의 이미지를 담고 싶었다. 식물처럼 광합성을 하는 영혜의 모습과 식물을 먹음으로써 자신이 식물이 되고 있다는 그녀의 대리만족을 역설적으로 교차한 것이다."

사실 그렇게 어려운 감상이나 해석은 아닌 것 같습니다. 이 사진작가는 영혜의 심정에 동화하여 그녀의 딜레마적 상황에 감응했다고 생각됩니다. 즉, 한편으로는 식물이 되고 싶다고 소망하지만 다른 한편으로는 실제로 그렇게 될 수 없기 때문에 채식을 함으로써 자신이 식물화되어간다는 상상을 할 수밖에 없는 딜레마적 상황에 교착되어 있다는 것이겠죠.

하지만 사진작가의 이러한 해석과 표현이 논란을 야기했습니다. 논란은 기본적으로 해당 사진 이미지가 소설에 대한 명백한 오독에 입각한 것이란 이유에서 비롯됐습니다. 사실 작품에 대한 감상은 일단 주관적인 영역에 속합니다. 똑같은 작품을 보더라도 모두가 똑같이 느낄 수는 없지요. 타인의 해석이 자신의 생각과 다르다고 해서 마냥 비판할 수는 없는 것입니다. 비판이란 행위는 기본적으로 타인의 주장이나 해석에 대한 분석적인 이해와 비판적 평가라는 일종의 단계를 거쳐 제기되어야 하는 것이지요. 하지만 반대로 작가가 어떤 작품을 내놓을 땐, 특히 그것이 2차 창작물이라면, 자신의 주관적 감상을 객관화할 수 있는 방법을 확보해야할 것입니다. 또한 창작물에 대한 대중의 반응 모두를 수용할 수 있는 나름의 책임감도 있어야겠지요. 사실 『채식주의자』를 읽은 몇몇 독자들이 사진작가의 해석과 표현에 반대한 이유는 그것이 실제 채식주의자에 대한 그릇된 사회의 인식을 단순 수용했다는 이유 때문이었습니다. 즉 채식주의에 대한 오해들을 재생산하는 데 일조하고 있다는 지적이었던 것입니다. 또한 이는 소설과는 무관할 뿐만 아니라. 나아가 채식주의자 전체를 타자화하고 있다는 의견으로까지 나아갔습니다. 물론 사진작가는 그에 동의하지 않았습니다.

제가 이 논쟁을 소개해드린 이유는 어느 한 쪽의 입장을 대변하거나 따져 묻기 위해서가 아닙니다. 다만 저는 우리가 본격적인 논의를 시작하기에 앞서, 해석이란 행위의 문제적인 지평을 다시금 상기해보고 싶었습니다. 이제부터는 소설 채식주의자에 대한 저의 해석을 중심으로 강연이 진행될 것입니다. 강연이라는 것은 여러 현실적인 제약이 있어서, 대개의 경우처럼 오늘도 어쩌면 일방적인 방식으로 진행될 수도 있을 텐데요. 하지만 그럼에도 불구하고 저는 오늘 자리해주신 청중들께서는 마냥 제 이야기를 듣고만 계시지 않으면 좋겠습니다. 오히려 가능하다면 저의 해석에 반대해주셨으면 좋겠다는 생각마저 있습니다.

"해석에 반대한다"라는 말, 혹시 들어보신 분 계신가요? 이 문제적인 문장은 수잔 손택이라는 미국의 소설가이자 이론가의 평론집 제목이기도 합니다. 이 말의 의미가 무엇일까요? 저도 깊은 이해를 갖고 있지 못하지만, '해석에 반대한다'는 것은 아마도 이런 뜻 아닐까 싶습니다. 예술 작품의 감상이란 분석적인 해석을 넘어 심미적인 체험을 요하는 행위라는 것입니다. 우리는 이따금 소설이나 미술, 음악, 영화 등의 예술작품을 논하는 평론가나 전문가들의 이론적이면서도 과학적인 분석의 언어들을 어렵지 않게 접하곤 합니다. 특히 뉴미디어의 시대에서는 더더욱 많이 접하시겠지요. 물론 이런 전문가들의 해석을 마냥 무시하는 것은 옳지 못한 태도일 것입니다. 하지만 그럼에도 우리는 우선적으로 작품이 불러일으킨 감정에 충실해야 합니다. 그것이 다소 사소하게 여겨질지라도, 작품이 나로 하여금 느끼게 한 감정에 소홀하면 안 됩니다. 그렇게 느낀 감정이 해석의 정서적 자원이 되기 때문입니다. 오늘 강좌는 비록 저의 해석을 중심으로 진행되겠지만, 직접 작품을 읽은 감상에 충실한 채, 저의 해석과 일정한 거리를 두고 들어

주셨으면 좋겠습니다. 소설 『채식주의자』가 각자에게 불러일
으킨 '심미적 체험'을 바탕으로, 마음껏 '해석의 자유'를 누려
주시길 바란다는 것입니다. 이제 작품에 대한 이야기를 시작
해보겠습니다.

연작소설이란 형식과 문단 시스템

『채식주의자』는 연작소설입니다. 세 편의 단편이 하나의 장
편을 이루고 있습니다. 「채식주의자」, 「몽고반점」, 「나무 불
꽃」은 각기 다른 시기에 서로 다른 지면에서 독립적으로 발표
된 작품들입니다. 예를 들어 「채식주의자」는 문예지 『창작과
비평』에 실렸고, 「몽고반점」은 『문학과 사회』에 실렸습니다.
그렇기에 사실 이 작품들은 개별적으로 봐도 나름의 완결성
을 갖추고 있다고 할 수 있습니다.

　　연작소설이라는 형식은 문학에 대한 세간의 오해를 해
소하는 데 약간의 도움을 주기도 합니다. 그 오해란 이런 건데
요. 보통 우리는 작품의 내용이나 형식을 결정하는 것은 전적
으로 작가의 미적인 판단이라고 생각하곤 합니다. 하지만 이
것은 반만 맞는 말입니다. 실제 문학은 한편으로는 굉장히 고

도의 미적이면서도 지적인 창작물이지만, 다른 한편으로는 철저히 제도적인, 문학제도의 산물이기도 한 탓입니다.

연작소설이라는 형식은 어떻게 보면 한국 문학의 독특한 형식적 특성을 상징하고 있기도 합니다. 지금 서점에 꽂혀 있는, 한국 작가들이 쓴 거의 대부분의 장편소설들은 모두 한 번에 작성된 것이 아닙니다. 다시 말해 작가가 처음부터 끝까지 쭉 써서 단행본으로 낸 것이 아니라는 뜻이지요. 한국의 장편소설 대부분은 신문이나 잡지에 연재된 글을 묶은 거라고 생각하시면 됩니다. 연작소설이란 형식도 일정한 시차를 두고 발표된 단편들을 묶은 것이기에, 이와 크게 다르지 않습니다. 그렇다면 왜 이런 방식이 선택되는 것일까요? 전적으로 작가들의 판단에 입각한 것일까요? 물론 그렇지 않습니다.

연작소설이 한국에서 완전히 자리 잡은 시기는 1970년대로 알려져 있습니다. 이는 지금과 같은 형태의 문예지 시스템이 정착하게 된 것과 무관하지 않습니다. 아울러 출판 자본주의가 심화되는 맥락과도 긴히 연결되어 있습니다. 한국 문단은 자본주의의 발전과 어느 정도 상응하는 방식으로 구조화되었습니다. 이것은 문학을 위해 절대 부정적인 일만은 아니었습니다. 일단 작가들 입장에서는 자신의 창작활동을 위한 자금을 마련할 수 있는 좋은 방편이 되었습니다. 작가들은 여러 문예지에 단편을 발표하고, 원고료를 받게 되었습니다.

이는 시장의 논리로만은 도저히 생산되거나 보호받을 수 없는 작품이나 작가를 위한 안전장치가 되어주기도 했습니다. 다시 말해 한국 문학의 재생산을 정착케 하고, 꾸준한 신인 발굴을 가능케 한 매우 긴요한 방식인 거지요. 그러다보니 서구와 달리 한국 소설사는 단편소설 위주로 발전해왔다고 보는 견해가 많습니다. 사실 서구에서 소설이라고 하면 대개 장편소설을 떠올리지만 한국은 그렇지 않거든요.

어쩌면 여러분께서는 문학의 형식을 결정한 것이 작가의 창작적 의도가 아니라 물적인 조건이라는 것에 실망하실 수도 있겠습니다. 가령 작가 의식의 희석을 걱정하실 수도 있을 텐데요. 하지만 그렇게 생각하실 필요는 없습니다. 물론 그런 면이 아주 없다고 할 수는 없겠지만, 그만큼 소설이 그를 둘러싸고 있는 물적인 조건에 적응해나간 결과라고 생각하시면 될 것 같습니다. 채식주의자가 연작소설인 만큼, 그 형식적 특성을 이야기하는 김에 한국 문단의 구조에 대해서도 잠깐 얘기해봤습니다.

『채식주의자』를 읽어온 몇 가지 방식들

자, 그렇다면 『채식주의자』가 어떤 관점에서 주로 읽혀 왔는지 잠깐 검토해보겠습니다. 작품이 발표된 지 시일이 꽤 지난 작품이라, 연구자나 평론가들 사이에서 적잖이 다뤄져 왔습니다. 여러분들께서도 작품을 읽으셨으니 자신의 관점과 비교해가며 생각해 보시기 바랍니다. 선행연구들에서 이 작품은 크게 네 가지 관점에서 다뤄져 왔습니다.

첫 번째는 여성주의적 관점, 두 번째는 생태학적 관점, 세 번째는 에코 페미니즘의 관점, 마지막 네 번째는 몸 담론의 관점입니다. 그런데 이때 에코 페미니즘이란 것은 대략 여성주의적 관점과 생태학적 관점이 결합된 것이라 생각하면 편하실 겁니다. 즉 특정 사회에서 자연이 억압되고 있는 형태와 여성이 억압되고 있는 방식의 구조적 동일성을 사유하는 것이 에코 페미니즘이라 할 수 있습니다.

여성주의적 관점의 내용은 충분히 짐작가실 겁니다. 가령 『채식주의자』의 주인공은 일단 여성이죠. 아주 단순히 생각해보면 이 작품은 평범한 가정주부가 자신의 지난 모습을 경멸하며 변화해 간다는 내용입니다. 이때의 변화란 남편의 입장에선 아내의 정신이 이상해지는 것과 다름없었습니다.

하지만 남편 눈에 비친 것처럼 그녀는 정말 어느 날 갑자기 미쳐버린 것인가요? 당연히 그렇게 간단치 않은 사태였죠. 오히려 아내의 변화는 한국사회를 살아가는 평범한 여성이 남성적 세계에 희생된 결과로 볼 수 있기 때문에 여성주의적 관점의 기본 태도가 충분히 이해되실 겁니다.

생태학적인 관점도 어렵진 않습니다. 아까 말씀드린 것처럼 여성에 대한 억압과 자연이 파괴되고 환경이 오염되는 양상이 남성중심적 세계의 폭력성을 보여주는 지점이라 보고 이런 관점으로 작품을 읽으려는 것입니다. 다시 말해 남성적 폭력의 세계가 육식으로 상징화되어 있다면, 이에 대한 일종의 저항으로서 채식 행위가 있는 것이고, 그러한 과정에서 자신의 내면에 존재하는 육식성을 소거하고자 스스로가 식물을 희구하기까지 나아간다는 것이죠.

그 다음은 몸 담론입니다. 인문학적으로 몸이라는 것에 대해 많이 성찰하곤 하지요. 인간의 몸이란 무엇일까요? 우리가 세계를 대면하는 데 있어서 신체는 가장 중요한 도구이자 매개로 기능합니다. 이런 관점에서라면 이 작품의 주인공이 신체에 꽃을 그리는 장면은 정말 많은 것을 상징하고 있습니다. 몸이라는 기표 혹은 몸에 새긴 꽃을 통해 식물이고자 하는 바람을 신체가 각인하는 행위라 할 수 있을 것입니다. 몸은 이처럼 세계를 이해하는 입구이자 내면의 발현체이기도 합니다.

대략 이런 관점에서 『채식주의자』가 다뤄져 왔습니다. 오늘 얘기할 내용 역시 기존에 다뤄왔던 관점을 중요히 참고하되, 그를 바탕으로 우리만의 독창적인 해석을 나누는 데까지 나아가 보려고 합니다. 물론 그 과정에서 작품에 대한 여러분들의 소중한 기억과 해석에 많이 의존해야 할 것입니다. 하여 이제 작품의 구체적인 내용들을 꼼꼼히 살피면서, 그에 대한 분석을 해보겠습니다.

가장 보통의 폭력

기본적으로 이 작품은 누구의 시선으로 서술되어 있나요? 그렇죠. 남편입니다. 남편이 자신의 아내를 관찰하고 있지요. 그렇다면 남편 눈에 비친 아내는 과연 어떤 여자로 묘사되고 있는지가 우선 중요할 것입니다. 작품의 곳곳에서 남편은 아내의 모습을 그리고 있는데, 여기에는 상당히 독특한 공통점이 있습니다. 다음 문장을 같이 읽어보겠습니다.

크지도 작지도 않은 키, 길지도 짧지도 않은 단발머리, 각질이 일어난 노르스름한 피부, 외꺼풀 눈에 약간

튀어나온 광대뼈, 개성 있어 보이는 것을 두려워하는 듯한
무채색의 옷차림 …… 그녀와 결혼한 것은 그녀에게
특별한 매력이 없는 것과 같이 특별한 단점도 없어 보였기
때문이다. …… 내 기대에 걸맞게 그녀는 평범한 아내의
역할을 무리 없이 해냈다.

자, 어떤가요? 아내를 묘사하고 있는 진술의 공통성을 발견
하셨나요? 그는 상당히 일관적으로 아내의 평범성을 강조하고
있습니다. 자신이 아내와 결혼한 것도, 그녀가 한국 사회에서 가
장 무난한 보통의 여성이기 때문이라는 것입니다. 만약 제가 아
내인 영혜라면, 이렇게 자신을 설명하는 남편이 참 싫을 것 같은
데요. 여러분은 어떠신가요?

과연 남편 혹은 남성의 입장에서 평범한 여성이란 구체
적으로 어떤 사람을 말하는 것일까요? 지금도 누군가의 남편
인 분들께서 이 얘기를 듣고 계실 겁니다. 어떤가요? 평범한
아내란 어떤 사람이죠? 물론 평범함의 상象도 시대에 따라 바
뀌어 갑니다. 이를 테면 한때는 가정주부가 평범하다고 여겨
지는 시절이었다면, 지금은 맞벌이를 하는 아내가 더 평범한
시대 아닌가요?

여기서 중요한 것은 한국 사회에서 여성 특히 아내에게
강조되고 있는 '평범성'에 내재된 그 특유의 폭력성을 살피는

일일 텐데요. 그전에, 아내인 영혜에게 어떤 변화가 생겼는지 부터 보겠습니다.

여자, 영혜
그녀는 어떻게 채식주의자가 되었나?

영혜와 남편의 삶에 그다지 특이한 점은 없었습니다. 그런데 이들의 평범한 일상을 변화시킨 건 '고기를 먹지 않겠다'는 영혜의 선언이었습니다. 사실 고기를 먹지 않겠다는 선언 자체는 지금 시대에 특이하게 생각될 필요가 없는 것이지요. 그런데 이 5년차 부부의 위기는 겨우 아내의 채식 선언에서 시작됩니다.

  물론 채식 선언에 곁들여 영혜가 보인 특이한 행동이 있죠. 그녀는 냉장고 앞에 멍하니 서 있습니다. 남편은 자다가 일어나 아내가 냉장고 앞에 멍하니 서있는 모습을 봅니다. 그리고 다음 날 일어났더니 아내는 냉장고 안에 있던 음식을 다 꺼내서 버리고 있었습니다. 남편으로서는 이상하다거나 극단적이라고 느낄 수 있는 행동이었습니다. 고기를 먹지 않겠다는 소박한 이유에 비해서 말이지요. 여기서 우리는 영혜가 어떻게 채식주의자가 되었을까, 라는 것을 생각해보아야 합니다.

영혜의 꿈과 독백을 한번 살펴봅시다. 미리 한 가지 말씀 드리지만 장편 『채식주의자』를 구성하고 있는 이 세 편의 이야기에는 영혜의 시점에서 서술되는 부분이 거의 없습니다. 「채식주의자」는 남편의 시점에서 쓰여진 것이고 「몽고반점」은 그녀의 형부 시선에서 본 것입니다. 세 번째 「나무 불꽃」은 그녀의 언니 시선이지요. 작품의 주인공은 영혜인데 항상 타인에 의해서 비쳐진 모습만 드러나고 자기의 진술은 거의 없습니다. 그렇기에 영혜의 꿈과 독백이 중요합니다. 이 꿈과 독백만이 유일하게 그녀가 자신의 마음을 내보이는 장면이지요. 책에서는 영혜의 꿈과 독백 부분이 어떻게 되어있나요? 글씨를 반쯤 눕혀서 본문과 구분되는 이탤릭체죠? 또한 독백들은 상당히 파편화되어 있습니다. 두서없이 나오지요. 우선 영혜가 자신이 꾼 꿈에 대해 어떻게 진술하고 있는지 읽어보도록 하겠습니다.

어두운 숲이었어. 아무도 없었어. 뾰족한 잎이 돋은 나무들을 헤치느라고 얼굴에 팔에 상처가 났어.
〈……〉 무서웠어. 아직 내 옷에 피가 묻어 있었어. 아무도 날 보지 못한 사이, 나무 뒤에 웅크려 숨었어.

내 손에 피가 묻어 있었어. 내 입에 피가 묻어 있었어. 그
헛간에서 나는 떨어진 고기를 주워먹었거든. 헛간 바닥,
피웅덩이에 비친 내 눈이 반짝였어.

굉장히 그로데스크한 꿈이죠? 다음에 살필 문장들은 작
품에서 처음으로 영혜가 자신의 꿈에 관해 고백하는 부분입
니다. 다들 기억하시겠지만, 영혜는 고기를 먹지 않게 된 결정
적인 계기로 다만 꿈을 꿨다고 대답할 뿐이었죠. 표면적으로
는 꿈 때문에 고기를 먹지 않겠다는 말을 하고 있습니다. 그런
데 그녀는 대체 이 꿈을 어느 시점에 꾼 것일까요?

그 꿈을 꾸기 전날 아침 난 얼어붙은 고기를 썰고 있었지.
당신이 화를 내며 재촉했어.
제기랄, 그렇게 꾸물대고 있을 거야?
갑자기 도마가 앞으로 밀렸어. 손가락을 벤 것.
식칼의 이가 나간 건 그 찰나야. …… 두 번째로 집은
불고기를 우물거리다 당신은 입에 든 걸 뱉어냈지.
반짝이는 걸 골라 들고 고함을 질렀지.
뭐야, 이건! 칼조각 아냐!

자신이 먹던 고기 속에서 부러진 칼이 나오자 남편은 어

떻게 반응했습니까? 버럭 화를 냈습니다. 그런 남편의 구박 이후에 영혜는 위의 꿈을 꾸고 고기를 먹지 못하게 됩니다. 사실 영혜가 꿈을 꾸게 된 계기는 다만 남편과의 소소한 갈등이 었다고 말할 수 있습니다. 출근이 늦어진 남편이 너무 재촉하다 보니, 영혜가 작은 실수를 한 것이었죠.

그렇다면 영혜의 꿈은 도대체 무엇을 의미할까요. 꿈은 핏빛 어린 이미지들로 점철되어 있습니다. 꿈을 구성하고 있는 여러 이미지들과 그 환상적 성격에 대해 직접 살피기 전에, 이 꿈을 통해 드러나버린 영혜의 억압된 무의식을 한번 살필 필요가 있습니다. 흔히 정신분석학에서 꿈을 '억압된 것의 귀환'으로 보는 관점이 있다는 사실에 기대서 말입니다. 그렇기에 그녀의 꿈은 단순 환상이라기보다는 현실보다 더 현실적인 삶의 이면을 비추고 있다고 해도 틀리지는 않겠지요. 그녀의 꿈을 구성케 한 과거의 경험이나 트라우마가 있는지 살펴볼 필요가 있겠습니다.

영혜의 꿈이 제시되는 전후 상황에서의 그녀의 독백을 자세히 읽어봅시다. 꿈을 꾸고 난 이후의 독백은 해석 불가능해 보이는 꿈의 의미에 대해 매우 중요한 단서와 맥락을 담고 있습니다. 사실 꿈의 내용 자체는 매우 파편화되어 있고 몽환적이면서도 그로데스크한 핏빛 이미지들로 가득 차 있기 때문에 바로 분석하기는 만만치 않습니다. 하지만 영혜의 독백을 가만히 들여다보면 그 꿈의 맥락이 조금 보입니다. 가령 이런 진술들입니다.

> 내 다리를 물어뜯은 개가 아버지의 오토바이에 묶이고 있어. 그 개의 꼬리털을 태워 종아리의 상처에 붙이고 그 위로 붕대를 칭칭 감고, 아홉 살의 나는 대문간에 나가 서있어. 〈⋯⋯〉 다섯 바퀴를 돌자 개는 입에 거품을 물고 있어. 목에 걸린 줄에 피가 흘러. 〈⋯⋯〉 그날 저녁 우리 집에선 잔치가 벌어졌어. 시장 골목의 알만한 아저씨들이 다 모였어. 개에 물린 상처가 나으려면 먹어야 한다는 말에 나도 한 입을 떠 넣었지. 아니, 사실은 밥을 말아 한 그릇을 다 먹었어.

몇 안 되는 영혜의 독백 중 하나인데 어렸을 때의 경험입니다. 매우 잔인한 묘사이지요. 개와 관련된 풍속이 반영되어 있기도 하고요. 그런데 여기서 주목해야 할 지점은 그토록 잔인하게 죽인 개를 먹는 자신에 대한 진술입니다. 개한테 물린 상처가 나으려면 먹어야 한다는 말에 한 입 넣었고, 실은 밥을 말아 한 그릇을 모두 먹었다고 고백하고 있지요. 사실 매우 간추려서 설명 드리고 있지만 실제 작품에서 이 대목은 훨씬 더 잔인하고 사실적으로 서술되어 있습니다. 이런 진술에 비춰보면, 영혜는 가족이

기르던 개를 죽이고 심지어 그를 먹기까지 하는데, 이 모든 과정을 단순히 경험했다기보다는 자신이 매우 깊게 연루되어 있다는 자각을 하고 있었다는 것을 알 수 있습니다. 즉 생명에 대한 폭력이 벌어졌고, 가장 잔인한 육식을 했던 과거의 자신에 대한 반성과 환멸, 혐오가 그녀의 무의식에 짙게 배어 있었다는 것이지요.

영혜를 채식주의자라 부르는 사람들

분석을 더 밀고나가기 전에 잠시 짚어봐야 할 점이 있습니다. 사실 이 소설의 제목이 『채식주의자』잖아요. 그러다 보니 영혜는 채식주의자라고 너무 쉽게 단정짓는 경향이 있는 것 같습니다. 그런데 이 부분은 조금 따져볼 필요가 있습니다. 그러니까 영혜의 저 고기를 먹지 않겠다는 선언 자체를 채식주의 선언이라고 할 수 있느냐는 것이지요. 사실 저 자신도 채식주의자가 아니기에, 이 부분에서 무언가를 설명한다는 것이 상당히 부담스러운데요. 그럼에도 제가 아는 한에서 이야기해보겠습니다.

　일반적인 의미의 채식주의자는 동물권을 보호하고 친환경적 사고를 하며 폭력적인 육식 행위에 대해 저항하는 사

람들입니다. 혹은 웰빙을 위해서 채식을 선언하는 경우도 종
종 있습니다. 다시 말해 채식주의자들은 자기의 건강이든, 친
환경적인 사고 때문이든, 동물 보호 때문이든, 그도 아니면 정
치적 지향 때문이든 나름대로 자기 삶을 활기 있게 만들기 위
해 채식을 한다는 것이죠. 그렇기에 그들은 자기 삶을 능동적
이고 적극적으로 변화시키기 위해 분투하는 사람들이라고 할
수 있을 것입니다.

　　그런데 영혜의 경우를 보면 채식을 하면 할수록 자기 삶
의 활기를 찾기보다는 점점 세계로부터 유폐되어 갑니다. 그
리고 그녀가 육식을 하는 과정은 마치 죽음을 향해 묵묵히 다
가가고 있는 나약한 인간처럼 묘사되고 있기까지 합니다. 물
론 영혜의 의지는 아주 강하지만 말입니다. 그런 의미에서 영
혜가 진정 채식주의자인가에 대해 의문을 가질 필요가 있어
보입니다. 이런 관점에서 보면 영혜에 대한 규정은 거의 대부
분 타자에 의한 낙인에 가깝다는 것을 알 수 있으실 겁니다.
아까 말씀드렸죠? '채식주의자' 연작은 모두 영혜가 아니라
영혜를 바라보는 가족들의 시선에 의해 전개되고 있다고요.
남편, 형부, 언니 세 사람 말입니다. 실제로 영혜의 입에서 채
식이라는 말은 나오지 않아요. 그렇다면 채식주의자라는 단
어는 어디에서 흘러나오느냐. 고기를 먹지 않겠다는 선언을
들은 가족들이 그녀를 채식주의자라고 단정하고 있습니다.

막상 영혜 자신은 채식을 주장하고 있지 않습니다. 그러면서 주변인들은 영혜를 어떤 사람으로 보고 있나요? 채식주의자가 아니라 정신병자로까지 몰아가고 있는 상황입니다.

폭력의 주체와 대상은 누구인가?

작품이 진행되는 내내 영혜는 자신의 현재 상태를 솔직히 발화하지만, 타인은 그것을 자기 마음대로 바꿔듣는 상황이 계속되고 있습니다. 오인과 오해의 연속인 것이지요. 사실 저는 이 작품을 보면서 남편이 조금 한심해보였습니다. 아내의 육식 거부 때문에 상사와의 모임을 망쳤다고 생각한 그가 결국 감행한 행동을 보세요. 아내의 부모님께 이르는 것이었지요.

그런데 사실 여기서부터 상당히 의아한 내용이 전개됩니다. 장면을 꼼꼼히 보면 이해할 수 없는 감정의 과잉이 나타나는데요. 남편이 장모한테 전화하여 안부를 묻다가 아내가 고기를 먹지 않겠다고 하는 사실을 전하자 장모의 반응이 어땠습니까? 상당히 놀라지요? 영혜의 아버지는 한술 더 떠서 노발대발하지요. 저는 이 감정의 정도를 측정해볼 필요가 있다고 봅니다. 왜냐하면 이 작품은 감정선 자체가 전반적으로 담담하고 진지하게 진행되거든요. 그런데 영혜의 고기 거부에 대해서는 이상하리만치 과장된 감정 표출이 있었기 때문입니다. 쉽게 말해 왜 저렇게 호들갑인지 이해가 안 갔다는 건데요. 가령 이런 대사와 상황에 공감이 가시나요?

> "먹어라. 애비 말을 듣고 먹어. 다 널 위해서 하는 말이다.
> 그러다 병이라도 나면 어쩌려고 그러는 거냐."
> 가슴 뭉클한 부정이 느껴져, 나도 모르게 눈시울이
> 뜨거워졌다.

위의 장면은 가족모임에서 영혜의 아버지가 그녀에게 억지로 고기를 먹이면서 했던 말입니다. 이 말을 들은 남편은 갑자기 가슴 뭉클한 부정이 느껴져서 감동을 했나 봅니다. 그런데 한번 상상해보세요. 가족 모임입니다. 고기를 안 먹겠다는 자식의 입에 탕수육을 억지로 쑤셔 넣으면서 저런 말을 하는데, 그 말을 들은 남편은 부정父情에 감동하고 있습니다. 다소 기괴하지 않은가요? 다음의 발언도 한번 보시죠.

> "너 이게 얼마짜린 줄 아냐? 이걸 버려? 니 애미애비
> 피땀이 어린 돈이다. 네가 그러고도 딸이냐?"

영혜가 자살 소동을 벌인 뒤 병원에 입원해 있을 때, 친정 어머니가 흑염소를 달여 만든 보약을 지어다 주자 영혜는 그것을 몰래 버립니다. 그 일이 있고난 후 엄마가 하는 말입니다. 고기를 안 먹겠다는 선언에 대한 가족들의 반응에 주목할 필요가 있습니다. 영혜를 제외한 가족 모두가 그녀의 육식 거부를 철저히 반대하고 있고요. 나아가 상당히 폭력적인 방식으로 영혜에게 고기를 강요하고 있습니다. 이는 그녀에게 특정한 방식대로만 살기를 강제하고 있다는 뜻이기도 하지요. 그 강제의 과정에서 발생한 폭력을 정당화하기 위한 말들이 모두 그녀, 영혜를 위한 일이라는 거짓 명분으로 점철되어 있다는 것이 중요합니다. 여기에는 폭력에 관한 가장 일반적인 이론이 적용될 수도 있을 겁니다. 폭력의 주체는 항상 자신이 행사하는 폭력을 정당화하면서 계속한다는 것인데요. 다시 말해 폭력을 멈추기보다는 자신의 폭력을 정당화하는 편이 쉽다는 의미입니다. 이 작품에서는 폭력을 정당화하는 명분으로 가족이란 이름이 동원되고 있지요. 즉 가족이 폭력의 주체가 되었습니다.

그렇기에 이 작품은 여성주의적 관점으로 볼 여지가 상당히 많은 것이죠. 이런 관점에서 위의 장면은 가부장제 사회에서의 폭력으로 해석되곤 했습니다. 다시 말해 영혜에게는 아내로서의 직분이 다른 어느 가치보다 우선시되고 있다는 것인데요. 작품의 초반에 영혜가 아내로서 굉장히 평범한 사람이라고 강조되었던 점을 상기해보시기 바랍니다. 그런데 영혜가 이런저런 이유 때문에 고기를 거부하게 되었고, 그때부터 가족들의 멸시가 시작됩니다. 즉 가족들은 자신들이 원하는 모습의 영혜만을 바랐던 것이고, 그 바람을 이유로 다분히 폭력적인 방식으로 그녀의 선택권을 침해했던 것이죠. 그러고 보면 영혜를 평범한 여성으로 묘사했던 애초의 시선 자체에 이미 어떤 폭력성이 내재해 있었다고 볼 수도 있을 것입니다. 이는 물론 가부장제 사회에서 여성에게 가해지는 일상적인 폭력으로서 살필 수도 있을 것입니다. 자기 자신의 개성보다는 누군가의 아내 혹은 딸로서의 직분이라는 것이 강제되고 있었다는 것이죠. 만약 이 직분에 충실하지 않은 경우 그 사람은 평범하지 않은 정도가 아니라 이 작품에서처럼 정신병자로까지 몰리는, 그리하여 사회적으로 완전히 소외될 수 있다는 것입니다.

아울러 이러한 장면을 통해 문명사회의 비인간성을 식별하는 해석도 있습니다. 조금 더 나아간 해석이죠. 가부장적 사회만이 아니라, 약육강식의 세계와 같은 문명론의 관점에서 이 세계가 함의하고 있는 폭력성과 그 폭력성 안에서 살고 있는 소외된 주체의 모습을 담고 있다고 해석될 여지도 있습니다.

나조차도 연루된 폭력의 세계에서
'반-육식'을 한다는 일

여기서 우리는 채식이라는 말보다는 '반-육식'의 의미에 대해 생각할 필요가 있어 보입니다. 채식이 아닌 이유는 그녀가 자신의 행위를 채식이라 규정한 적이 없기 때문인데요. 일단 '반-육식'의 의미란 다른 동물의 육체를 통해 자신의 살을 찌우는 세계의 야만성을 거부하는 행위라 할 수 있을 것입니다. 그렇다면 이러한 세계에서 발생한 가장 큰 희생자는 누구라고 할 수 있을까요? 이 지점에서 영혜라는 인물의 상징성을 살펴야 할 것입니다.

작품의 독특한 지점이 바로 여기 있습니다. 소설 『채식주의자』는 영혜를 단순히 폭력적인 사회의 희생자로 그리지 않았다는 것입니다. 앞서 살핀 장면에서 영혜는 자신조차 이러한 폭력적인 세계의 질서 유지에 일정 부분 연루되어 있었다는 사실을 자각하고 있습니다. 자기 손으로 키웠던 개, 나를 물었던 그 개를 먹었다고 굉장히 가슴 아픈 고백을 하고 있었지요. 누구도 이러한 폭력적인 가치관으로부터 자유롭지 않다는 말입니다. 자신 역시 이미 그러한 세계에 일조해왔기에, 희생자라고 쉽게 자기 연민에 빠질 수 없는 것입니다. 즉 폭력에 대한 자신의 공모 관계를 매우 깊이 반성하고 있습니다. 저는 이것을 '파괴적 반성'이라고 부르고 싶은데요. 왜 파괴적 이냐면, 자신의 어떤 부분을 굉장히 혐오하고 부정하는 방식 으로 표현하고 있기 때문입니다. 영혜는 자기를 아내로서의 직분에 충실히 복무하게 하고 그 평범성을 강조하는 세계의 시선에 대해 저항하기보다는 그런 폭력에 자신조차 일정 부 분 공모하고 있었다는 반성적 성찰로까지 나아갔습니다. 그 렇기 때문에 영혜의 독백에 내재되어 있는 자기혐오와 자기 부정은 이 영혜라는 인물의 정신적 성숙을 보여주는 것 같기 도 합니다. 성숙이라는 표현이 적절한지는 모르겠지만요. 아 무튼 그녀는 자신의 공범 혐의를 의식적으로 자각하고 있다 기보다는 그 연루에 대해 무의식적으로 인지하고 있고, 그렇 기에 그 무의식이 자기 파괴적인 반성까지 나아가게 만든다 는 것입니다. 그녀는 이런 말을 합니다.

> "어떤 고함이, 울부짖음이 겹겹이 뭉쳐져 거기 박혀 있어.
> 고기 때문이야. 너무 많은 고기를 먹었어."

아주 인상적인 문장이지요. 아마 이쯤에서 『채식주의 자』의 의미를 짐작하실 수 있을 겁니다. 육식과 고기로 대변 되는 폭력의 일상성에 대한 성찰 말입니다. 그리고 바로 그 일상적 폭력에 대한 단호한 거부의 행위가 영혜의 채식 혹은 '반-육식' 선언으로부터 비롯되고 있다는 것을 말입니다. 그렇기에 영혜의 이 행위는 자신의 삶을 윤택하게 만들기 위해서가 아니라 오히려 자기를 부정하기 위해서, 더 정확히 말하면 폭력적인 세계에 연루되어 있었던 자기를 지우고 앞으로의 자기 모습을 고민한다는 의미를 내포하고 있는 것이지요. 그리하여 과연 어떻게 변모해야 되는가를 고민하고 있는 작품들이, 이어지는 「몽고반점」과 「나무 불꽃」이라 할 수 있습니다.

폭력의 주체가 가장 가까운 이들일 때,
숲의 윤리를 생각한다

「몽고반점」과 「나무 불꽃」을 보기 전에 한 가지 짚고 싶은 내용이 있습니다. 사실 이 소설은 상당히 가슴 아픈 내용을 담고 있지요. 물론 가슴이 아픈 이유는 여럿이겠지만, 그중 우리를 가장 당혹스럽게 하는 건 가족을 폭력의 주체로서 묘사하고 있다는 사실일 것입니다. 영혜를 자살 시도에 이르게 한 사람들 모두가 그녀의 가족들이었습니다.

이 지점에서 저는 '나무들의 기적'이라 불릴 만한 자연현상에 대해 말씀드리고 싶습니다. 여러분, 지금 머릿속에 울창한 숲을 떠올려보시길 바랍니다. 숲이 자연적으로 조성될 수 있기 위해서는 어떤 요소들이 필요할까요? 어떤 의미에서는 숲이 조성된다는 것 자체가 상당히 신비한 일일 수도 있습니다. 숲이 만들어진다는 건 단지 여러 그루의 나무들이 자란다고 해서 가능한 것은 아니기 때문입니다. 오히려 나무와 나무 사이의 간격이 중요할 것입니다. 나무 간 간격이 너무 가까우면, 이들은 서로 자라다 부딪혀 어느 한 쪽이 다른 한쪽을 죽이게 될 것입니다. 반대로 나무와 나무 사이의 간격이 너무 멀면, 당연히 울창한 숲이 될 수 없겠지요. 그렇기에 수많은 나무들이 적당한 간격을 만들면서 자연적으로 숲이 조성된다는 것은 기적에 가까운 일일 수밖에 없습니다.

제가 숲에 대해 말씀드리는 이유를 벌써 눈치 챈 분도 계시겠지요. 네, 그렇습니다. 나무와 나무가 모여 울창한 숲이 되기 위해 필요한 이 간격의 문제는 사실 인간과 인간이 모여 사는 사회에도 적용 가능하기 때문입니다. 가족을 생각해보시기 바랍니다. 우리는 우리와 무관한 사람으로부터 상처받기보다 나 자신과 가까운 누군가에게 훨씬 더 많이 상처받습니다. 당연히 가족은 나와 가장 가까운 타인일 것입니다. 가깝다는 표현으로는 부족할 정도지요. 하지만 그렇기에 가족으로부터 저마다 다양한 상처를 받고 사는 것 아닌지 모르겠습니다.

이런 상처는 쉽게 사라지지 않습니다. 또한 그 누구로부터도 상처받고 싶어 하지 않는 것 자체가 불가능하며, 그것을 바라는 게 문제일지도 모릅니다. 그럼에도 우리는 상처받을 가능성과 상처를 줄 가능성을 사유하며, 숲이 던져준 간격의 문제에 대해 고민해볼 필요가 있습니다. 주변 사람들과 얼마만큼의 간격을 유지하는 것이 좋을까? 내가 그이에게 너무 쉽게 다가가는 것은 아닐까? 반대로 그들과 너무 거리를 두는 것은 아닐까?

나무와 나무가 모여 울창한 숲을 조성케 하는, 이 간격과 거리의 의미를 저는 '숲의 윤리'라 칭하고 싶습니다. 마침 이 작품이 식물을 희구한 한 여인에 대한 이야기이기에, 숲으로부터 얻을 수 있는 교훈을 생각해보고 싶었습니다.

예술을 꿈꾼 자의 성적 욕망 : 「몽고반점」을 이해하는 방법

『채식주의자』 연작에서 「몽고반점」은 아마 정서적인 충격을 가장 많이 주는 작품일 겁니다. 실제 독자들의 감상평에서도 이 작품에 대한 호불호가 상당히 갈리는 것을 확인할 수 있습니다. 아마 소설을 읽은 분들이라면 어떤 부분인지 짐작하실 수 있을 텐데요. 형부와 처제의 성적인 관계는 인륜에 반하는 행위로 받아들여지기 때문이겠지요.

이 문제를 논하기 전에, 우선 「몽고반점」을 이해하기 위해서는 예술이란 테마에 더 집중해볼 필요가 있을 것 같습니다. 이를 테면 예술적 탐욕이나 예술혼 같은 것이 함의하고 있는 사회적 성격 같은 것 말입니다. 말씀드린대로 영혜를 탐하려는 남자는 언니의 남편 즉 형부입니다. 분명 형부는 영혜를 성적 욕망의 대상으로 생각했습니다. 과연 작가는 무엇을 노리고 이런 패륜적인 내용을 상상했을까요? 이 지점에서 예술의 문제가 중요하게 부각됩니다. 즉 형부는 자신의 예술적 욕망을 경유하여 영혜를 성적으로 탐하려 하고 있다는 것입니다. 다시 묻겠습니다. 작가는 어떤 현실에 기반하여 이러한 일탈을 상상할 수 있었을까요?

여기서는 예술과 사회적 금기의 관계에 대해 상기해볼 필요가 있습니다. 다시 말해 일상적인 규율이나 규범, 상식을 배반하는 것으로서의 예술의 지위 문제 말입니다. 사실 현실 세계의 도덕적인 차원에서라면 형부가 자기 처제를 탐하려고 한다는 발상 자체가 성립되기 어려운 소재일 것입니다. 이건 소위 말해 막장드라마에서도 불가능한 서사라는 것이지요.

그런데 문제는 이 형부가 나름의 죄책감을 동반하면서도 영혜에 대한 욕망을 쉽게 단념하지 않는다는 것입니다. 그리고 그러한 성적 욕망을 추동하는 것이 예술에 대한 욕구이기도 했다는 것이 중요합니다.

예술의 오용

'일탈적인 상상으로서의 예술'이라는 규범적 인식이 있습니다. 꼭 성적인 것만을 얘기하는 건 아닙니다. 우리는 왜 예술 작품을 감상할까요? 물론 개인적·사회적인 차원에서 여러 이유가 있겠지만 대개는 나름대로의 미적인 욕구를 충족하기 위해서일 테고, 다음으로는 예술이야말로 일상적인 영역에서는 쉽게 확보될 수 없는 일탈적 상상이기 때문일 것입니다. 사실 우리가 말하는 일상이란 시공간은 생각보다 자유롭지가 않잖아요. 삶을 제약하는 사회적인 규범이나 법, 제도 등 여러 규율이 있습니다. 다시 말해 우리의 삶 자체가 규율화된 시공간 속에서 전개되는 데 반해 예술은 그런 현실을 다만 반영하는 것이 아니라, 오히려 우리를 제약하는 규율에 내재되어 있는 모순과 한계, 긴장 등을 짚어내는 역할을 한다는 것입니다.

그렇기에 예술을 저항의 이름이자 방법으로 생각한 사람들이 역사적으로 존재할 수 있었던 것이겠지요.

따라서 예술의 내용에 대해 현실의 도덕적인 기준을 그대로 적용시키며 감상하는 방식은 바람직하다고 볼 수 없겠지요. 오히려 예술은 현실의 원칙들을 배반하는 것을 통해 자신의 필요를 관철시키기도 하니까요. 예술가들의 자유로운 상상은 그렇게 보장되어야 합니다. 문화예술계 블랙리스트의 존재가 알려졌을 때 사람들이 받은 충격도 아마 여기서 기인하였을 겁니다. 본래 문화와 예술은 현실 권력에 반하거나 비판적 입장을 가질 때 그 본분에 충실할 수 있습니다. 그렇기에 창작 활동의 자유와 독립성을 항상 보장해줘야 하는 것이겠지요.

최근 한국 문단 내 성폭력 사건이 엄청난 사회적 논란을 일으키고 있는 것을 아실 것입니다. 그런데 정말 화가 나고 안타까운 것은 성폭력 사건의 대부분이 문학을 지망하는 습작생을 대상으로 이루어져왔다는 사실입니다. 문학을 배우러 온 학생들에게 선생들이 성적 폭력을 행사했다는 것이지요. 가장 큰 문제는 이러한 성적 폭력을 예술의 이름으로 정당화하려는 사람들이 있다는 것입니다. 그야말로 예술의 오용이라 부를 만한 일입니다. 가령 이런 말을 하며 범죄를 저지르죠. "예술가는 원래 사회적인 규범으로부터 자유로워져야 돼. 그렇기에 너의 억압된 성적 감각과 욕망을 내가 해방시켜 줄게. 성적 자유를 통

해 예술에 대한 영감을 얻을 수 있을 거야." 놀라울 만한 비약이
자 예술에 대한 오용이 아닌가요?

죄와 순수: 영혜와 형부의 차이에 관하여

문단 혹은 예술계 내 성폭력 문제에 대해 이 수업에서 자세히
다룰 수는 없을 테죠. 그럼에도 제가 말씀을 드리는 이유는 방
금 논한 예술에 대한 오용이 이 작품과 연동되는 측면이 있기
때문입니다. 다시 말해, 영혜에 대한 성적 욕망을 추동케 하는
예술에의 욕구가 앞서 말한 현실을 토대로 상상될 수도 있다
는 것인데요. 이것은 소설이 단순 패륜서사가 아니라는 점을
의미하는 것과 동시에, 형부와는 다른 영혜의 감정 변화를 추
적할 수 있는 좋은 서사적 자원이 되기도 합니다. 성적 결합을
이루기까지의 과정에서 영혜와 형부는 어떤 결정적인 감정의
차이를 드러내고 있는데요. 그 부분을 살펴보겠습니다.

형부는 흥미롭게도 영혜의 몽고반점에 특히 매혹됩니
다. 심지어 몽고반점을 본 것도 아니고 몽고반점이 있다는 얘
기만 듣고 흥분을 해버린 거죠. 말씀드린대로 그에게 있어서
성적인 흥분은 예술적 흥분이기도 했습니다. 형부의 직업은

비디오 아티스트였지요. 그러니까 형부는 영혜의 몽고반점에 대한 욕망을 예술의 이름으로 계속 지켜 나가려고 한다는 것입니다. 그러면서도 일반적인 의미의 도덕률로부터 완전히 자유롭지도 않았습니다. 때문에 형부는 끊임없이 죄의식을 느낍니다. 자신의 예술적 욕구를 명분으로 영혜를 탐하려고 하면서도 한편으로는 예술가적 정체성과 일반적인 도덕관 사이에서 갈등하고 있는 것이지요. 사실 그의 이런 갈등은 영혜에 대한 욕망을 예술의 이름으로 정당화하는 일 자체가 직면할 수밖에 없는 현실적인 모순을 드러내면서도, 그의 성욕이 함의하고 있는 추악함과 불온함을 동시에 상징하는 것처럼 보입니다.

반면 영혜는 다릅니다. 물론 영혜 역시 형부의 제안에 보조를 잘 맞춰줍니다. 그렇기에 사실 영혜의 행위도 기성의 도덕률로부터 자유로울 수가 없습니다. 그런데 흥미로운 것은, 이 작품에서 영혜는 그런 현실원칙으로부터 철저히 자유로운 존재로 묘사됩니다. 영혜가 형부의 접근을 아무 이유 없이 받아들인 건 아니죠. 뭐가 전제되어 있었습니까? 자신의 몸에 꽃을 새기는 것이 전제되어 있었지요. 몸에 꽃을 그린다는 것은 꽃을 희구하는 자신의 욕망에 대한 강렬한 표현일 것입니다. 꽃을 몸에 새기는 한에서 영혜는 형부의 접근을 허락했고, 그와의 성적 결합은 꽃이 된 자기 신체의 감각을 확인하는 행위였기에 허락된 것이었죠. 그렇기에 그녀는 어떠한 죄책감도 느끼지 않습니다. 다시 말해 식물을 희구했던 자신의 상상을 실현시키는 데에만 몰입되어 있었다는 것입니다. 그녀는 형부와의 결합을 통해 식물이 된 자신을 확인했습니다. 이런 강렬한 바람에 죄의식이 끼어들 틈은 없었겠지요. 이들의 행각은 영혜의 언니인 인혜에게 발각이 되고 맙니다. 당연히 영혜의 형부이자 인혜의 남편이라는 사람은 몹시 당황하지만, 영혜는 어땠을까요?

> 그제야 아내가 온 것을 안 듯 처제는 멍한 얼굴로 이편을
> 건너다보았다. 아무것도 담기지 않은 시선이었다.
> 처음으로 그는 그녀의 눈이 어린 아이 같다고 생각했다.
> 어린 아이가 아니면 가질 수 없는, 모든 것이 담긴, 그러나
> 동시에 모든 것이 비워진 눈이었다. 아니 어쩌면 어린
> 아이도 되기 이전의, 아무것도 눈동자에 담아본 적이 없는
> 것 같은 시선이었다.

자, 어떻습니까? 영혜는 인류를 위배한 행위를 했고 심지어 그것이 발각됐는데도, 어린 아이와 같은 순수한 모습을 보였다고 묘사되고 있습니다. 그러면서 이런 행동을 합니다.

그녀는 베란다 난간 너머로 번쩍이는 황금빛 젖가슴을
내밀고, 주황빛 꽃잎이 분분히 박힌 가랑이를 활짝
벌렸다. 흡사 햇빛이나 바람과 교접하려는 것 같았다.

영혜의 행위를 어떻게 분석할 수 있을까요? 관련된 이
론을 통해서 한번 살펴보고자 합니다.

꽃의 절대적 순수

혹시 프로이트라는 이름 들어보셨나요? 오스트리아 태생의
정신분석학자인데요. 이 사람을 비롯한 일군의 정신분석학자
들이 꽃의 순수성에 대해 이런 논의를 한 적이 있습니다. 문명
사회로부터 멀리 떨어져 있는 소수 종족을 다룬 다큐멘터리
를 연상해보시기 바랍니다. 가끔 그런 다큐멘터리를 보다 보
면 다소 민망한 장면이 나오기도 합니다. 이를 테면 옷을 입지
않고 알몸으로 다니는 것이죠. 아마 자신의 나신을 드러내는
것에 대해 전혀 개의치 않기 때문일 것입니다. 당연한 얘기지
만 나체로 생활하는 까닭은 성적으로 타락해서가 아니지요.
오히려 그들의 나신은 서로의 육체에 대해 함부로 탐하지 않

는다는 어떤 순수함의 기표로서 현상하는 것일 수 있습니다. 문명으로부터 벗어나, 자연 속에서 발한 순수함의 기표가 몸에 아로새겨져 있는 것이죠.

그런데요, 비슷한 맥락에서 몇몇 학자들은 이 지구상에 있는 모든 생명체 중에 절대적인 순수를 상징하는 것으로 꽃을 꼽습니다. 꽃은 어떻게 번식하나요? 나비와 벌을 통해서지요. 꽃잎에 앉았던 벌과 나비를 통해서 꽃은 번식합니다. 바로 이 장면을 보고 프로이트는 꽃의 순수성을 탐구합니다. 꽃을 인간으로 간주한다면, 그들은 생식기를 세상에 활짝 내보이고 있는 것과 다를 바 없다는 거예요. 그렇잖아요. 분명 꽃봉오리는 꽃의 가장 아름다운 생식기입니다. 이는 마치 문명사회로부터 벗어나 있는 원주민들이 자신의 생식기를 드러내는 것을 아무렇지 않게 여기는 일과 같다는 것이죠. 그렇게 보면, 꽃이야말로 절대적인 순수성의 지표라는 것입니다. 성적 욕망의 발현도 아니고 타락을 해서도 아니고 다만 자신의 존재를 유지하기 위해서 세상에 활짝 드러내는 것입니다.

이러한 꽃의 절대적 순수를 상기하며, 식물이 되고자 했던 영혜가 베란다 난간 너머로 번쩍이는 '황금빛 젖가슴'을 내밀고, '주황빛 꽃잎이 분분히 박힌 가랑이를 활짝 벌렸다'는 장면을 보면 많은 생각이 드실 겁니다. 나아가 그녀는 흡사 '햇빛이나 바람과 교접하려는 것 같았다'고 묘사되고 있지요.

이는 영혜와 형부가 성적으로 결합을 했어도 이것이 서로에게 전혀 다른 의미였다는 점을 알려줍니다. 영혜는 자기 자신을 파괴하면서까지 과거를 지우려고 했었지요. 그 자신도 폭력적인 세계에 연루되어 있었다고 인식했기 때문이었습니다. 채식은 새롭게 거듭나려는 그녀의 의지를 상징합니다. 하지만 그조차 억압될 수밖에 없었지요. 그러자 이제 영혜는 채식을 넘어 그 스스로가 꽃이 되기로 합니다.

식물이 된 그녀에게 현실세계의 가치관이나 도덕률은 중요치 않겠지요. 꽃의 절대적 순수를 그 자신이 체현하는 자로서 존재하게 됩니다. 이제 현실원칙을 바탕으로 그녀가 행한 행위의 옳고 그름을 판단하는 것은 무의미해졌습니다. 진정 그녀는 꽃이, 식물이 되어 버린 걸까요? 아마 이때부터였을 겁니다. 가족들이 그녀를 정신병자로 확정하게 된 것 말입니다.

그녀, 식물을 희구하다

영혜는 결국 식물이 됐습니다. 그녀 스스로 그렇게 확정한 것일 수도 있겠지요. 그녀가 식물이 될수록 세상은 그녀를 더욱 강하게 구속합니다. 그래서 종국에는 아예 정신병원에 갇혀 버리죠. 하지만 식물을 희구하는 그녀는 단념치 않습니다. 동시에 실어증을 앓기도 합니다. 인간의 언어를 잃어가는 것이겠죠. 식물이 되고 있으니까요. 반면 숲의 소리는 듣게 됩니다. 그런데 식물이 되려는 영혜를 바라보는 언니 인혜의 태도를 살펴봅시다. 「나무 불꽃」에서는 이 부분이 핵심입니다. 사실 인혜로서는 영혜를 평생 증오할 수밖에 없을 것입니다. 그런 인혜가 영혜를 보며 자신의 삶을 돌아보기 시작하는데요. 어떤 장면인지 기억나시나요?

"너 정말 왜 그래. 너 정말 죽고 싶어서 그래?"라고 했더니 영혜가 뭐라고 했습니까. 오히려 "왜 죽으면 안 되는데?"라고 대꾸합니다. 이 대화 때문에 인혜는 자신이 과연 살만한 가치가 있어서 사는지를 자문하게 됩니다. 왜 죽으면 안 되냐는 그 질문 앞에서, 삶을 확신하는 나는 살아갈 만한 이유가 있어서 살고 있느냐는 의문이 들기 시작하는 거죠. 인혜의 의식 속에 각인된 이미지들이 있습니다. '영혜의 목소리', '검은 비가 내리는 숲', '눈에서 선혈이 흐르는 자신의 얼굴', '초록빛 거대한 불꽃들'.

인혜는 아내 혹은 어머니로 살아온 지난 삶이 그녀 자신의 것이 아니라 마치 연극이나 유령 같은 것이었음을 깨닫게 됩니다. 아내로서의 역할에 충실했지만 그것은 마치 연극과

도 같았다 느낍니다. 나의 진짜 삶이라는 것이 과연 있었는가
를 고민하기 시작했다는 것이고요. 그리하여 「나무 불꽃」에
선 '나란히 선 죽음의 얼굴'들이 드러나기 시작합니다.

　　사실 『채식주의자』 연작에서 「나무 불꽃」은 정서적인
진폭이 가장 약하다고 할 수 있습니다. 앞선 두 작품을 강렬한
바람과 욕망의 향연이라 한다면, 「나무 불꽃」의 인혜는 사건
을 마주할 때에도 매우 담담한 태도로 일관합니다. 자신의 남
편과 성적으로 결합한 동생을 보면서도 그녀는 다만 원망하
지 않습니다. 오히려 자기 삶을 반추합니다. 그것도 담담하게.
이 담담함의 성격은 무엇일까요?

　　아마 지금껏 살아오시면서 크고 작은 일들을 겪으셨을
겁니다. 좋거나 나쁘거나, 아주 다양한 경험들이 있으시겠지
요? 한 번 생각해보시기 바랍니다. 만약 내가 너무나 참혹한
일을 겪었다면, 거기에 대해 담담하게 대처해줄 수 있는 사람
이 주위에 얼마나 있으신가요? 나의 비극적인 상황에 대해 쉽
게 동화되거나 위로하지 않고, 그저 초연하게 함께 대면해줄
사람 말입니다. 가족일까요? 친구일까요? 제 생각엔 아마 당
사자인 자기 자신밖에 없을 것 같습니다. 남이 아니라 오히려,
사건에 직면한 자신만이 그것을 담담하게 마주할 수 있다는
말입니다. 그런 면에서 보면 자기가 가장 사랑했던 사람을 잃

은 인혜의 서술이 담담할 수 있는 까닭은 아마 이 소설 자체가 철저히 당사자의 진술로 구성되어 있기 때문일지도 모릅니다. 다시 말해 작가가 인혜의 서사를 진정 자기의 일로 생각하고 있기에 가능한 결과라는 것입니다.

어떤 면에서 「나무 불꽃」은 소설적인 긴장과 흥미가 가장 떨어질 수도 있을 것입니다. 하지만 이 작품은 격정이 없는 태도 덕에 더 훌륭한 작품이라 평하고 싶습니다. 인혜의 담담한 진술을 읽고 있으면 작가가 타인의 고통을 진정 자신의 것으로 여기고 있다는 생각이 듭니다. 아래 구절을 읽어보시죠.

껍데기 같은 육체 너머, 영혜의 영혼은 어떤 시공간 안으로 들어가 있는 걸까. 그녀는 꼿꼿하게 물구나무서 있던 영혜의 모습을 떠올린다. 영혜는 그곳이 콘크리트 바닥이 아니라 숲 어디쯤이라고 생각했을까. 영혜의 몸에서 검질긴 줄기가 돋고, 흰 뿌리가 손에서 뻗어 나와 검은 흙을 움켜쥐었을까. 다리는 허공으로, 손은 땅속의 핵으로 뻗어나갔을까. 팽팽히 늘어난 허리가 온힘으로 그 양쪽의 힘을 버텼을까. 하늘에서 빛이 내려와 영혜의 몸을 통과해 내려갈 때, 땅에서 솟아나온 물은 거꾸로 헤엄쳐 올라와 영혜의 살에서 꽃으로 피어났을까. 영혜가 거꾸로 서서 온몸을 활짝 펼쳤을 때, 그애의 영혼에서는 그런 일들이 일어나고 있었을까.

식물의 뿌리는 살아있는 죽은 존재
— 가스통 바슐라르

영혜를 바라보는 인혜의 감정은 매우 복잡할 겁니다. 감히 짐작키도 어려울 정도입니다. 그럼에도 인혜는 자신과 크게 다르지 않은 삶을 산 영혜에게 점점 다가가려 하고 있습니다. 비록 영혜를 완전히 이해할 수는 없어도, 그녀의 모습을 통해 자신의 지난 삶을 반추해내는 것이죠. 어떻게 서로의 삶에 대한 공감이 가능했을까요?

　　우리는 영혜의 상처를 일상적인 폭력 속에서 이해할 수 있었습니다. 제가 '가장 보통의 폭력'이라 명명했던 것이죠. 이는 여성이라면 누구나 겪을 수 있는 폭력에 대한 경험을 의미하는 것이었습니다. 그렇기에 영혜의 상처 속에서 인혜가 자신의 연극과도 같았던 지난날을 되돌아 볼 수 있었던 것이겠지요. 사실 저 역시 남성이기에 영혜와 인혜가 경험한 폭력과 그로 인한 감정의 심연을 미처 다 이해하는 데는 한계가 있습니다. 그렇기에 관련해서 분석하거나 설명하는 데 매우 조심스러울 수밖에 없습니다. 그럼에도 저는 영혜와 인혜는 다만 폭력에 희생된 존재라고 말하고 싶진 않습니다. 그녀들은 세계의 폭력에 대해 각자 자기의 방식대로 대응하고 있습니다. 영혜는 식물을 희구하는 것을 통해 새롭게 거듭나려 했지요. 식물은 대지로 하향하면서도 '다시' 거꾸로 돋아나려는 의지를 갖고 있는 생명입니다. 그렇기에 식물을 희구한 영혜의 저항은 죽음으로의 퇴행이 아니라, 오히려 죽음 너머의 재생을 소망하는 것이라고 할 수 있습니다. 그 과정을 지켜본 인혜는 영혜가 보인 재생에의 의지를 통해, 자신의 삶을 반추하는 계기를 확보한 것이고요. 상처로부터 돋아난 공감의 능력이 돋보이는 구성이라 말하고 싶습니다.

식물적 상상력과 소설의 윤리

이제 강의도 끝이 보이네요. 저는 결론적으로 소설에 대해 이렇게 평하고 싶습니다. 한강의 『채식주의자』 연작은 식물적 상상력과 소설의 윤리에 관해 물은 작품이라고 말입니다. 어쩌면 이 작품은 다만 상처받은 자의 사연을 묘사하는 차원을 넘어, 소설 자체가 하나의 식물처럼 우리 삶에 개입해올 수 있다는 걸 보여주었다고 생각합니다.

저는 가끔 소설이라는 것이 사회적으로 어떤 역할을 할 수 있는지에 대해 의심하곤 합니다. 아마 어떤 분들은 소설을 통해서 미적 욕구를 충족할 수도 있겠고, 심리적인 위안을 받을 수도 있겠지요. 그런데 저는 소설의 힘에 대해 이렇게 생각합니다. 소설은 우리를 억압하지 않는 방식으로 각자 자신의 일상을 돌아보게 하고 그 안에서 반성케 하는 것 아닐까 하고요. 그리하여 내 안에서 발견되는 어떤 부정적인 면이 있다면, 나아가 그러한 면모가 오직 나 개인에게만 해당하는 것이 아니라면, 그리고 바로 그러한 이유 때문에 '우리들' 역시 그러한 부정성의 세계에 연루되어 있다면, 이런 문제를 어떻게 대면하고 함께 고민해 나가야 될지를 생각하게 만들어 주는 것이 소설이라고 말입니다. 그렇기에 『채식주의자』는 육식으로 대변되는 폭력의 세계에 저항하는 식물적 상상력을 우리의 일상 속에서 식별케 하고자 추동하고 있는 작품은 아닐까요?

질문과 답변

Q   『채식주의자』를 읽다 보면 사람이 식물을 꿈꾸다가
실제로 식물로 변하는 듯한 느낌을 받게 되는데요.
그렇다보니 장르적으로 판타지 문학처럼 느껴졌습니다.
그렇게 볼 수는 없겠죠?

A   장르 규정에 대한 한국 문단의 관습적인 규범에 따르면
『채식주의자』를 판타지 문학이라 부를 수는 없을
것입니다. 우리나라에서 판타지 소설이나 SF소설
혹은 무협소설 등을 따로 묶어 흔히 장르문학이라고
부르는데, 이는 주로 본격-순수 문학과는 대별되는
방식으로 호명됩니다. 그렇기에 문학적인 가치를
인정받기보다는 오히려 그 통속적인 성격이
부각되었던 오랜 역사가 있습니다. 지금 이 자리에서
장르문학에 대한 최근의 위상변화까지 모두 설명할
수는 없겠지만, 방금 말씀드린 과거의 방식대로
장르문학을 쉽게 폄하할 수 없다는 분위기가 형성되고
있다는 사실을 말씀드리고 싶고요.
질문에 대한 명확한 답을 드리자면, 한강의
『채식주의자』는 판타지 소설이라기보다는 판타지적

요소가 적지 않은 작품이라고 해두고 싶네요. 즉 판타지적 요소를 적극 차용한 본격 소설이라 할 수 있다는 것이죠. 판타지적 요소에 중점을 두기보다는 그러한 판타지가 어떤 현실을 기반으로 둔 채 전개되고 있는가에 집중해보시기 바랍니다. 그런 면에서 보면, 식물을 희구한 영혜의 판타지는 그 자체가 기반으로 두고 있는 현실의 리얼리티가 상당히 확보되어 있기에, 오히려 매우 리얼한 소설로 봐야 하지 않을까 싶네요.

Q 『채식주의자』의 주인공은 트라우마 때문에 자기를 파멸시켜 가면서까지 채식을 했잖아요. 그런 점에서는 사회 규범을 부정하는 아웃사이더처럼 느껴지기도 하는데, 상처를 치료하기 위해 좀 더 적극적인 노력을 기울였다면 어떨까 하는 생각도 듭니다.

A 우리가 소설에 접근할 때, 현실의 논리에 입각하여 접근하는 것도 좋겠지만, 그보다는 주인공의 선택 자체가 함의하고 있는 성격 파악에 우선 집중하는 게 더 좋겠습니다. 영혜는 자기의 상처를 적극적으로 치료하려고 노력하지 않은 게 아니라, 우리와는 약간 다른 방식으로 노력하고 있는 것은 아닐지 고민해볼 수도 있는 것이겠지요. 사실 영혜의 상처는 우리도 일상

속에서 충분히 겪을 수 있는 성질의 것인데, 문제는
그러한 상처에서 피어난 소설적인 상상을 가지고 이런
서사를 구성한 것이기 때문에, 그 자체가 함의하고 있는
상징성을 파악해보시는 게 작품 감상에 더 도움이 될
것 같습니다. 다시 말해 작품의 주인공에게 감정이입을
하는 것은 매우 자연스러운 감상의 수순이겠으나,
그 감상을 객관화하는 방식에 있어서, 직관적으로
현실논리를 대입하는 것은 오히려 작품에 대한 이해를
방해할 수도 있다고 생각해요.

그런 면에서 보면, 영혜라는 인물을 사회적인
규범으로부터 벗어나 있는 아웃사이더로 보거나
나아가 그녀의 행위 자체를 비현실적으로 보는 우리의
시선이 내재하고 있는 정상성의 규범을 반성해볼
필요도 있을 것 같습니다. 아울러 상처로부터 벗어나기
위한 영혜의 노력이 함의하고 있는 상징성을 더 면밀히
생각해봤으면 좋겠고요. 과연 영혜는 자신의 상처를
회피한 것일까요? 그녀의 변모가 소극적인 성질의
것이었을까요? 반대로 자신의 상처를 대면한 자에게
주어진 최선의 저항은 아니었을까요? 이 강의도 바로
이런 질문으로부터 시작되었답니다.

작가

한강 1970. 11. 27. -

1970년 광주에서 출생했다. 1993년『문학과 사회』에 시를 발표하고, 이듬해 서울신문 신춘문예에 단편 소설「붉은 닻」이 당선되면서 작품 활동을 시작했다. 소설집으로『여수의 사랑』,『내 여자의 열매』,『노랑무늬영원』등이 있으며, 장편소설『검은 사슴』,『그대의 차가운 손』,『소년이 온다』등을 썼다. 만해문학상, 황순원문학상, 동리문학상, 이상문학상 등을 수상했으며, 소설『채식주의자』로 세계 3대 문학상 중 하나인 맨부커상을,『소년이온다』로 이탈리아의 권위 있는 문학상인 말라파르테를 수상하기도 했다. 한강이 한국 문단뿐 아니라 국제무대에서도 인정받고 사랑받는 가장 큰 이유는 세계의 모순과 개인의 상처를 쉽게 외면하지 않는 작가 특유의 감응력을 꼽을 수 있을 것이다. '남성적-가부장적 폭력'에 연루된 '여성-개인의 상처'를 보듬은『채식주의자』를 비롯하여, 5월 광주의 참상을 아프게 재현하며 국가폭력에 희생된 영혼들의 사연을 간직한『소년이 온다』까지, 한강은 그 누구에게도 망각되어서는 안 될 존재들의 작은 목소리에 귀를 기울여 온 작가다.

참고문헌 및 인용문 출처

욕망을 금기하는 욕망

정비석, 『자유부인』, 『서울신문』, 1954.1.1.~8.6.
정비석, 『자유부인(상, 하)』, 정음사, 1954.

1970년대 한국사회의 잔혹동화

기본자료 『경향신문』, 『동아일보』, 『조선일보』, 『한겨레』

단행본 최인호, 『별들의 고향』, 예문관, 1973.
김윤식·김우종 외 38인, 『한국현대문학사』, 현대문학, 2014.11.

논문 김미지, 「『별들의 고향』을 통해 본 1970년대 대중문화와 문학의
존재 양상에 관한 일 고찰」, 『한국현대문학연구』 제13집, 2003.6.

김은하, 「산업화시기 남성 고백담 속의 여성 육체-『별들의 고향』
을 대상으로」, 『한국근대문학연구』 제4권 제1호, 2003.4.

박필현, 「꿈의 70년대의 청춘, 그 애도와 위안의 서사-최인호의
『별들의 고향』을 중심으로」, 『현대소설연구』 제56호, 2014.8.

심재욱, 「최인호의 『별들의 고향』에 나타난 미학적 정치성 연구」,
『한어문교육』 제38집, 2016.11.

이선미, 「'청년' 연애학 개론의 정치성과 최인호 소설」, 『대중서사
연구』 제16권 제2호, 2010.12.

최미진·김정자, 「한국 대중소설의 상호텍스트성 연구-김말봉
과 최인호의 『별들의 故鄕』을 중심으로」, 『어문학』 통권 제89호,
2005.9.

오빠들의 노스탤지어

황석영, 『객지·한씨연대기·삼포 가는 길·섬섬옥수·몰개월의 새』, 창비, 2005.
황석영, 『수인 1, 2』, 문학동네, 2017.

환상에 관하여

박완서, 『엄마의 말뚝』, 세계사, 2012.

상실을 마주하는 방법

신경숙, 「말해질 수 없는 것들」, 『아름다운 그늘』, 문학동네, 2004.
신경숙, 『외딴방』, 문학동네, 1999.
신경숙, 「풍금이 있던 자리」, 『풍금이 있던 자리』, 문학과지성사, 1993.
김윤식, 「부재를 견디는 독특한 문체-신경숙론(2)」, 『작가와의 대화』,
문학동네, 1996.
스피노자, 『에티카』, 책세상, 2006.
마샤 누스바움, 『감정의 격동-연민』, 새물결, 2015.

식물을 희구한 소설

한강, 『채식주의자』, 창비, 2007.

한국소설 다시 읽기

김현주, 서은혜, 이경림, 이종호, 허민, 허윤 지음
한국근대문학관 기획

제1판 1쇄   2019년 5월 27일

발행인   홍성택
강의기획   이현식, 함태영, 이정원, 최서윤
기획편집   양이석
표지디자인   김세윤
내지디자인   김정현, 김경선
마케팅   김영란
인쇄제작   정민문화사

㈜홍시커뮤니케이션
서울시 강남구 봉은사로74길 17(삼성동 118-5)
T. 82-2-6916-4481   F. 82-2-6916-4478
editor@hongdesign.com   hongc.kr

ISBN   979-11-86198-56-8   03800

이 도서의 국립중앙도서관 출판예정도서목록(CIP)은
서지정보유통지원시스템 홈페이지(http://seoji.nl.go.kr)와
국가자료종합목록시스템(http://www.nl.go.kr/kolisnet)에서
이용하실 수 있습니다. (CIP제어번호 : CIP2019018461)